The Stone of Days

# 세월의 돌

—— 미망의 나라 ——

6

# [아룬드_Arund]

수레바퀴, 도는 것, 순환, 되풀이, 달력의 한 달

# 세월의 돌 세계의 달력 체계
# ; 14 아룬드(月) 달력

The Stone of Days

# 세월의 돌 6

미망의 나라

# 8장.

## 7월 '약초(Herb)'

# 7월 '약초(Herb)'

약초의 별 '에를라니(Erlani)'가 지배하는 아룬드. 우기가 끝나 물기를 머금은 산과 들에 약초가 번성하는 시기이다. 치유자들은 청명한 날씨가 계속되는 이때가 오랜 질병을 고치기에 적기라고 이른다. 그대는 해묵은 고통을 품은 자들을 일으켜 세상으로 나아가게 하는 치유의 예지를 써나갈 수 있으리라.

에를라니는 치유와 의료의 별이며 이를 행하는 자들을 보호한다. 이 아룬드의 유래는 초여름에 많은 약초들이 새로이 돋아나고 높은 효능을 발휘하는 것과 관계가 깊을지도 모른다. 마법과 연금술에 사용되는 비밀스러운 약을 만들 때는 전통적으로 이 시기를 택한다.

옛 문헌은 약초 아룬드가 여전사 파비안느의 친구이며 '분홍빛 유리병을 가진 아가씨'라고 불렸던 에디에르나의 아스엘로부터 유래한다고 전한다. 나란히 놓여 한 해의 중심축을 이루는 파비안느와는 반대로 아스엘은 온화한 마음씨를 가진 아가씨이다. 그림 속에서는 흔히 녹색 머리를 한 키 작은 아가씨로 그려지며, 흰 치마 가운데 손을 모으고 작은 유리병을 들고 있다. 유리병에 든 분홍빛 물은 그녀가 평생토록 돌아다니며 수많은 사람들을 고쳤다는 에디에르나의 치유의 물이다. 아스엘의 고향인 에디에르나는 많은 고증 끝에 아라스탄 호숫가에서 발견된, 흔적만 남은 마을과 같은 곳으로 믿어지고 있다.

에를라나는 육체의 상처뿐 아니라 마음의 고통 또한 치유하는 별인 까닭에 많은 사람들이 이 시기에 과거를 벗고 새로운 삶을 개척하거나, 그렇게 하고자 하는 의지를 품는다. 모든 아룬드가 그렇듯 약초 아룬드 역시 양면적인 의미를 품고 있어, 온화한 치료자를 상징하는 동시에 억지로 상처를 지우려는 행동을 경계한다. 받아들여야 할 고통을 무리하게 떨치기 위해 행하는 무모한 일들은 바로 새로운 상처를 만들어낸다. 치유자는 가장 두려운 살해자이기도 한 것이다.

"모든 상처는 자신의 약을 가지고 있다"는 경구가 인용되며, 과거의 고통을 직시함, 묵은 것을 버리고 새 것을 취함, 오랜 미망에서 벗어남, 상처를 잊으려 새로운 상처를 만들어 냄, 자신의 고통을 잊으려 다른 사람을 고통에 빠뜨림, 잊을 수 없는 도움을 주거나 받음, 긴 여행을 잠시 멈추고 안식을 취함 등을 암시한다. 이 아룬드를 암시하는 색은 아스엘이 지닌 물의 빛깔, 분홍이다.

— 점성술사들이 달력에 적는 각 아룬드의 의미,
그중 일곱 번째.

# 1. 왕국의 장미

아름다운 아가씨에게 붉은 장미를!
상냥한 소녀에게 흰 장미를!

겨울부터 기다려온 만개(滿開)의 축제
젊은이들은 거리로 쏟아져 나오고
못 본 체 하려해도 어쩔 수 없어
마술 구두 신은 듯 절로 춤추네.

여름 축제의 소녀는 초록색 치마
그 손 잡은 소년은 나뭇잎 모자
미소 짓는 입술은 칠월의 장미
바라보는 눈빛은 초저녁 별빛

거기 선 아가씨, 무얼 생각하나요.
탐스러운 발등을 까딱이면서
손 잡아요, 춤 춰요, 빙글 돌아요.
춤추지 않으면 여름이 끝나버려요.

겨울부터 기다려온 만개의 축제
젊은이들은 거리로 쏟아져 나오고
못 본 체 하려해도 어쩔 수 없어
연인의 손을 잡고 한 바퀴 빙글, 빙글!

아름다운 아가씨에게 붉은 장미를!
상냥한 소녀에게 흰 장미를!

– 세르무즈 델페즈 지방 구전 희극
〈세르네질로아 로델린느〉 3막 1장 서곡

백여 기의 말이 대로를 따라 걷고 있었다. 곧게 이어진 길이 고개 위로 띠를 그리며 사라져갔다. 산머리에서 구름이 피어올랐다. 하늘빛은 푸른 염료를 푼 듯했다.

"그대 나라의 심장과는 또 다른 아름다움이 있을 것입니다."

"세르네즈의 화관에 필적할 도시는 어느 땅에도 없소."

"여긴 하라시바에 가본 사람이 많아요. 두 도시의 경쟁을 위한 안목 있는 심사관이 여럿일 듯한데요."

"그것이 적절한 비교라면 겸허한 자의 마음에 어울리는 즐거움을 가져다주겠죠."

고갯마루에 거의 올랐다. 하늘이 가깝고, 뭉게구름이 잡힐 듯하다. 대기에 향기가 가득 차 있다. 약초 아룬드에 접어든 지도 닷새째인 오늘, 길었던 여행이 잠시 끝난다.

"듣던 것과 좀 다른 듯하군요?"

막 고갯마루에 이르렀을 때, 손가락 하나가 고개 아래를 가리켰다. 앞선 말들이 발굽을 멈췄다. 신호가 뒤로 이어지자 대열 전체가 그 자리에 섰다. 모두 한 곳을 보고 있었다. 눈을 돌릴 자유 따윈 없었다. 목소리가 멈추고, 숨소리조차 멈췄다.

눈앞에 이야기로만 들어왔던 땅, 음유시인의 입이 노래하고 전설이 기억해온 땅이 있었다.

멍해졌던 머리가 다시 돌아가기 시작했다. 발아래는 골짜기였다. 부채처럼 접히고 펼쳐진 능선 사이로 초콜릿색을 한 대지와 과자 같은 집들이 총총했다. 골짜기 주름은 좌우로 나뉘며 십수 개의 둥근 언덕들을 휘감는 산세로 변했다. 곡예사가 돌리는 접시들처럼 높고, 낮고, 크고, 작은 언덕들이다. 나는 수도가 이렇게 척박한 산세 속에 자리했으리라고는 상상도 하지 못했다.

그중 넓은 접시를 가로질러 누군가의 머리에서 풀린 리본 같은 강이 흘러갔다. 수도의 젖줄인 크로즈님 강이다. 강은 산에 뚫린 동굴들을 통해 흘러들었다. 그 강 너머에 하얀 성이 솟아 있었다.

어제 세워진 것처럼 순수한 빛이다. 하얀 벽과 탑이 이룬 천상의 도시였다. 날씬한 탑마다 푸르고 흰 깃발들이 펄럭이고, 심장에는 한 조각 녹색 비단 같은 상층 정원이 감춰져 있다. 웅장하기도 하고, 우아하기도 하고, 마치 성장(盛裝)한 기품 있는 여인, 또는 그 가슴의 브로치처럼 반짝인다.

신성한 수도 달크로즈, 순백의 보석.

이곳에 오기 위해 대륙을 가로질렀던 것만 같다.

"황금빛이잖아요? 달크로즈는 희다고 들었는데."

잔-이슬로즈는 트집을 잡는 것이 아니라 감탄하고 있는 것이다. 공주의 말대로 달크로즈의 흰 벽은 햇살 아래 금빛으로 빛나고 있었다. 나르디의 입가에 미소가 떠올랐다.

비록 말안장에 묶여 있기는 하지만 국경을 넘어 여행하는 내내 잔-이슬로즈의 태도는 자연스러웠다. 어느 정도는 의도적인 것 같기도 했다. 볼제크 마이프허가 죽고 장례가 끝난 후 이틀 동안은 입도 열지 않던 공주가 갑자기 태도를 바꾼 데는 무슨 이유가 있을 법도 한데.

잔-이슬로즈는 나르디는 물론 나와 유리카에게도 호의를 보였고,

기사들과도 대화를 했고, 어떤 날 내 착각 가득한 눈에는 여행을 즐기는 것처럼 보이기까지 했다. 모르는 사람이 보았다면 이쪽 나라를 구경하십사 정중히 모셔가는 줄로 생각했을 정도다.

단, 그런 공주도 아버지에게만은 태도를 달리하지 않았다. 둘은 아직껏 한마디도 나누지 않았다.

우리가 들어가는 길은 크로즈 고갯길인데, 달크로즈 시로 들어가는 두 출입로 중 하나였다. 이 길은 외국 사절에서 떠돌이 상인에 이르기까지 누구나 이용할 수 있었다. 고개를 내려가면 큰 문이 있어서 거기서 출입 관리를 하고 있었다. 고갯길 곳곳과 사방의 산에는 드러나거나 숨겨진 초소들이 백 개도 넘는다고 했다.

다른 하나의 출입로는 크로즈님 강을 타고 들어오는 뱃길이다. 산을 뚫고 들어와, 산을 뚫고 나간다. 강이 흘러드는 곳과 흘러나가는 곳 모두 수문을 만들어 엄중히 통제하고 있다고 했다. 왕궁의 물자가 드나드는 길이고 일반인의 이용은 금지되어 있는 까닭이다. 강폭은 그리 넓지 않아서 큰 나룻배 정도면 모를까 범선은 드나들 수 없었다.

"달크로즈는 항전 요새로 시작한 곳이라 그렇다네."

나르디의 쾌활한 얼굴은 여름빛이 내린 달크로즈와 잘 어울렸다. 평소처럼 시원스러운 미소지만 자신감이랄까, 안정감 같은 것이 더해져서 한결 여유 있는 느낌이다. 제 발로 뛰쳐나온 집이지만 귀향의 기분이란 역시 다른 걸까?

"달크로즈는 건국과 함께 세워진 도시지. 그러니 수도가 된 지 5백 년은 된 걸세. 올해가 듀플리시아드 499년이지 않나. 듀플리시아드 연

호와 왕국의 역사는 같으니까."

"그러면 세워지자마자 수도가 된 거야?"

"본래는 제대로 된 도시도 없던 곳인데 건국왕께서 방어에 탁월한 지형을 알아보시고 수도 자리로 택하셨던 거라네. 수많은 나라들이 세력다툼을 벌이던 시절이었고, 그래서 그 시절 세워진 저 천연의 요새에는 빛나는 승전도, 처절한 포위와 항전의 기억도 수없이 남아 있네. 하지만 어느새 왕국은 이리도 커졌고, 달크로즈는 나라 한가운데 있는 평화로운 도시가 되어 버렸지. 이젠 요새의 기능도 많이 퇴색했어."

나르디는 그리운 얼굴로 한참이나 주위를 둘러봤다.

"사실 떠나있던 동안 부모님만큼이나 보고 싶었던 친구가 있었지."

줄곧 함께 다니면서도 처음 듣는 이야기였다.

"오, 태자 전하한테 친구도 있었단 말이지?"

나르디는 턱을 살짝 쳐들었다.

"물론 태자 전하한테 친구가 있기가 쉬운 일이 아니긴 하지."

"지고하신 분인데 오죽하겠어?"

"지고하다 못해 사람들이 상대를 안 해준다네. 하지만 그 친구만은 그런 걸 몰랐지. 그래서 좋아했어."

"아, 나처럼 좋은 녀석이었나 보군?"

나르디가 씩 웃더니 고개를 끄덕거렸다.

"그랬지. 그러니까 그게 몇 살 때부턴가, 아마 열한 살 되던 해일 거네. 그땐 녀석도 아주 작았는데."

"네 친구라면 네가 열한 살일 때 똑같이 꼬마 녀석인 게 당연한 것 아니냐?"

나르디는 피식 웃었다.

"뭐, 그렇기도 하겠지. 하지만 녀석이 금세 쑥쑥 커버려서."

나보다 작긴 해도 또래 중에서는 꽤 큰 키인 나르디다. 나는 어깨를 으쓱했다.

"오래 안 본 사이에 네가 더 컸을 수도 있지 뭘."

나르디는 갑자기 웃음을 참는 얼굴이 되었다.

"아, 그럴 리가 없어. 지금쯤 내 두 배는 넘을걸."

"뭐?"

나르디는 내 얼굴을 흘끔 보더니 결국 웃음을 터뜨렸다.

"아니, 네 두 배라니 그게 사람이냐?"

"사람?"

고개까지 젖히며 웃기 시작한 나르디를 얼떨떨한 표정으로 보고 있는데, 잔-이슬로즈의 목소리가 들려왔다.

"태자 전하께서는 저와 비슷한 친구를 가지셨던 모양이군요."

"그런가요?"

둘은 마주보더니 상대에게 미소를 보냈다. 조금 후에 유리카가 고개를 끄덕이며 말했다.

"말이야."

"말?"

그제야 모든 의문이 풀렸다.

나르디와 함께 자랐다는 말은 프레아데니, 즉 '호수에 뜨는 별'이라는 이름을 가졌다고 했다. 온몸이 검고 콧잔등에 별 같은 흰 점 하나가 있단다. 나르디가 잔-이슬로즈에게 공주의 말은 어떠했느냐고 묻자, 그녀는 간단하게 대답했다.

"전하를 처음 만났던 날, 저를 태우고 있었지요."

우리는 입을 다물고 말았다. 그 말은 그날 전투로 내가 죽였던 것이다.

고개에서 거의 내려왔을 즈음이었다. 나르디가 문득 일행을 멈추게 하더니 손을 뻗어 성을 가리켰다.

"이 위치에서 보이는 모습을 가장 좋아하거든."

모두 고개를 쳐들었다. 어느새 우뚝해진 성은 하늘 꼭대기에서 드리워진 커튼처럼 보였다. 태양이 성곽을 감싸고 테라스의 그림자들을 떨어뜨렸다. 장엄한 자태였다. 성벽 군데군데에 박힌 돌들이 여러 빛깔로 반짝거리는 것이 보였다. 어디선가 봤던…… 그래, 파하잔에서 봤지. 보호석이라 했던가.

우리는 물론, 여기서 태어나 자랐을 나르디조차 오랫동안 성에서 눈을 떼지 못했다. 하지만 내 마음속에서는 찬탄과 더불어 의문도 생겨났다. 너무 깨끗해서다. 수백 년이나 됐다는 성인데?

그때 나르디가 말했다.

"달크로즈는 왕국의 기초를 닦은 이스나에-드라니아라스들이 세운 성이야. 인간의 힘으로는 그때도, 지금도 불가능한 일이라고들 하지."

"왜? 뭐 별난 점이라도 있나?"

"지형을 보게나. 저런 곳에 사람의 힘으로 성을 세우려 했다면 아마 그 나라는 내란으로 멸망하고 말았을 걸세. 백성들을 동원해서 저런 곳으로 목재며 돌을 옮기려고 마음먹는 왕이라면 실제로 쫓겨나 마땅하기도 하고."

나르디는 자기가 태자인 주제에 잘도 저런 소리를 하고 있었다.

"저 성이 방금 지은 것처럼 깨끗한 건, 지금은 사라지고 없는 마법이 달크로즈의 돌들에만은 이상스럽게도 남아있기 때문이야. 저 성은 가장 먼저 놓은 머릿돌부터, 놓였던 차례대로 하나씩 부수지 않는 한 결코 무너지거나 낡거나 더럽혀지지 않네. 이름을 알 수 없는 이스나에-드라니아라스가 그런 마법을 걸었지. '처음 세워진 모습대로 영원하라' 라는 이름이라던가."

내가 그 마법의 이상스런 이름에 고개를 갸웃대고 있자 유리카가 거들었다.

"마법은 의지에서 나온다고 했지? 훌륭한 마법사라면 몇 개라도 새로운 마법을 만들어낼 수 있어. 새로 창안한 마법을 자신의 의지에 '각인' 만 시킬 수 있으면 되니까. 물론 쓸 만한 새 마법을 생각해 내려면 창의력도 필요하지만 말이야. 그런데 웃긴 건 창의력 쪽이 '각인' 보다 훨씬 어려운 일이었다지 뭐야."

유리카는 농담이라도 한 것처럼 웃었지만 내가 실감하기엔 먼 이야기였다. 하긴 기껏 새 마법을 만드는데 쓸모가 있긴 해야겠지. 오리가 말처럼 빨리 달리는 마법을 만들어 내 봤자 무슨 도움이 되겠어? 오리를 타고 달릴 것도 아닌데.

나르디가 빙그레 웃었다.

"좋은 시절 얘기로군. 이제 아무도 그런 고민을 하지 않는다는 것이 서글프군 그래. 그런데 왜 달크로즈의 마법만은 사라지지 않은 걸까? 이유는 몰라. 물어 볼 마법사들도 죄다 같이 사라져 버렸으니 누구에게 묻겠나?"

그렇긴 하군. 아참, 유리카한테 물어보면 되지 않을까?

유리카에게 쓸데없는 기대를 품은 시선을 보내봤지만 그녀는 평소대로 못 본 체했다. 다시 움직이기 시작한 일행은 곧 출입관리소에 도착했다. 미리 전령을 보내 두었던 터라 태자 일행을 영접하려는 관리들이 무리지어 서 있었다.

"전하!"

"이제 오십니까, 태자 전하!"

구르듯 달려 나오는 관리들을 말 위에서 내려다보자니 어쩐지 우습기도 하다. 물론 내 취미가 고약해서 환영차 달려 나오는 사람들을 말 위에서 거만하게 내려다보고 있는 것은 아니었다. 나는 태자의 일행이기 때문에 저들 앞에서 말에서 내릴 필요가 없고 내려서도 안 된다는 소리를 오는 동안 들어서 말이지. 수도에 아직 발가락 한 개도 들여놓지 않았는데 벌써부터 해선 안 되는 일이 한두 가지가 아니었다.

"폐하께서 이제나저제나 기다리고 계십니다. 전하께선 어찌 소식도 한 번 없이 오늘에서야……."

발굽 아래 엎드렸던 관리 중 하나가 몇 마디 잔소리를 해보려 한 모양인데 나르디의 냉담한 목소리가 잘랐다.

"안내하라."

며칠 전부터 느낀 사실이 하나 있다. 세르무즈에 있던 때나 전투 중이던 때 일행의 책임자는 아버지였고 나르디의 권위는 형식적이기까지 했는데, 수도에 가까워지자 권위의 축이 반대로 기울기 시작한 것이다.

물론 구원 기사단의 기사들은 여전히 아버지의 말에 절대 복종했다. 세르무즈에 있던 때라고 나르디의 명령을 무시한 일도 없었다. 그러나 초기에 나르디는 명령 자체를 거의 내리지 않았다. 필요한 것이 있어도 아버지를 통했고, 전면에 나서는 일은 피했다. 그러나 수도로 향하면서 나르디는 점차 아버지와 대화를 나누지 않게 되었고, 명령도 직접 내리게끔 되었다. 이제 첫 작전회의 때 안쓰럽게까지 보였던 나르디의 위치는 완전히 달라져서 수도에 도착한 지금은 모든 발언이 당연한 것처럼 나르디의 몫이었다. 태자의 자리가 어떤 것인지, 나는 처음 나르디의 정체를 알았던 때보다 지금 한층 뚜렷이 느끼고 있다.

관리소를 지체 없이 통과했다. 드디어 수도에 들어선 것이다. 일행이 늘어났다. 왕궁 관리들과 미리 대기하고 있던 왕실 근위 부대 10여 명이 따라붙었다. 그런데 근위 부대라는 자들이 구원 기사단보다 그리 나아 보이지도 않았다. 왕실 근위대라면 분명 왕국군 최정예일 텐데?

달크로즈 성에 가기 위해 수도 시내를 가로지를 필요는 없었다. 도시의 구조가 괴상해서 주거지는 주로 최하층 분지에 밀집해 있고, 거기서부터 연잎들이 엇갈려 맞대어진 것처럼 좁은 땅들이 솟아서 달크로즈 성이 자리한 가장 높은 언덕까지 연결되는 것이다. 그렇다보니 중앙 분지를 거칠 필요 없이 '연잎'들만 밟고도 성까지 올라갈 수 있었다.

그렇게 오르며 내려다본 분지의 풍경은 흥미진진했다. 오목조목한 구획과 골목, 첨탑과 지붕 밑에는 과자 사람들이 살고 있을 것만 같다.

언제가 될지 모르지만 꼭 시간을 내서 저곳에 내려가 보기로 마음먹었다. 유리카도 함께. 틀림없이 즐거운 산책이 될 거야.

"여전히 마음이 안 바뀌신 겁니까?"

성문 앞에 막 다다랐을 때였다. 엘다렌은 나르디의 물음에 답이 없었다. 마음이 바뀌지 않았다는 무언의 대답이겠지.

나르디는 재차 물으려다가 생각을 달리한 듯 시선을 앞으로 돌렸다. 근위 기사들이 두 줄로 서고, 관리들이 나아가 성문을 열도록 했다. 기다리는 동안 나는 두리번거리며 줄곧 생각해오던 것을 찾았다. 있었다.

성문 꼭대기 침형 아치에 박힌 열네 개의 보호석. 파하잔에서는 사라졌다던 레 클로슈의 보호석이 여기에는 그대로 있었다. 희거나 푸른 돌들이었다. 박힌 모양은 일정하지 않았다. 아이들이 조약공깃돌을 흩어 놓은 것 같다.

육중한 성문이 열렸다.

달크로즈는 해자도 도개교도 없는 성이다. 그렇게 말하면 고향의 영주님 성이 떠오를 수도 있겠지만, 그것과는 상황이 다르다. 일단 성 전체에 무너지지 않는 마법이 걸렸단 말이다! 게다가 저 천연의 방벽인 험준한 산과 고개를 뚫고 들어오는 것도 쉽지 않을 테고 말이지. 그래도 성 자체에 별다른 방비가 없다니, 궁금한 생각이 들어 나는 나르디에게 슬쩍 물어 보았다.

"아아, 그건."

나르디는 분지 쪽을 가리켰다.

"저 아래의 백성들이 이미 유린당한 바에야, 기껏 왕족들이나 살 수 있는 조그마한 성을 지켜서 무엇 하겠느냐는 의미라고 알고 있네."

오……. 우리나라, 꽤 괜찮은 나라였잖아?

내가 뭔가 대꾸하기도 전에 대열이 움직였고, 우리는 성안으로 들어
갔다.


"엘다렌, 번복은 없기예요."

"……."

"하긴, 번복을 할 수 있는 문제도 아니지만."

엘다렌은 여전히 침묵시위 중으로, 뜻을 바꾸지 않았다는 대답을 한
셈이 되었다. 나와 유리카는 마주보고 어깨를 으쓱했다.

"알았어요. 거기 가고 안 가는 게 무슨 죽고 사는 문제도 아니고, 싫
으면 별 수 없죠."

나는 손을 휘휘 내저은 다음 의자에 풀썩 주저앉다가 중심을 못 잡
고 다리까지 들려 뒤로 넘어갈 뻔했다. 쿠션이 내 예측보다 지나치게
푹신했던 것이다. 다행히 방에는 유리카와 엘다렌, 그리고 주아니 밖에
없었다. 아까처럼 나보다 백 배쯤 훌륭한 분들로 보이는 '시종' 분들이
줄줄이 서 있는 데선 덩달아 훌륭한 사람인 체 하느라 고생이 많았지만
말이다.

"엘다 생각도 일리는 있어. 왕이 다른 왕을 만나는 것은 알현이라고
하지 않잖아. 왕과 왕은 동등한 존재니까 동등하게 만나야지. 그게 가
능하지 않다면 만나지 않는 쪽이 나을 수도 있어."

결국 나도 고개를 끄덕였다. 나라도 백성도 없지만, 엘다렌은 누가

뭐라 해도 왕인걸. 다시 말해 마음은 여전히 왕이라는 거지.

"그런데 우리, 이런 옷을 입어야만 해?"

나는 실질적인 고민으로 돌아가서 시종들이 놓고 간 내 몫의 옷을 집어들었다. 왕을 만날, 아니 알현할 때에는 꼭 이런 걸 입어야 되냐?

의외로 유리카는 고개를 끄덕였다.

"그렇지. 어딜 가나 그곳의 법도라는 것이 있으니까. 지켜야 할 때에는 지켜줘야지. 우리는 손님이고 그 쪽은 주인이거든."

"주인의 입장이 있으면 손님의 입장이라는 것도 있는 거 아냐?"

사실 이 옷은 내가 처음에 입을 뻔했던 옷에 비하면 그렇게 끔찍하진 않았다. 처음대로 금실은실 수놓인 괴상한 광대 옷 같은 것을 입으라고 했다면 나도 여독으로 쓰러져서 혼수상태라든가 하는 전혀 그럴 법하지 않은 이유라도 찾아내려 애썼겠지만, 곧이어 나르디가 보냈다는 다른 시종들이 찾아와 내놓은 옷들은 그래도 예의상 입어줄 정도는 되었다.

하지만 내 옷은 그렇다 치고 유리카가 입을 드레스의 심각하게 파인 어깨랑 거기에 달린 커다란 비단 꽃은 정말이지 너무하다. 여자 옷이니까 저걸 나르디가 고른 것은 아닐 테지. 만약 녀석이 골랐다면 쫓아가서 한 대 쥐어박아 줘야 되는데.

나는 드레스 끝자락을 손끝으로 집어 올리며 말했다.

"그럼 넌 이 옷 입을 거야?"

"무슨 소리야. 난 안 입어."

아니, 이게 웬 불공평한 소리야?

"야, 그게 무슨 소리야? 아까 나한테는 지켜야 할 예의가 어쩌고 하더니……"

"우선 난 이 나라의 백성이 아니고, 무엇보다도 아스테리온 종단에 몸담은 무녀야. 내가 왕을 알현하는 자리에 가는데 거기서 종단의 옷을 입지 않는다는 것은 말도 안 되지. 내 옷은 내 신분을 상징하는 거라고."

"야, 내 옷도 내 평민 신분을 상징하는……."

내가 받아치려는데 드레스의 비단 꽃 속에 기어들어가려 애쓰고 있던 주아니가 고개를 불쑥 들며 말했다.

"파비안, 네가 어떻게 평민이니? 넌 이 나라 최고 기사단 단장의 맏아들이라면서?"

나는 말문이 막혀서 우물댔다.

"야, 그건…… 아니, 아버지도 작위는 없댔는데……."

유리카가 말했다.

"잔말 마. 넌 네 아버지를 위해서나, 나르디를 위해서나, 심지어 이 나라의 백성 자격으로 보아서도 저 옷을 입는 수밖에 없어. 아버지 입장도 생각해 보라고. 18년간 잃어버렸던 아들이 처음 국왕 폐하 앞에 나서는데 초라한 여행자 복색이나 하고 있어서야 되겠어? 물론 그 여행자 복장도 우리가 보기엔 좋은 옷이지만 아버지의 친구들이나 귀족들, 특히 폐하를 생각해 보라고. 그들의 눈이 우리하고 같을 리가 없잖아? 그들이 보는 앞에서 네 아버지를 초라하게 만들고 싶은 건 아니겠지?"

젠장, 그래, 입는다 입어. 까짓 거 입으면 될 것 아냐.

다행이었다. 우리가 이스나미르의 국왕 이그논 폐하를 만나게, 아니 알현하게 된 곳은 알현실 중에서 비교적 작다는 녹옥실이었다. 들어서니 바닥에는 녹색 융단이 깔려 있고 정면에는 세 단으로 된 계단 위에 탁자와 의자 몇 개가 자연스럽게 놓여 있었다. 옥좌라고 보기엔 아무래도 평범해 보이고, 정면을 향해 줄맞춰 놓여 있지도 않았다.

방에는 별난 치장도 없었다. 벽에 작은 부조들이 새겨진 띠가 이어지고 있을 뿐이다. 테이블에는 다과가 차려져 있었지만 내 눈으로는 찻주전자나 잔이 얼마나 좋은 것인지 알아볼 수도 없었다. 다만 커다란 창문 너머로 달크로즈 시의 전경이 한눈에 내려다보였는데 그것만은 꽤 구경거리였다.

방안에는 아무도 와 있지 않았다.

"아, 저, 이거, 먼저 앉으면 안 되는 거겠지?"

우리를 안내한 시종들은 나가버렸고, 방에는 나와 유리카, 구경하겠다고 주머니에 숨은 주아니뿐이다. 나르디가 함께 여행한 친구들을 소개하겠다고 일부러 조촐하게 자리를 마련한 모양인데 이런 상황에서 오래 기다리게 하지는 않겠지? 제발…….

나르디는 내 기대를 저버리지 않았다.

"국왕 폐하, 왕비 전하, 태자 전하 드십니다."

계단 우측에 있던 문이 좌우로 열리더니 문을 연 시종 둘이 먼저 들어와 양쪽에 서고 국왕 폐하가 들어섰다. 어쩐지 상황이 이상한 것 같다. 왜 내가 저 훌륭한 세 분께 영접을 받는 기분이 드는 거지? 우리 쪽은 둘이고, 저쪽은 무려 셋이 한꺼번에 오잖아?

나는 배운 대로 무릎을 꿇고 고개를 숙였다. 유리카도 마찬가지였다. 고개를 들라는 말을 들을 때까지 한참이나 걸렸다. 다들 의자에 앉아야 하니까.

"일어나라."

"파비안 나르시냐크, 국왕 폐하께 인사 올립니다."

"만수무강하십시오, 국왕 폐하, 왕비 전하, 태자 전하. 저는 유리카 오베르뉴, 아스테리온 종단에 몸담은 무녀입니다."

유리카의 인사는 역시 나보다 능숙했다. 배운 대로라면 이제 고개를 들어 높으신 분들을 봐도 된다.

내 앞에 앉아 계신 저분이 이그논 루아 듀플리시아드, 이스나미르의 국왕 폐하다. 내 평생 이렇게 가까이에서 볼 일이 있을 줄은 몰랐던…… 아니지, 보는 일 자체가 있으리라고도 상상하지 못했던 왕이라는 존재…… 를 생각해보니 이미 한 명 봤구나. 왕이란 것도 한 명 보고 나니 계속해서 보게 되네.

그런데 아버지보다 약간 나이가 드셨다고 들었는데 머리가 희끗희끗한 것이 완연한 노인의 풍모다. 국왕의 일이란 게 무척 피곤한 건가 본데?

"이리로 올라와 앉으시오."

왕비의 목소리였는데 우와…… 나이 차이가 얼마나 나는 거야?

아마리에 왕비는 듣던 대로 미인이었다. 그리고 무엇보다 진짜 젊은 부인이었다. 프론느 헤르미보다 어린 것 같네? 아니, 그 정도가 아니라…… 아가씨라 해도 믿겠는데?

엉뚱한 생각에 빠졌다가 정신을 차린 나는 마땅한 대답을 찾지 못해 허둥댔다.

"네, 저, 다행, 아니 감사, 아니 영광입니다."

다행히 아무도 웃지 않았다. 그리고 나와 유리카는 황송하게도 계단 위로 올라가 남은 두 의자에 앉았다. 올라와 앉으니 창밖 전경이 한층 기가 막혔다. 성이 가장 높은 곳에 있으니 당연한 일이겠지만 아래로 계단처럼 펼쳐져 나가는 달크로즈 시의 풍경은 그림책에 나올 법한 모습 그대로였다.

드디어 나르디의 목소리가 들렸다.

"이것 참, 친구의 부모님을 뵈었다고 생각하고 마음 편히 가지게. 있는 격식이야 어쩔 수 없다 쳐도 없는 격식까지 만들어 낼 필요는 없지 않은가?"

나는 그의 얼굴을 보았다. 쾌활한 목소리와 평소다운 미소는 그렇다 치고, 녀석의 차림새란…….

"야……."

나는 저도 모르게 버릇대로 부를 뻗했다가 황급히 입을 다물었다. 여기까지 오기 전에 나르디를 예의바르게 부르는 버릇을 조금 들여놓는 건데 그랬다. 늘 '야', 아니면 '임마', '녀석' 따위로 부르다가 갑자기 이런 상황이라니, 실수했다가 목이라도 매달리기 전에 입을 안 떼는 게 상책이겠는데.

나와 달리 전부터 두 가지 호칭을 자연스럽게 구사하던 유리카가 생긋 웃으면서 말했다.

"의관이 잘 어울리십니다, 태자 전하."

몸에 꼭 맞는 흰 바지에다 소매를 희한하게 부풀린 저킨(jerkin), 어깨에는 금실 자수, 단추는 투명한 보석, 가슴에는 붉고 푸른 구슬들을 가득 달아 놓은 모양새가 음, 화려한 거야 알겠지만······ 정말이지 뭐라 평해야 할지 모를 옷이었다.

"고마워, 유리카. 사실 이 옷은······."

나르디가 슬그머니 웃더니 말을 이었다.

"자네들 깜짝 놀라라고 공들여 골라 입은 건데. 이 옷, 정말 끝내주는 모양이지 않은가?"

나는 녀석의 말을 알아들었지만 마음대로 대꾸할 수도 없고, 지엄한 분들의 눈치를 보아가며 웃음을 참느라 곤욕을 치렀다. 상황을 눈치챈 이그논 국왕은 의외로 빙그레 웃었다.

"태자는 어려서부터 소소한 일에서도 장난하기를 즐겼지."

잠시 후 왕비가 직접 다과를 권했다. 나와 유리카는 똑같이 차를 두 모금씩 마시고, 과자 한 개씩을 집어먹었다. 차는 무슨 차인지 내가 알 재간은 없어도 어쨌든 향기로웠고, 또한 몹시 뜨거워서 나를 골탕 먹였다. 유리카로 말할 것 같으면 어째서 나와 똑같이 행동하는 것인지 모르겠지만 그래도 나보다는 침착해 보였다.

"태자에게 이야기는 많이 들었노라. 나르시냐크 단장의 아들이라고 했던가?"

"예, 폐하."

차라리 국왕 폐하를 대하는 편이 훨씬 나았다. 실수로 반말을 할 염려는 없으니까. 나는 대구하다가 무심코 폐하의 생김새를 살펴보았다. 처음엔 몰랐는데 지금 보니 이목구비와 눈매, 머리 빛깔 등이 나르디와 많이 닮았다. 나르디가 늙으면 저런 얼굴이 될까?

"훌륭한 자제를 되찾게 되어 나르시냐크 단장의 기쁨도 크리라. 나와 그는 군신의 도리를 떠나 유년부터 깊은 친교로 맺어진 터, 태자와 나르시냐크 단장의 아들이 이렇듯 친우가 됨은 더할 나위 없이 흡족한 일이 아닌가. 앞으로도 태자의 친우로서 태자를 많이 도우라."

"황공하옵니다, 폐하."

내가 오던 길에 배운 바에 의하면, 왕이 뭐라고 말했을 때는 '예, 폐하', '황공하옵니다, 폐하', '성은이 망극하옵니다, 폐하'를 차례대로 돌아가며 쓰면 된다고 했다. 그러면 다음은 '성은이 망극하옵니다'를 쓸 차렌가?

"갈 길이 바쁘다 들었으나 잠시라도 머물면서 망중한을 갖는 것도 고된 여정에 위로가 될 터. 태자의 환궁을 축하하는 자리가 내일 저녁 마련될 예정이니 또한 참석하여 귀족들의 면면을 익히고 즐거운 시간을 갖도록 하라."

음, 그러니까…….

"성은이 망극하옵니다, 폐하."

누가 해준 말이었는지 정말 기가 막히게 맞는군.

이그논 국왕은 유리카 쪽으로 고개를 돌렸다.

"그대는 아스테리온이라고?"

"예, 폐하."

어쩐 일인지 유리카도 나와 같은 방식으로 대답하기 시작했다.

"아직 나어린 소녀가 무녀의 중임을 감당하기 쉽지 않을 터, 그런 만큼 신중하고 지혜 있는 자라 할 터이니 태자의 친구로서 감히 손색이 없다 하겠노라."

"황공하옵니다, 폐하."

어떻게 된 거야? 질문 방식이 같은 건가?

"무녀가 무녀의 복색을 갖춤은 어떤 자리에 선다 한들 지당한 일이 아니겠는가. 그러나 내일 있을 연회에서는 좀 더 아름다운 옷을 내릴 터이니 한번쯤 입어보는 것도 좋을 듯 싶노라. 귀한 집안에서도 보기 드문 자색이거늘, 나이에 어울리는 즐거움을 가져보는 것이 어찌 죄가 되리요."

"성은이 망극하옵니다, 폐하."

앞으로 누군가 왕궁에 갈 일이 있다고 하면 반드시 이 3대 대답 목록을 전수하고야 말리라고 나는 다짐했다. 나도 잘 기억해야지. 한 번 왕궁에 왔는데 두 번 오지 말라는 법 있겠어?

내가 차례를 헷갈리면 안 되겠다고 생각하며 입속으로 대답들을 되풀이하고 있는데, 나르디가 불쑥 말했다.

"농담 아냐. 내일 파티엔 꼭 와줘야 하네."

"야, 물론…… 가고말고요."

이따가 나르디를 따로 만나거든 주의를 줘야겠다. 국왕 폐하 앞에서 나한테 말 걸지 말라고.

"유리카도, 약속이다?"

"태자 전하의 엄명이시니 사양치 않고 받들겠나이다."

유리카의 대답이 자연스러워서 웃겨 죽겠다. 나르디는 입가를 가렸다가, 차를 한 모금 마시고는 말했다.

"파티엔 이슬라도 올 거야."

이슬라?

이슬라가 누구였더라?

내가 고개를 마음대로 갸웃대지도 못하고 끙끙대는데 유리카가 말했다.

"세르무즈의 잔—이슬로즈 아미유 드 네르쥬 공주 전하 말씀이십니까?"

"응, 잔—이슬로즈라는 이름이 좀 길어서 애칭이 없느냐고 했더니 알려 주더군. 하라시바 궁정에서는 이슬라라고 부른다고. 괜찮은 어감이라 나도 쓰기로 했네."

짧아졌다는 점에서 괜찮긴 하군. 내가 나르디 이름을 부르듯 공주를 부를 수는 없는 노릇이니 어차피 상관없지만. 그런데 그보다 포로인 잔—이슬로즈가 파티에 나온다고?

나르디가 덧붙였다.

"어차피 세르무즈와 전쟁을 하자는 것도 아니고, 머무는 동안은 정식 손님으로 대할 생각이네. 감시에 소홀해선 아니 되겠지만."

공주가 과연 즐거운 마음으로 파티에 나타날지는 모를 노릇이다. 그때 아마리에 왕비가 입을 열었다.

"여행하는 동안 우리 태자를 많이 도와준 것에 진심으로 감사하오. 소식이 없는 몇 년간 얼마나 근심하였는지 모른다오. 든든한 친구들이 곁에 있어 주었다 하니 그보다 반가운 일이 없소."

왕비의 목소리는 무게감은 덜했지만 다정하고 부드러웠다. 젊은 왕비라 해도 자신의 역할을 잘 알고 있는 것이 틀림없었다. 그런데 이번에는 어느 대답을 해야 하지?

"황공하옵니다, 마마."

음, 이게 적절한 것 같군.

"다만 내 거동에 어려움이 있어 내일 함께 자리하기는 어려울 듯하오. 접대에 소홀함이 있다 여기지 말고 자리를 즐겨 준다면 더 바랄 것이 없겠소."

어, 이번엔 무슨 대답을? 목록에 적당한 것이 없잖아?

"소홀이라니 당치 않으시옵니다, 전하. 저희는 아무 불편이 없사오니 심려치 마시옵소서. 옥체 미령하심을 조속히 보중하길 바라마지 않사옵나이다."

내 대신 유리카가 적절히 대답해 주었다. 나는 내 목록에 '당치 않으시옵니다'와 '심려치 마시옵소서'를 추가해 넣었다.

몇 마디 이야기가 더 오간 뒤 온몸이 근질거리는 회견은 끝났다. 이날의 차 맛과 과자 맛이 어땠는지 누가 나중에 물으면 무조건 훌륭하고 또 훌륭했다고 주장할 참이다. 다시 말해 전혀 알 수가 없었다. 그럼 왕실 음식이 맛있지, 뭔가 잘못되기야 했으려고.

국왕 폐하가 일어서고, 이어 왕비가 일어섰다. 그런데 이상한 점이 눈에 띈다. 왕비가 입은 옷이 약간 헐렁한 듯한…… 어, 그러고 보니?

아기를 가지신 건가?

물어볼 입장도 아니고 쳐다보는 것도 실례가 될 터라 궁금하더라도 꾹 참는 도리밖에 없었다. 세 분 마마들이 왔던 문으로 나간 후 나와 유리카는 다른 문으로 나왔다. 그러나 밖으로 나오자마자 예의 괴상한 옷차림을 한 나르디가 복도에서 기다리고 있는 것을 발견했다.

"어, 언제 이쪽으로 나왔냐?"

나르디는 개구쟁이처럼 씩 웃어보였다.

"그럼 내가 점잖은 분들하고 마주 앉아서 무슨 재미가 있겠나?"

벽에서 몸을 뗀 나르디는 옷이 구겨지는 것도 개의치 않고 양손을 예복 주머니에 찔러 넣더니 눈을 가늘게 떴다.

"같이 안 갈 테냐? 난 그 동안 성이 얼마나 변했는지 구경하러 갈 참인데."

두말하면 잔소리지. 나르디를 따라다니는 것보다 더 편하게 성을 구경할 방법이 있겠어?

"안내나 잘 해라."

"길은 잃지 않겠지?"

"태어나서 줄곧 살아왔던 집이야. 자네가 하비야나크를 아는 것만큼은 알고 있다네."

"뭘, 백 년 넘게 살아온 파하잔 가는 길도 헤매던 엘다렌을 생각해보라고."

다음날 저녁이 되었다.

아니, 저녁은 아직이고 지금은 저녁 직전이다. 저녁이란 역시 저녁을 먹은 다음부터가 저녁이라고 할 수 있지. 아직 저녁은 안 먹었으니까 저녁은 아니야. 그럼 점심인가?

음…… 어쩐지 헷갈리는군.

"엘다렌은 여전히 같은 생각이라고요?"

엘다렌은 또다시 무응답으로 대답을 대신했다.

"흐음, 뭐 할 수 없지. 나하고 유리카하고 갔다 올게요. 국왕 폐하께서 직접 초대해 주셨는데 안 갈 수야 없죠."

"난 안 갈래."

나는 놀라서 유리카를 바라보았다.

"안 간다고? 왜?"

유리카가 가볍게 혀를 찼다.

"왜는 왜겠어. 어제 일을 생각해 봐."

시킨 대로 생각해봤다. 어제는 나르디와 함께 성안을 돌아다니다 보니 어느새 하루가 가버렸다. 예쁜 얼굴과 대조되는 아스테리온의 옷차림 때문에 유리카는 가는 곳마다 눈길을 끌었다. 시녀들조차 빛깔 곱고 하늘하늘한 옷을 차려입은 궁정에서 상복을 연상케 하는 새카만 옷이라니 좀 시선을 끄는 게 아니었으니까. 그러다가 서재에 들어갔더니 그 옷을 딱 알아보는 사람을 만났고.

"오오 전하, 오셨습니까?"

서재에는 키가 크고 등이 구부정한 것이 딱 학자처럼 생긴 노인이 기다리고 있었다. 앞장섰던 나르디가 반색하며 다가갔다.

"타데아 선생님!"

반면 나는 이름을 듣는 순간 말문이 막혔다. 저자는 아르노월트의 재수 없는 검술 선생하고 대체 무슨 관계지?

두 사람이 옛 이야기로 잠시 회포를 풀고서야 서로를 소개할 기회가 있었다. 타데아는 나르디의 어릴 적 선생이었다는데 가르친 분야는…… 물론 검술이 아니지. 어쨌든 지금은 궁정 학자, 다시 말해 궁정에서 돈을 받고 책 읽고 글 쓰는 사람이라고 했다. 우와, 저런 끝내주는 직업이 있다니. 물론 머리가 좋아야 할 수 있겠지만 몸으로 때우는 일만 해오던 내 눈에는 완전히 놀고먹는 직업으로 보였다.

이어 유리카를 본 타데아가 말했다.

"오, 아스테리온 무녀이십니까?"

아스테리온은 유리카가 살던 2백 년 전에 비해 세력이 약해졌다. 이스나미르에서는 여전히 듀나리온의 생명의 계가 널리 지켜지지만, 아스테리온을 탄생시킨 마브릴 족은 종교에 구애받는 편이 아니어서 그렇단다. 생각해 보면 마르텔리조에서 리스벳도 듀나리온의 계를 지킨다고 했잖아? 거긴 세르무즈인데.

하긴 듀나리온이나 아스테리온이나 종교라고 하긴 어렵다. 사람들한테 뭘 해라 말아라 하는 게 별로 없거든. 자기들끼리 계율을 지키고 때때로 세상에 도움을 주긴 하지만, 그 점은 트루바드나 검은 예언자도 마찬가지니까. 무엇보다 자기들이 옳다고 서로 싸우지도 않고. 반면 대륙 어느 구석인가에서 가끔 자기들의 신앙을 종교라고 부르는 집단이 나타나기도 하는데 그자들은 어김없이 어느 쪽인가를 비방하고 싸우더란 말이지.

이유야 어쨌든 아스테리온이 쇠퇴한 만큼 새로 입문하는 무녀도 드물 것이고, 그렇다보니 '검술은 단연코 모르는' 학자 타데아는 이것저것 물어보고 싶어 좀이 쑤셨던 모양이었다.

"이렇게 젊은 아스테리온은 처음 뵙습니다. 언제 입문하셨습니까? 죽음의 계를 지키는 일이 쉽지 않다고 들었는데 어떻게…… 아니, 그보다 영의 단계는 많이 높이셨습니까?"

무녀의 공부, 힘, 위계가 높아지는 것을 통칭해서 영의 단계를 높인다는 말을 쓴다. 타데아의 질문은 무녀를 만난 학자가 당연히 보여야 할 예의였다. 유리카는 웃으며 고개를 가로저었다.

"아직 입문이지요, 뭐."

거짓말인 거 다 안다. 2백 년 전에 이미 최상위에 근접했다는 걸 다 들었는데. 그러나 유리카는 우연히 만난 사람에게 그런 걸 설명할 생각은 없는 모양이었다. 나 같으면 슬쩍 자랑하고 싶어서 좀이 쑤셨을 텐데. 아니지. 영의 단계가 높아지면 자랑하고 싶은 유치한 마음쯤은 저절로 사라져 버리는 건가?

그렇게 타데아와 유리카가 한바탕 질문과 대답을 주고받았고, 그 다음에 나르디가 뭐랬더라. 파티 얘기를 했던가?

"내일이 약초 아룬드의 첫 파티라더군요."

나르디가 말하자 타데아가 고개를 끄덕거렸다.

"정말로 첫 파티로군요. 약초 아룬드의 첫 파티라면 예의 장미 이야기로 또 한참 시끄러워야 할 것 같은데요."

"제 환궁을 축하하는 자리이기도 하니 이번 건은 예사롭게 지나가지 못할 예감이 드는데요. 제가 영 적당하지 못한 때 돌아온 것 같습니다."

"그런 셈이 됩니까? 하하하……."

둘 사이에 오가는 얘기를 이해하지 못한 내가 말을 자르고 묻자, 타데아는 버릇처럼 고개를 끄덕거리면서 대답해 주었다.

"약초 아룬드는 여름의 시작이지 않습니까? 초여름의 첫 파티가 열릴 때면 호사가들이 지나치지 않는 이야깃거리가 있습니다. 바로 장미 논쟁이죠."

장미 논쟁? 거 이름 한번 요상하다.

"저는 우스운 일이라고 생각합니다만, 어쨌든 유래는 이렇습니다. 지금으로부터 2백 하고도 20년쯤 전이던가, 이스나미르를 페릴린 국왕 폐하의 아드님 루드로엘 국왕 폐하께서 통치하시던 땝니다. 그때도 태자 전하의 이름은 나르디엔이었지요."

학자 타데아의 주 업무는 왕실 역사의 연구였다. 그에게 이런 이야기는 생활이나 다름없었다. 게다가 그는 이야기하기를 몹시 즐겼다.

"때는 초여름, 바로 이맘때인데 나르디엔 태자 전하의 비를 간택할 시기가 무르익어 궁정에서는 파티가 잦았지요. 귀족 가문의 영애만이 태자비가 될 수 있는 것은 아니었기 때문에 전국 곳곳에서 모여든 아가씨들이 파티 석상에 나타나곤 했습니다. 그렇지만 특별한 경우가 아닌 이상 결국은 신분 높은 아가씨가 태자비로 간택되기 마련이지요. 궁정에서 쌓아온 돈독한 친분 관계나 아가씨들이 치장하는 데 드는 막대한 비용, 그리고 어려서부터 가꾸어 온 외모에 있어 평민 아가씨들이 귀족을 당하기란 어려운 일입니다."

"그래서요?"

타데아는 내가 아니라 유리카의 얼굴을 쓱 한번 쳐다보고 말을 이었다.

"태자비가 될 것이 거의 확실한 지체 높은 가문의 아가씨가 한 분 계셨습니다. 당시 나르디엔 태자 전하는 태자비 간택 문제에 본인의 일인지 의심스러울 정도로 신경을 쓰지 않으셨지요. 그래서 오히려 사람들이 그 아가씨로 결정된 거나 다름없다고 여겼고요. 만일 태자 전하께서 이 아가씨가 좋다, 저 아가씨가 싫다, 이런 식으로 나섰다면 결과는 오리무중이 되지 않았겠습니까?"

"그도 그렇겠군요."

"네. 그랬는데 갑자기 한 아가씨가 나타났습니다. 소박한 매무새에도 불구하고 어느 귀한 댁 영애보다도 돋보이는 평민 아가씨가요. 보석도 비단도 거추장스러울 뿐인 타고난 미인이었던 게지요. 성격도 쾌활하고 꾸밈없는 것이 자유분방하시던 태자 전하께서 딱 좋아할 만한 아가씨였답니다."

아, 그러니까 유리카처럼?

내 시선을 느꼈는지 못 느꼈는지 유리카는 아랑곳하지 않고 이야기를 재촉했다.

"계속해 보세요."

"태자 전하가 무슨 내색을 한 건 아니었습니다만, 귀족 아가씨는 못내 불안해졌습니다. 그래서 제안한 것이 장미 논쟁입니다. 파티 석상에서 누가 가장 아름다운 아가씨인지, 누가 그날의 장미인지, 자색뿐 아니라 몸가짐이며 예절까지 가장 뛰어난 사람을 가리자는 의견을 내놓았던 거지요. 그 아가씨는 자신의 지위와 친분을 이용하고 싶었을 겁니다. 하지만 찬성한 사람들도 그 아가씨를 도와주자고 그랬던 건 아니었죠. 처음부터 태자비 간택이라는 특별한 상황이 아니었다면 그런 괜한 놀음에 점잖은 귀족들이 뛰어들었을 리 없습니다. 하지만 때는 때였고 여러 아가씨들과 부모들은 혹시나 하는 마음으로 그 의견에 찬동했습니다."

다들 자신이 뽑히면 그게 곧 무심한 태자에게 태자비 자격으로서 받아들여지리라는 계산이 섰던 거겠지. 가만히 있어봐야 안 될 거, 한 가닥 가능성에라도 걸어 보자 이거 아니야.

웃음이 나오려 했지만 나보다 유리카가 먼저 웃어버렸다.

"아하하하하……."

그런데 웃음이 쉽게 멎지 않았다. 다들 쳐다보는데도 한참이나 그치지 않고 키득거려서 나까지 어리둥절해질 정도였다.

"하하, 하하…… 미, 미안해요, 계속하세요. 후훗, 아하하……."

까닭은 나중에 물어봐야겠다. 타데아가 어깨를 으쓱하며 결말을 말해주었다.

"비밀 투표를 한 끝에 결과가 발표되었고, 왕국의 장미가 된 것은 장미 논쟁을 시작한 아가씨였습니다."

어라? 결말이 의외네? 타데아는 내 반응을 예상한 듯 빙그레 웃었다.

"까닭은 이렇습니다. 남자 분들이야 취향대로 투표했겠지만 아가씨들은 생각이 달랐던 겁니다. 예쁘긴 하지만 누군지도 모르는 아가씨가 갑자기 나타나 태자비가 되면 그 누가 기분이 좋겠습니까? 어차피 자기가 태자비가 되지 못할 바에야 본래 될 사람이 되는 편이 더 낫게 느껴졌던 것입니다."

그 후 매해 초여름의 첫 파티마다 가장 아름다운 장미를 뽑는 풍습 아닌 풍습이 생겼다는 이야기였다. 나르디 역시 그 야릇한 논쟁을 좋아하지 않았다. 그의 말을 옮겨보자면……

"우스운 건 왕궁에 혼기가 가까워진 왕자가 있을 때면 이 논쟁이 더욱 활기를 띤다는 점이네. 왕국의 장미가 된 아가씨에게 주어지는 부상(副賞)이 무엇인지 아는가? 그날 파티의 모든 춤에서 왕자와 함께 릴(reel)의 앞장을 서는 것이야. 내가 아직 어렸을 땐 그저 여흥 삼아 가볍게 지나가던 것이, 나이가 들수록 열띤 경쟁으로 변해 가더군. 이건 마상 시합에서 우승한 기사가 마음에 드는 아가씨에게 화환을 바치는 것 이상이야. 이런 풍습이 없었다면 기사의 화환을 받고 본의 아니게 결혼 상대로 낙점되어버린 아가씨의 기분 같은 건 절대로 몰랐을 텐데. 그거, 그렇게 썩 좋은 기분만은 아니더군."

그런 소리를 하는 녀석의 표정은 몹시 웃겼다. 더욱 웃겼던 것은 녀석이 자신을 '혼기가 가까워진'이라고 표현한 점이다. 세상에, 너하고 나하고 나이가 같은데, 혼기가 어쩌고저쩌고 한단 말이냐?

어쨌든 나르디가 오랜만에 궁정으로 돌아온 지금 이번 파티의 논쟁이 치열하리라는 것은 나조차도 짐작할 수 있었다. 그렇다면 유리카가 파티에 안 나가겠다는 것도…….

"맞았어. 난 그런 불필요한 논쟁의 대상은 되고 싶지 않아."

유리카의 생각이 이해가 가지 않는 것은 아니었다. 유리카가 나르디와 함께 릴의 앞장을 서는 것도 달가운 일은 아니고 말이다. 그것도 한 번도 아니고 파티 내내.

그렇지만 국왕 폐하가 권한 일인데? 거절해도 괜찮을까?

유리카는 나보다 대담한 건지, 어쨌든 처음 뜻대로 파티 불참을 밀어붙이고 말았다.

"파비안, 나 없다고 다른 아가씨한테 눈 돌리면 혼나."

연회장으로 떠나기 직전, 유리카가 내 옷을 가다듬어주면서 말하더니 눈을 찡긋해 보였다. 걱정일랑 푹 놔라. 내가 어디서 너보다 사랑스런 소녀를 찾겠어?

"너도 살짝 구경하러 와."

"아프다고 핑계 대고 안 가겠다고 했는데 어떻게 구경을 하러 가니?"

"갑자기 나았다고 하지 뭘."

"파비안 크리스차넨, 늦기 전에 파티에나 가세요."

유리카가 두 손을 내 등에 얹고 문 쪽으로 밀어냈다. 나는 못이기는 체 웃으면서 밖으로 나갈 수밖에 없었다.

"엘다하고 주아니하고 놀고 있을게. 왕비마마께서 요리도 듬뿍 보내주셨잖아."

파티 요리 속에서 뭔가가 움직인다 싶어 자세히 보니 아니나 다를까 주아니였다. 나는 씩 웃으며 손을 흔들었다.

"갔다 와서 무슨 일 있었는지 얘기해 줄게!"

# 2. 두 사람만의 무도회

　나는 기다리고 있던 시종들의 안내를 받아—안내를 받지 않고 내가
어찌 길을 찾겠는가!— 파티장에 도착했다.

　미리 파티 요리 축소판을 봐둬서 다행이라면 다행이었다. 놀라 쓰러
지거나 하지는 않았으니 말이다. 마음을 굳게 먹어둔 덕택인가? 그리
고 어제 나르디와 돌아다니며 궁정 사람들을 여럿 만난 까닭에 화려한
복장의 인파에도 압도되지 않았다. 매끄럽게 빛나는 새틴, 산뜻한 모슬
린, 보는 방향에 따라 빛깔이 달라지는 시폰벨벳, 섬세한 주름의 크레
이프 등 온갖 천으로 만든 드레스들이 만개한 꽃송이들처럼 가득했는
데도 말이다. 이 모든 것들에 놀라지 않은 나였지만 달크로즈 성 자체
만은 달랐다.

　연회장의 주조는 단연 흰색이다. 홀을 둘로 나누는 흰 기둥들이 활짝
열린 입구부터 연회장 맞은편의 닫힌 문까지 늘어서 있었다. 기둥의 숫

자는 열네 개였고, 기둥머리에는 각 아룬드를 상징하는 조각들이 새겨져 있었다. 첫 기둥에는 한 손에 낫을 들고 긴 수염을 늘어뜨린 노인이 앉아 있었고, 다음 기둥에는 빛나는 황금과 수확한 곡식들이 늘어졌다.

불꽃 모양 궁륭이 솟은 천장에는 단면마다 천상의 과일과 꽃들이 자리 잡았고, 금과 빨간 보석들로 이뤄진 띠가 벽을 휘감으며 이어졌다. 얼굴이 비치도록 매끈한 대리석 바닥에도 금으로 된 줄이 무늬를 그리며 박혀 있었다. 문 양쪽에는 두 소녀 조각상이 잎과 포도덩굴 사이로 상체만 내밀고 보이지 않는 눈동자로 연회장을 굽어보았다.

흰 소녀들의 머리는 신선한 여름 장미로 장식되어 있었다. 기둥이며 벽감, 테이블 위도 마찬가지였다. 장미 빛깔은 붉은색과 흰색이었다. 장미 논쟁을 환기시킬 작정인지도 모르겠지만 덕택에 연회장에 장미향이 가득했다.

"파비안 나르시냐크 님, 이쪽으로."

내 의견이야 어찌됐든 여기서만은 꼼짝없이 파비안 나르시냐크가 될 수밖에 없었다. 아버지를 골탕 먹일 생각은 없으니 한동안은 얌전히 이 이름을 써야겠다.

"파비안, 왔느냐."

뒤따라 간 곳에서 느닷없이 들려온 목소리에 깜짝 놀랐다. 세상에, 아버지도 오셨잖아!

오기 전에 한 시종에게 아버지도 파티에 나오시느냐고 물어봤지만 그는 즉시 부정적 전망을 내놓았다. 궁중 파티 같은 자리에서 구원 기사단장을 볼 가능성은 궁중 스튜 속에 파리가 빠져있을 가능성만큼이나 희박하다는 것이다. 오늘 스튜를 먹을 땐 파리가 빠져있지 않나 주의 깊게 살펴봐야겠다.

반색하며 다가가고 보니 예닐곱 명의 동료들이 아버지를 둘러싸고 서 있었다. 아버지가 소개해주시는 대로 그들에게 꾸벅꾸벅 인사를 했다. 그러는 와중에도 그들 가운데 선 푸른 예복 차림의 아버지가 어찌나 그럴듯하게 돋보이던지 나는 자랑스러움에 입이 헤벌어지는 것을 참으려 무던히 애써야 했다. 화려한 파티용 예복도 아버지가 입으니까 당당한 풍채와 기막히게 잘 어울린다. 아들이라 좀 편파적일 수도 있겠지만, 아버지를 보고 나니 연회장 곳곳에 널린 귀족들이 한순간에 작고 볼품없이 보이는 걸 어쩌란 말이냐.

"그리고 이분은 구원 기사단 부단장 한젤 리안센 경이다."

리안센? 부단장?

나는 인사하다 말고 퍼뜩 고개를 들어 한젤 리안센의 얼굴을 살폈다. 사람 좋은 너털웃음을 웃고 있는 키 큰 중년 기사의 얼굴에서 내가 찾으려 한 것은 별로 발견되지 않았다. 티무르의 붉은 머리도, 교활한 미소도 그에게는 없었다. 각진 이마와 선량한 눈매는 담백한 성품을 연상케 했다.

"하하하, 이거 반갑구나. 내 막내아들 녀석과 하르얀이 친하다고 들었는데, 맏아들이라고 했지? 그렇다면 내 맏아들하고 인사를 해야겠는 걸. 엘비르!"

등 뒤에서 발소리와 함께 대답이 들렸다.

"예, 아버지!"

키가 훤칠한 붉은 금발의 소년이 다가와 선뜻 손을 내밀었다.

"엘비르 리안센이라고 한다. 구원 기사단의 수련 기사지. 나르시냐크 단장님을 매우 존경하고 있다. 두 분 어른들의 친교를 더욱 빛낼 수 있는 우정을 함께 쌓았으면 한다."

나는 물론 저렇게 멋지게 말할 줄은 모른다.

"반갑다. 나는 파비안…… 나르시냐크다. 앞으로 많이 도와주었으면 한다."

티무르의 형이라 했는데 그와는 딴판으로 달랐다. 훤칠한 키와 시원스럽게 생긴 얼굴이 아버지를 빼쏜 모습이었다. 그만한 나이로는 드물게 당당함과 침착함을 함께 지닌 젊은이이기도 했다. 티무르가 나와 나이가 같으니 엘비르는 나보다 나이가 많겠다.

이어 아버지 주위로 다가오는 온갖 사람들과도 인사를 나눴다. 많은 사람들이 아버지와 꼭 닮았다며 감탄했고, 다른 사람들은 엘자스-오리테 전투 이야기를 들었다며 태자와 아버지를 훌륭히 보필한 것을 칭찬했다. 나로서는 그걸 보필이라기보다는 '엉겁결' 정도로 부르는 것이 나을 것 같지만 말이다.

"지엄하고 존귀하신 이스나미르의 보호자, 이그논 국왕 폐하와 아마리에 왕비 전하께서 드십니다!"

낭랑한 의전관의 목소리와 함께 사람들이 기둥 사이 길을 중심으로 파도처럼 갈라졌다. 두 소녀 조각이 있는 문이 활짝 열렸다. 10여 명의 시종과 시녀를 거느린 왕과 왕비가 등장하자 모두 허리를 굽혀 절을 했다.

의전관이 다시 외쳤다.

"나르디엔 태자 전하 드십니다!"

나는 허리를 굽힌 채 괜히 유쾌해져서 킥 웃었다. 태자보다 더 점잖아 보이는 엘비르보다 진짜 태자인 나르디 쪽이 훨씬 재미있는 녀석이라는 생각이 떠올라서다. 그런데 다시 허리를 펴려는 순간 의외의 발표가 있었다.

"세르무즈에서 오신 잔-이슬로즈 아미유 드 네르쥬 공주 전하 드십니다!"

장내가 술렁이며 가벼운 소란이 일었다. 오늘 파티에서 잔-이슬로즈를 보게 되리라는 것은 알았어도 이렇듯 정식으로 소개될 줄은 몰랐던 모양이었다. 좌우로 갈라져 섰던 귀족들은 일단 허리를 굽혔다가 곧이어 너도나도 목을 빼고 적국 공주의 얼굴을 보려 애썼다. 그리고 기대했던 공주의 모습은……

"우와……."

나오는 탄성을 간신히 삼켰다. 붉은 갑옷을 걸치고 맹수처럼 검을 휘두르던 장군, 흐트러진 머리와 초췌한 얼굴의 고귀한 포로, 달크로즈로 오며 말머리를 나란히 했던 쾌활한 아가씨, 어느 쪽도 아니었다. 잔-이슬로즈는 한 왕국의 공주였다. 이 순간 깨달은 기분이었다.

"무서운 전사라고 들었는데……."

엘비르가 저렇게 중얼거리는 것도 당연했다. 잔-이슬로즈와 검을 들이대며 처음 만났던 나조차도 동일인인가 싶었을 정도니 말이다. 잔-이슬로즈가 입은 드레스는 어깨와 가슴, 치마폭은 희었고 치맛자락은 자줏빛에서 시작해 점차 싱그러운 분홍빛이 번져 올라왔다. 소맷자락과 프릴, 리본 등도 같은 분홍빛 번짐으로 장식되어 드레스 자체가 살아있는 꽃처럼 향기로운 색감을 띠었다. 거기에 긴 머리채를 말아 올렸다가 다시 한쪽으로 늘어뜨린 매력적인 손질에, 작은 다이아몬드가 나란히 박힌 관이 검은 머리와 대조적으로 빛났다. 기품 있는 몸놀림은 또 어떻고. 공주가 없는 달크로즈 성에서 진짜 공주가 있다면 그녀뿐이었다.

"오, 이거 참 놀랄 만한데. 안 그런가?"

"왜 저들의 공주가 마브릴 최고의 미인이라는 말을 하지 않았지? 그저 싸움 잘하는 아가씨라고만 하다니 그 왕가의 생각이란 도무지 이해할 수가 없군."

"초여름의 장미, 그대로가 아닌가!"

연회장의 남자들이 감탄하여 수군대는 가운데 공주는 연회장 한쪽에 섰다. 마침 내 쪽과 가까웠다.

생생한 눈동자와 빳빳한 속눈썹, 고집스런 생김새. 잔-이슬로즈에게는 귀족 여인들의 그늘에서만 가꾼 미모를 무색케 하는 야생적인 매력이 있었다. 그을린 피부만 해도 그렇다. 그녀는 태양 아래 자신 있게 말을 달리는 여전사가 아닌가!

"파비안, 여기서 보게 되는군요."

잔-이슬로즈가 가장 먼저 말을 건 사람이 나였던 탓에 사람들의 눈길이 내게 쏠렸다. 나는 허겁지겁 머리를 굴렸으나 멋진 대꾸를 생각해낼 수가 없었다. 갑자기 왕족 질문 시 대답 목록 세 가지, 아니 수정중

보판 다섯 가지가 떠올랐지만 이번엔 어째 적당한 게 하나도 없었다. 이거 '아름다우십니다' 도 아니고, 대체 뭐라고 하지?

"……멋있어요."

결국 가감 없이 튀어나온 내 말에 잔-이슬로즈는 싱긋 웃었다. 그역시 부채로 얼굴을 가리고 꾸민 듯 미소 짓는 것과는 달랐다.

"릴 댄스는 장미 논쟁이 끝난 후부터 시작이야. 그 전엔 릴 없이 가볍게 춤을 추지. 곧 시작이겠는데?"

곁에서 친절하게 이것저것 설명해 주고 있는 엘비르는 스물한 살이고 결혼을 약속한 아가씨도 있다고 했다. 거참 놀랍다. 귀족들은 스물한 살을 결혼할 나이로 보는 건가? 우리 동네에서 남자는 스물다섯은 되어야 결혼이 어쩌고 얘기가 나오는데. 그럼 결혼할 아가씨는 도대체 몇 살이지?

"아, 릴리안은 열아홉이지."

으, 유리카보다 한 살밖에 안 많다.

엘비르는 약혼했다는 점뿐 아니라 어느 모로 보나 소년이 아니라 당당한 어른이었고, 사려 깊은 태도도 티무르의 형이라고는 믿어지지 않았다. 나는 그 앞에서 티무르 이야기를 꺼내야 할지 말아야 할지 헷갈렸다. 하르얀 문제도 마찬가지고. 아버지는 하르얀이 여행 차 잠시 집을 비웠다고 말했을 뿐, 어디로 무엇 하러 갔는지는 말하지 않았다. 아니, 몰랐다고 하는 편이 정확하겠지. 설마 그 녀석이 사병을 거느리고 배를 몰아와 나를 공격했을 거라고 어찌 상상하겠어.

나는 기분 나쁜 생각을 떨어버릴 겸 쌍쌍이 춤추기 시작한 귀족들을 바라보았다. 온갖 보석으로 치장한 귀부인들, 예복으로 성장한 귀족들에게 잠시 시선을 주었다가 그 너머에 선 국왕 일가에 눈이 머물렀다. 왕비는 몸이 불편하여 나오지 못할 것 같다고 하더니 마음이 바뀌었는지 모습을 드러냈고, 노쇠한 기색이 완연한 국왕은 한쪽에 놓인 의자에 앉은 채다. 나르디는 누군가와 이야기를 하다가 연회장 쪽으로 고개를 돌렸는데 마침 나와 눈이 마주쳤다. 그의 눈이 빙긋 웃는다. 나르디는 잠시 후 내 곁으로 왔다.

"전하, 환궁을 경하드립니다."

엘비르가 예의바르게 인사했다. 나도 덩달아 허리를 굽혔지만 나르디가 쾌활하게 웃으며 내 어깨를 두드렸다.

"파비안, 새삼스럽긴. 같이 돌아온 주제에."

이어 나르디는 주위를 두리번거리더니 물었다.

"유리카는? 정말로 몸이 많이 안 좋은가?"

나르디에게는 제대로 귀띔을 해줄까 하다가 그만두었다. 유리카가 나오지 않겠다는 이유가 이미 궁중의 풍습으로 정착된 일 때문인데, 그런 걸 피하려 했다는 이야기가 국왕과 왕비에게 알려져 봤자 좋은 일이야 있겠냐고.

대신 내가 묻고 싶은 것은 따로 있었다.

"저, 왕비님께선……."

나르디는 내 말을 끝까지 듣지도 않고 대꾸했다.

"오늘은 몸이 조금 나아지셔서. 회임하신 것 때문에 요즘 거동이 힘드신 모양이네."

"야, 넌……."

알고 있었냐고 물으려다가 다시 생각하니 나와 같이 돌아온 나르디가 미리 알았을 리 없었다. 나르디는 내 어정쩡한 표정을 보고 싱긋 웃었다.

"나도 돌아와서 알았다네. 올해 안에 태어날 것 같다던데. 은근히 기대가 된다. 죽 혼자였던 터라 동생이 생긴다니 기분이 좀 야릇해."

저 녀석은 정말로 저번에 유리카가 말했던 그런 문제는 신경 쓰지 않는 걸까? 왕위는 누가 이어도 상관없다고?

나르디는 내 생각을 아는지 모르는지 눈을 돌리다가 잔-이슬로즈를 찾아냈다.

"이슬라, 왜 혼자 있어요?"

나르디는 지나가는 쟁반에서 잔을 두 개 집어 들고 잔-이슬로즈에게 가 버렸다. 그 모습을 바라보던 엘비르가 말했다.

"전하께서 마브릴 공주님께 호감을 가지신 모양인데?"

아니, 뭐, 뭐…… 뭐야?

당황해서 다시 나르디의 뒷모습을 보았다. 잔-이슬로즈가 나르디가 내민 잔을 받는 것이 보였다. 키가 훤칠한 잔-이슬로즈에 비해 나르디는 아주 조금밖에 크지 않았다. 나르디가 오늘 입은 예복은 흰색에 붉은 장식줄이 들어간…… 저런, 잔-이슬로즈의 옷하고 일부러 맞추기라도 한 것처럼 어울리잖아?

엘비르는 같은 쟁반에서 내 몫의 잔을 집어 건네주면서 말을 이었다.

"그러나 잘 될까? 적국의 공주인데."

하긴…… 정말 좋아한대도 큰일 아냐?

두 사람은 다정스러운 태도라고야 할 수 없지만 어쨌든 마주보고 이야기를 나누고 있었다. 나는 계속 쳐다보기가 머쓱해서 연회장이라도 둘러보려 했다. 그런데 내 주위에 웬 아가씨들이 저렇게 많지?

나는 잠시 다른 곳을 보는 체 하다가 다시 앞을 봤다. 그대로였다. 대여섯 명은 되는 아가씨들이 모두 나를 보고 있었다. 입은 옷은 모두 다르고 머리모양도 달랐지만 어쩐지 비슷비슷한 느낌을 주는 여자들이다. 아니 잠깐, 뭐가 비슷한 거지? 얼굴도 다르고, 머리색도 다른데?

그렇지만…… 역시 비슷하잖아.

나는 눈을 둘 곳이 마땅치 않아 술을 홀짝이는 체하며 엘비르를 바라보았다. 엘비르가 빙그레 웃었다.

"뭘 하나? 다들 기다리잖아."

"기다리다니?"

윽…… 술맛이 희한하다.

엘비르는 정말로 점잖았다. 내가 표정을 일그러뜨렸다가 억지로 펴는 것을 보았지만, 적당히 못 본 체하며 지나가는 말처럼 알려주었다.

"에일을 넣은 브랜디네."

"어…… 그런데 누가 날 기다린다는 거야?"

"자네의 춤 신청을 기다리는 아가씨들이지 누구겠나?"

뭐, 뭐야?

나는 더더욱 당황하여 아예 등을 돌려 버렸다. 그리고 뭐든 좋으니

다른 할 일은 없을까 허겁지겁 생각하기 시작했다.

엘비르가 말했다.

"춤을 즐기지 않나 보군?"

엘비르가 일부러 예의를 지켜서 말하고 있다는 것을 안다. 안 즐기는 정도가 아니다. 내가 이런 데서 추는 춤을 알 턱이 없잖아!

내가 춤을 추어보았다고 해 봤자…… 가만있자, 예전에 하비야나크에서 살 때 마을 축제가 있으면 가끔 추어봤던 정도겠다. 그렇지만 그 시절 그런 춤은 아무렇게나 추어도 좋았고, 스텝이 정해진 춤들도 여기서처럼 반드시 똑같이 해야만 하는 것은 아니었다. 마을 잔치의 춤이란 처음엔 제대로 추다가도 술 몇 잔씩 들어가고 나면 다들 멋대로 빙빙 돌며 돌아가기 마련인 것이다. 그러든 말든 다들 환호하고, 박수도 쳐 주고.

그러니까 한마디로 나는 춤을 추어 보았다고 말할 입장이 아니었다.

끔찍한 일이 생겼다.

"엘비르!"

연보랏빛 태퍼터(taffeta) 드레스를 입은 자그마한 여자가 엘비르의 이름을 부르며 다가와서 내 쪽을 흘끗 보았다. 엘비르는 정중하게 아가씨의 손을 잡고 입을 맞추더니 내게 약혼녀인 릴리안 아이슬리라고 소개했다. 작고 귀엽게 생긴 아가씨다. 내가 얼떨결에 엘비르와 비슷한 방법으로 인사를 하고 나자 릴리안은 고개를 끄덕인 뒤 엘비르의 손을 잡아끌었다.

그러자 엘비르는 대답했다.

"아아 물론, 아름다운 릴리안, 저와 춤을 추어주시겠습니까?"

둘은 내 곁을 떠나 춤추고 있는 사람들 사이로 사라져 버렸다. 릴리안이 난입해 내 보호자를 낚아채어 사라지자 나는 갑자기 혼자가 되어버렸다. 오, 젠장, 이건 아닌데?

저 아가씨들에게 걸리면 곤란해!

내 생각은 아랑곳 않고 아가씨 몇 명이 내 쪽으로 걸음을 옮기기 시작했다. 나는 필사적으로 뭔가 다른 일을 하는 체 하려 했으나 아무래도 마땅한 것이 없었다. 하긴 무도회에서 할 만한 일이 춤이나 잡담 말고 별다른 거라도 있겠어?

절망적으로 테이블에 다가가 음식이라도 먹을까 하는 참인데 천만다행하게도 나르디가 돌아왔다. 나는 구세주를 만난 기분이었다.

나르디는 기분이 좋아 보였다.

"방금 이슬라 공주에게 장미 논쟁에 대해 설명했더니 왜 장미만 뽑느냐, 거기에 비견되는 훌륭한 잎사귀도 뽑아야 하는 것 아니냐고 하시는군. 정말 재치 있는 분이야."

휘유. 그래, 난 지금 무슨 이야기든 좋다고.

"틀린 말은 아니지. 그렇지만 부상(副賞)으로 주어질 왕자는 있어도 공주는 없잖아?"

"하하, 이슬라도 부상 따위가 되는 것은 원치 않겠지."

벌써 그 '논쟁'은 시작되어 있었다. 마치 중매쟁이들이 여기저기 찔러보고 다니듯, 결혼한 지 얼마 되지 않은 젊은 귀부인들이 기꺼이 그 일을 떠맡아 돌아다니고 있었다. 연회장 이곳저곳에서 담소를 나누며 의견을 들어보고는 정리해서 발표하는 것이 왕궁의 방식인 모양이다. 하긴, 왕궁에서 아가씨들을 놓고 공개 투표를 할 리도 없고, 거수로 결정하는 것도 아닐 테고, 저런 우회적인 방법을 쓰는 수밖에 없겠지.

한쪽에는 왕비를 중심으로 귀부인들의 이야기가 한창이었다. 왕비의 임신이 주된 화제인 듯했다. 태어날 아이가 만약 왕자라면 정말 어떻게 되는 거람.

돌아다니던 귀부인들 중 두 사람이 우리 쪽으로 다가왔다. 귀부인들은 태자인 나르디 앞에서는 정중히 허리만 굽힐 뿐 의견을 묻지 않았다. 마지막 결정권자가 태자라던 말이 맞는 모양이다. 귀부인들은 곧 내게 다가와 인사했다.

"파비안 나르시냐크입니다."

"아아, 아르킨 나르시냐크 단장님의 맏아드님!"

이미 알고 있을 텐데도 부인들은 놀란 표정을 지으며 양손을 맞잡고는 탄복한 표정을 지었다.

"그 아버님에 아드님이세요. 어쩌면 이렇게 훤칠하고 잘생겼을까. 아주 쏙 뺐네요, 꼭 닮으셨어."

"맞아요. 아르킨 단장님도 저렇게 가끔이라도 파티에 나와 주시면 얼마나 자리가 빛날까요? 풍채로 보나 위엄으로 보나 감히 비교할 데가 없는 분이잖아요? 어째서 다시 혼처를 찾지 않으시는 건지."

"글쎄 말이에요. 이만큼이나 장성한 아들이 있으시지만, 저렇게 혼자 계시면 애꿎은 처녀들 가슴만 두근거리게 하신다니까."

"그렇지만 파티에서 춤 한 번 추지 않는 분이잖아요. 아무래도 한량 귀족들과는 질적으로 다른 분이시다 보니까……."

뭐, 뭐지, 이 아주머니들?

궁중에 드나드는 귀부인들이라 해도 하비야나크의 동네 아주머니들과 별로 다르지도 않은 모양이었다. 부인들은 내 시선을 느꼈는지 갑자기 목을 가다듬으며 화제를 돌렸다.

"그래, 장미 논쟁 얘기는 들으셨지요?

귀부인들은 연회장에서 모아온 여론들을 놓고 한참이나 떠들었다. 누구네 집 무슨 아가씨, 무슨 드레스 입은 아무개 아가씨, 누구는 이번엔 틀렸고 누구는 굉장히 애쓰는 것 같다는 둥, 나는 알지도 못하는 이름들을 한 바가지쯤 정신없이 들은 다음에 거기에 따라오는 설명들도 다시 몇 바가지는 뒤집어 써야 했다. 부인들이 다시 내게 말을 걸 때까지 나는 이름들의 홍수에 빠져 허우적대고 있었다.

"자, 어떤 아가씨가 예쁘던가요? 올해 왕국의 장미는 누가 좋겠어요?"

"친분 있는 아가씨가 아직 없으니만큼 공정한 의견을 말해 줄 수 있을 것 같은데. 여기서 듣는 의견이 제일 확실한 것 아닐까? 어때요?"

"저, 그러니까……."

나는 홍수 속에서 스스로 수영을 깨쳐서 간신히 기어 나온 다음에 뚝뚝 떨어지는 이름들을 가다듬으며 뭔가 의견을 말하려 했다. 아무 말도 안 할 수는 없고, 유리카도 없는 바에 아무나…….

아, 그게 아니잖아?

"당연한 걸 물으십니까."

내 목소리가 자신만만해지자 부인들은 약간 놀란 모양이었다. 한 부인이 물었다.

"그러니까 누구?"

나는 조금 떨어진 곳에서 이야기를 나누고 있는 한 쌍을 바라보았다. 그들은 아까보다 좀 더 친밀해 보였다.

"당연히 잔-이슬로즈 공주님이지요. 단연 돋보이지 않습니까?"

한 부인은 당황한 표정을 지었고, 내게 물었던 부인은 거보라는 듯 친구를 돌아봤다.

"내가 뭐랬어. 역시 저 공주님이랬잖아."

"그래도 달크로즈, 아니 이스나미르의 장미를 뽑는 건데 적국의 공주가 말이 되겠어? 그분은 어쨌든 안 돼."

어라, 그런 문제가 또 있었나?

이러거나 저러거나 번복할 생각도, 또 번복할 이름도 갖고 있지 않은 나는 어깨를 으쓱하며 그만 가보라는 표정을 지었다. 부인들은 저들끼리 쑥덕이다가 다른 사람들을 찾아 떠났다.

생각보다 복잡하네, 그거.


'논쟁'의 결론은 곧 났다.

쌍쌍이 돌아다니던 부인들이 나르디를 따로 만나 저마다 귀띔하는 것이 보였고, 나르디는 고개만 끄덕였을 뿐 별 말 하지 않았다. 음악은 여전히 흘렀지만 춤은 잠시 멈췄다. 사람들은 기둥 오른쪽에 모여 릴 댄스가 시작되기를 기다리고 있었다. 음료 테이블 쪽에 모여 있던 나이든 사람들도 태자가 주도하는 릴을 돌기 위해 모두 빈손이 되어 자신의 짝과 함께 서 있었다. 소곤대거나 웅성거리던 소리가 서서히 잦아들더니 조용해졌다.

테라스를 향해 두 단 정도 계단이 올라간 쪽에 나르디가 서 있었다. 그가 골라잡아 첫 릴을 도는 아가씨가 올해 왕국의 장미가 된다. 왠지 나르디의 입장이 좀 우스울 것 같다. 취향대로가 아니라 여론대로 상대를 고른다니 말이다.

나르디의 표정이 좋지 않다. 마음에 들지 않는 결과가 나온 것일까?

선정 방식에서 특이한 것은 돌아다니던 부인들이 의견을 취합해서 한 사람을 결정해 태자에게 통보하는 것이 아니라, 자신이 얻은 결과를 각각 태자에게 이야기한다는 점이다. 그러면 태자는 자신의 취향도 적당히 섞어 상대를 고를 여지가 생긴다. 그러니까 자신의 의견이 전혀 없다고 할 수는 없었다.

음악 소리가 잦아들더니, 다음 곡을 준비하는 조용한 전주로 변했다. 이제 선택할 때였다. 나까지 은근히 긴장이 됐다. 유리카도 이걸 구경하러 왔으면 좋았을 텐데.

나르디가 결심한 듯 걸음을 뗐다. 태자가 나아가자 사람들이 물결처럼 양쪽으로 갈라져 섰다. 나르디는 자신 있는 태도로 서더니 한쪽으로 시선을 보냈다.

"……."

나르디가 바라보는 쪽에 사람들로 가려진 잔-이슬로즈 공주가 서 있었다. 몇 사람인가가 황급히 물러났고, 나르디는 공주에게 손을 내밀며 허리를 굽혔다. 시선이 일제히 두 사람의 얼굴로 떨어졌다. 수많은 아가씨들의 얼굴에 떠오른 당혹감과 질투 어린 눈빛들이란.

이어 고개를 드는 녀석의 입가에 머문 미소는 이런 애매한 순간의 것으로는 꽤나 매력적이었다. 잔-이슬로즈는 약간 도전적인 표정으로, 뭔가를 묻는 듯 나르디의 얼굴을 보았다. 길지 않은 침묵 속에서 두 사람의 눈빛 사이로 어떤 대화가 오갔는지 나로서는 알 길이 없다.

공주가 나르디의 내민 손을 잡았다. 두 사람이 나란히 연회장 중앙으로 걸어가자 사람들 사이로 소곤거림이 퍼져나갔다.

"저런! 전하께서……."

하지만 나르디의 선택을 번복시킬 수 있는 사람은 없었다. 악사들이 준비한 곡을 신나게 연주하기 시작했다. 나르디가 잔-이슬로즈의 손을 잡고 릴 댄스를 위해 서자 다른 사람들도 자석에 끌리는 쇳조각들처럼 주르르 자리를 잡아나갔다.

나르디 녀석, 잘 됐네. 처음엔 왜 망설였던 거지?

손을 마주잡은 두 사람은 예복에서 동작에 이르기까지 일부러 맞추기라도 한 것처럼 잘 맞았다. 잔-이슬로즈가 나르디보다 두 살이 많긴 했지만 두 사람은 당당하고 우아한, 서로를 존중하면서도 조화를 이루는 한 쌍이었다. 잔-이슬로즈 공주가 저렇게 여자다워 보일 수 있다는 것도 처음 알았다. 연회장에 나타났던 때 보여준 기품과는 다른 상냥한 매력이 그녀에게도 있었다.

그런데 나는?

나는 갑자기 연회장에 있는 사람 치고 저 댄스에 끼지 않을 수는 없다는 사실을 깨달았다. 나르디의 일만 신경 쓰느라 정작 내 일은 잊었잖아!

나는 황급히 두리번대며 도망칠 곳을 찾았다. 그러나 아까와 마찬가지로 여긴 숲 속이나 산 속이 아니기 때문에 숨을 곳 따위는 없었다. 곧 끌려 들어갈 순간이었다. 그게 누구였든 상관은 없지만, 분홍빛 오건디 드레스를 입은 아까 그 아가씨, 크레이프 드레스의 다른 아가씨, 그리고…… 그때였다.

시야에 환영 비슷한 것이 스쳐간 듯했다. 뭐였지?

눈을 비비며 다시 보았다. 있었다. 테라스에 달린 문 뒤로 하얀 치마인지 베일인지 모를 것이 방금 사라졌는데?

"아!"

흰 환영의 모습이 또렷해졌다. 하얀 옷자락, 얇은 베일로 된 띠, 같은 빛깔의 머리카락을 장식한 은빛 꽃. 초여름의 바람이 새어 들어왔다.

내게 손을 내밀고 있었다.

"……."

머릿속에 신선한 샘이 솟아나 다른 생각을 일시에 지워 버린 듯했다. 테라스로 발을 옮겼다. 문을 열자 별 가득한 하늘이 시선을 사로잡았다. 등 뒤의 소란쯤은 잊어버렸다. 손짓과 미소와 한 소녀만이 있었다.

"유리……."

테라스로 들어가면서 걸쇠를 걸어 잠가 버렸다. 볼 테면 보라지. 하지만 방해하는 것은 안 돼.

하얀 달이 머리 위에 걸린 등불처럼 테라스를 밝혔다. 뭐라 말하려 했지만 유리카가 미소를 짓는 순간 잊어버렸다.

"저기, 어떻게 여길……"

유리카는 더듬거리는 내 입술에 손가락을 갖다 대더니 생긋 웃으며 연회장을 손가락질했다.

"좋은 곡을 연주하잖아. 들어봐."

문으로 차단된 음악소리는 작았지만 그런대로 들을 만했다. 연회장 에서는 릴을 끝내고 왈츠가 한창이었다. 빙글빙글 돌아가는 다채로운 빛깔의 사람들이 보였다. 그러나 여기선 음악소리보다 풀벌레 소리가 더 생생했고, 귀부인들의 향수 대신 정원에서 올라오는 들꽃과 풀 냄새 가 물씬했다.

"한 곡, 어때?"

유리카가 내 손을 끌어당겼다. 춤을 출 줄 모른다고 말하는 것도 잊 었다. 팔꿈치 위까지 감싼 넓은 케이프와 그 밑으로 하늘거리는 긴 리 본, 무늬 하나 없는 하얀 드레스 차림의 유리카와 두 손을 잡고 마주 섰 다. 어깨 위에 은빛 머리카락이 달빛처럼 흘렀다.

"이렇게, 다시 이렇게. 하나, 둘, 셋, 하나, 둘, 셋."

유리카가 움직이는 대로 따라갔다. 내가 발을 밟을 뻔하자 유리카가 킥, 웃었다. 내 손안의 손은 보드랍고 작아서 그 손으로 검을 휘둘렀다 는 것이 믿어지지 않았다.

세상이 천천히, 아니 빨리 돈다. 바람이 리본을 날려 내 가슴을 간질 이고 머리카락을 어깨에 휘감았다. 치맛자락이 발치를 쓰다듬었다. 시선 둘 곳 모르는 내 눈은 녹색 호수에 어린 은빛 속눈썹들에 머물러 있었다.

"어때? 이것 봐, 이제 할 만하지?"

차츰 춤추는 것이 편안해졌다. 혹시 있을지 모를 시선도 신경 쓰이지 않았다. 옷자락이 스쳐 사락대는 소리가 듣기 좋았다. 내 팔에 안긴 유리카는 내가 알던 소녀가 아닌 듯도 했고, 때로는 가장 그녀다운 눈동자를 하고 더없이 명랑하게 웃기도 했다.

테라스에서 열린 둘만의 무도회였다. 넓지 않은 테라스였지만, 우리 둘에게는 충분하고 완벽한 세계였다. 밤의 향기를 뿜는 정원이 온 세상처럼 우리를 둘러싸고 있었다.

"……예뻐."

유리카는 그녀답게 빙긋 웃으며 그녀만이 할 수 있는 대답을 했다.

"너도 예뻐."

세상은 아름다웠다. 무도회장에서 춤추는 사람들조차 우리 둘을 위한 아름다운 그림틀 같았다. 저만치 달크로즈 시를 수놓은 불빛들이 보였다. 그 중심에서, 흰 성벽의 달크로즈에서 흰옷의 유리카와 내가 손을 맞잡고 빙글빙글 돌고 있다. 몇 번이나 꿈꾸게 될 거야, 이 순간을.

한 곡이 끝났다.

"연습 잘 했지?"

연습이라니, 내겐 평생을 두고 기억할 춤인데.

"파비안, 우리 들어가서 추어 볼까?"

환영이 걷혔다. 연회장의 시끌벅적한 소리가 파도처럼 밀려들었고 수백 개의 램프들이 빛을 쏟아냈다. 사람들은 다음 릴을 기다리며 쉬고 있었다. 자, 이제는 즐길 수 있어.

"자신 있지?"

자신 있다면 그게 거짓말이지.

"그럼."

나는 유리카의 손을 잡고 나아갔다. 어린아이가 처음 세상에 나가는 기분으로.

"호오……."

사람들이 휘둥그레진 눈으로 우리를 맞았다. 정확히는 유리카 때문이겠지만. 갑자기 나타난 깜짝 놀랄 만한 미모의 소녀에게 시선이 쏟아졌다. 유리카의 하얀 드레스는 어떤 화려한 드레스보다 돋보였고, 그녀의 존재 자체도 마찬가지였다.

"어느 댁 아가씨지?"

"자네도 모르나? 나도 처음 보는데."

나르디가 잔-이슬로즈와 함께 다가왔다. 얼굴에 미소가 가득했다.

"아아, 왔구나, 유리카."

유리카는 비밀이라도 감춘 표정으로 나르디를 향해 생긋 웃어보였다. 이어 시선이 잔-이슬로즈에게 향했다.

"어머나, 공주님, 너무 예뻐요."

유리카의 말투는 언제나처럼 솔직했고, 잔-이슬로즈의 얼굴에도 미소가 떠올랐다.

"태자 전하고 정말 잘 어울려요."

내 생각도 똑같았다. 내가 크게 고개를 끄덕거리자 나르디가 웃었다.

"자네들이야말로 그래."

곧 음악이 시작될 순간이었다. 나르디가 다시 말했다.

"가장 아름다운 아가씨들이 춤을 추지 않고서야 연회장의 분위기가 살아날 수 없겠지?"

손을 맞잡은 나와 유리카, 나르디와 잔-이슬로즈가 릴의 선두를 향해 걸어갔다. 나르디가 맨 앞에, 내가 그 다음에 섰다. 삽시간에 만들어진 열 속에서 유리카와 나는 어색하지만 순수한 기쁨을 주고받았다. 유리카의 흰 뺨도 발그레하게 상기되어 있었다. 붉고 푸르고 노란, 온갖 빛깔의 치마들 속에서도 유리카의 흰 빛, 은빛 머리와 녹색 눈의 조화에 비견될 만한 것은 없었다. 정원 가운데 한 송이뿐인 백장미처럼 피어올라, 영혼을 송두리째 빼앗는 천진한 매혹.

"하나, 둘, 셋, 하나, 둘, 셋……."

유리카가 알려 준 대로 입속으로 박자를 세어 가며 발을 옮겼다. 어색한 몸짓과 더듬거리는 발놀림이지만 생각보다 재미있다. 유리카의 몸놀림은 어느 귀족 아가씨 못지않게 우아하고 유연했다. 빙글 돌면서 치마가 펼쳐지고, 손을 잡아 올리자 손목에 걸린 은고리가 핑그르르 돈다. 주위가 온통 알 수 없는 빛에 휩싸여 반짝거렸다. 어쩌면 내 눈에만 보이는 빛인지도 모르지만.

"어때, 괜찮지?"

춤의 흐름 속에서 잠시 만난 나르디가 말을 붙여왔다. 나는 고개를 흔들었다.

"야, 박자 세기 힘들어. 말 걸지 마라."

유리카가 웃으며 눈인사를 보냈다. 둘은 다시 빙글빙글 돌며 멀어져 갔다. 유리카가 나르디에게 인사한 건지 잔-이슬로즈에게 인사한 건지 모르겠다.

춤이 끝나가는 동안 나는 생각했다. 유리카는 먼 과거로부터 마치 나를 위해 시간을 뛰어넘어 온 것 같다고. 그러나 녹색 눈동자에는 알 수 없는 빛이, 내 팔 안에 있지만 언제고 떠날 순간을 예감케 하는 무언가가 있다.

가장 행복할 때 드는 불안한 감정이란 어쩌면 인간의 가장 오래된 두려움에서 온 것인지도 모른다. 언제든 위기는 찾아올 수 있지만, 현재를 즐기는 것은 사람의 마음.

어떤 일이 다가올지 알 수 없더라도 지금의 행복을 잊지 않도록 더 생생하게 느끼겠어. 어떤 불행 속에서도 기억하겠어. 달크로즈의 고귀한 성 안에서 서로를 바라보았던 눈빛과 맞잡았던 손을 내 마음 가장 깊은 곳으로. 영원의 장소로.

# 3. 작별


"미스릴 동전요?"

잔–이슬로즈의 얼굴에 무슨 소리인지 모르겠다는 표정이 떠올랐다. 그래서 나는 크게 실망했다. 세르무즈의 공주인 그녀한테 재미있는 이야기라도 들을 수 있지 않을까 내심 기대했는데.

"봐요."

이야기를 꺼냈던 나르디가 주머니를 뒤지더니 별과 검의 노래호에서 빼돌렸던 미스릴 동전 중 한 개를 흰 테이블보 위에 탁, 놓았다. 동전에 새겨진 것은 누구나 알아볼 수 있는 예니체트리의 노란 고양이 키티아였다.

잔–이슬로즈는 동전을 집어 들었다.

"……."

나는 고기를 자르면서 공주의 얼굴을 살펴봤지만, 아무런 얘깃거리도 발견할 수 없었다. 일부러 숨기는 것 같지도 않았다. 함께 여행하며 느낀 거지만 음모라든가 거짓말 같은 것은 잔-이슬로즈의 솔직담백한 천성과 맞지 않았다. 또는 남들이 그렇게 생각하게 만들 정도로 대단한 고단수던가.

나르디가 빵에 꿀을 바르며 말을 이었다.

"세르무즈의 국왕 폐하를 위해 상인 몇이 이것들이 든 상자들을 운반하고 있었지요."

상인 몇이라. 나르디는 문제의 선장이며 선원들을 쾌활하고 붙임성 있게 대했지. 그랬던 그들을 지칭하기엔 약간 낯선 단어야.

잔-이슬로즈가 동전에서 눈을 떼더니 나르디를 보았다.

"세르무즈의 국왕 폐하께서 하시는 일을 왜 이스나미르의 태자 전하께서 아셔야 하나요?"

나르디는 미소를 띠면서 답했다.

"국경 침범 문제와 관계되기 때문입니다."

두 사람이 서로에게 품은 감정이 어떤 것인지 잘 모르겠다. 어느 정도 호감은 있으나 우선은 자국의 이익을 대변할 의무가 있었고, 그럴만한 의지도 충분한 두 사람이었다.

"그자들이 이스나미르의 국경을 침범했다는 것이 증명된다면 응당한 처벌이 있어야 하겠죠."

공주의 말투는 일전에 그쪽 국경을 침범한 우리들을 질책하는 것처럼 들리기도 했다. 하긴, 틀린 말도 아니다. 나르디가 이번엔 뭐라고 반격할까?

"나로선 구원 기사단의 정예 기사 열두 명을 희생시키는 만큼의 가혹한 처벌은 하지 않을 생각입니다."

"……."

나르디 녀석, 세르무즈와 싸우면서 희생된 기사들을 언급하고 있는 거다. 잔-이슬로즈의 눈썹이 약간 꿈틀거렸다. 둘 다 대단한 자존심이었다.

어젯밤 파티가 늦게까지 계속되는 바람에 오후가 가까워지는 지금까지도 피곤이 덜 가신 터였지만, 두 사람은 그렇지도 않아 보였다. 모처럼 네 사람만을 위해 마련된 점심식사 자리는 꽤나 흥미로워져가고 있었다.

"소금 좀 집어 줄래?"

유리카는 무슨 생각인지 이 이야기에 끼어들지 않았다. 나는 소금을 집어 건네주면서 유리카의 표정을 슬쩍 살폈다. 아무 일도 없는 양 평화롭다.

"그렇다면 '산'에 대해서는 아시겠지요?"

나르디는 유리카가 내려놓은 소금을 집으면서 시선을 접시에 둔 채 말했다. 잔-이슬로즈에게 하는 말이 분명했지만 어떻게 듣든 상관없다는 투였다.

그러나 직선적인 성품의 잔-이슬로즈는 즉시 반응했다.

"산이라니요?"

"이진즈 강 상류, 이스나미르의 체스트넛 카운티와 걸쳐진 지점에 솟아난 산 말입니다."

"산이 솟아나요?"

이쯤 되자 모든 것이 확실해 보였다. 잔-이슬로즈는 산과 거기에서 발견된 미스릴 동전들에 대해 아무것도 모르는 것이 분명했다. 저렇게 총애 받는 공주조차 모를 정도로 극비였던 것일까?

그렇게 생각하다보니 어딘가 어색한 기분이 들었다. 산이 정말 그런 식으로 솟아난 것이 분명하다면 그 이야기가 온 나라로 퍼지지 않았을까? 보고가 줄을 이었을 텐데? 왕궁에도 이미 보고되었다고 했잖아?

"거짓말하지 말아요, 이슬라."

나르디는 소금 좀 집어 달라는 말과 똑같은 어조로 그 말을 마쳤다. 잔-이슬로즈의 뺨이 발갛게 달아올랐다. 그녀는 잡았던 포크를 놓더니 나르디를 보았다.

"나는, 산이 솟아났다는 것을 몰랐다는 것이 아니라 그 동전에 대해서는 금시초문이라고……."

"당신, 알고 있잖아요."

잔-이슬로즈는 다시 말문이 막혀 버렸다.

나르디가 무슨 근거로 저렇게 자신만만하게 몰아붙이는지 모르겠다. 그러나 나르디는 말을 하는 내내 잔-이슬로즈와 눈을 마주치지 않으려 했고, 잔-이슬로즈는 끈질기게 나르디를 바라보면서 말을 했다.

그렇지만 공주는 역시 거짓말이 능숙하지 못했다.

"미스릴이 발견되었다는 이야기는 들었어요. 하지만 그게 동전이라는 것은……."

"알고 있었겠죠."

나는 은근히 불안해지기 시작했다.

잔─이슬로즈는 말을 멈춘 채였다. 할 말을 찾는 것 같지도 않았다. 시선은 앞을 향했지만 뭔가를 보고 있지도 않았다. 내 경험상 저런 모습은 감정을 억지로 누르고 있는 건데.

"……."

나르디도 말없이 고개를 숙이고 있었다. 그가 한참 만에 입을 뗐다.

"화내지 말아요, 이슬라."

놀랍게도 그 한마디에 잔─이슬로즈가 나르디를 바라보았다.

"아뇨. 난 당신이 우리 국왕 폐하께서 부정한 일을 숨기고 있다고 생각하는 것이 기분 나빴을 뿐이에요. 물론 내가 아는 것이 진상은 아닐 수도 있죠. 하지만 나는 국왕 폐하께서 내리신 결정의 결백함을 믿어야 할 이유를 가진 사람이에요."

"알고 있습니다."

"알고 계신 분이라면, 할 수 있는 이야기와 그렇지 않은 이야기를 나눌 권리를 내게 줘요."

나르디는 선뜻 대답하지 않고 침묵을 지켰다. 나도 덩달아 생각에 잠겼다. 만약 잔─이슬로즈가 세르무즈에서 온 사절단이었다면 문제의 권리는 물론 그녀에게 있었을 것이다. 하지만 잔─이슬로즈는 사절단이 아니라 포로였다. 비록 겉으로는 손님처럼 그럴듯한 대접을 받고 있긴 해도 말이다. 그렇기 때문에 '권리를 달라'고 요청하지 않으면 안 되는 것이고.

나르디는 공주가 머무는 동안 손님처럼 대접하겠다고 했지만 지금처럼 중요한 정보 문제를 놓고도 그럴 수 있을까? 나르디가 그러고 싶다 해도 이스나미르 왕가나 대신들은 그럴 생각이 없을지도 모르고…… 아, 그렇다.

나르디가 하필 우리 넷만이 모여 식사하는 자리에서 주머니 속의 미스릴 동전을 꺼낸 까닭을 그제야 알 수 있었다. 그리고 나르디가 이제부터 할 대답도.

"권리는, 고귀한 분의 손에 있습니다. 타고나셨고 누려 오신 그대로."

그리고 나르디는 처음으로 고개를 들어 잔-이슬로즈를 바라보았다. 둘의 시선이 오래 머물렀다.

"……고마워요."

그때 유리카가 낮게 목을 가다듬더니 말했다.

"파비안, 설탕 좀 건네줄래?"

나는 설탕 병을 집어주면서 말했다.

"네 음식은 대체 무슨 맛이 돼 가는 거야? 소금을 넣었다가 설탕을 넣었다가."

유리카는 설탕을 받아 흔들어 보이며 미소 지었다.

"응. 지금은 설탕이 어울리는 때거든."

"아까는 소금이었고?"

"그럼."

내가 무슨 소린가 싶어 고개를 갸우뚱거리는데 나르디가 웃음을 참는 것처럼 어깨를 움츠리더니 말했다.

"유리카, 나도 설탕 좀."

잠시 후 놀랍게도 잔-이슬로즈마저도 말했다.

"그 설탕, 쓰고 나서 내게도 줘요."

내가 유리카를 흘끔 보자 유리카가 거보라는 것처럼 혀를 쏙 내밀어 보였다. 결국 나도 말할 수밖에 없었다.

"저기, 설탕이 혹시 남았으면 저도 좀……."

어젯밤 파티에서 왕국의 장미로 뽑힌 잔-이슬로즈 때문에 귀족 아가씨들의 항의가 대단했다고 들었다. 그러나 이런저런 이유를 달며 결과를 뒤집어 달라는 모든 요구들을 나르디는 간단히 묵살했다. 이 일의 결정권자는 태자인 나르디였기에 누군가 불만이 있다 해도 태자의 결정을 번복시킬 수 있는 사람은 아무도 없었다.

다만 태자가 그런 고집을 부리는 것이 왕가와 귀족들 간의 원만한 관계에 도움이 될 수는 없었다. 그렇지만 나르디는 그런 것도 무시했다. 그가 한 말은 간단했다.

"그대들은 전쟁을 위해 태어난 마브릴 족과 이제라도 싸워보고 싶소?"

틀린 말은 아니다. 처음부터 잔-이슬로즈를 왕국의 장미로 결정하지 않았으면 모르되, 일단 발표된 일을 도로 뒤집는 것은 세르무즈의 공주를 대놓고 모욕하는 것이나 다름없었다. 그나저나 나르디는 순전히 외교적인 이유 때문에 공주를 고른 것처럼 말했지만 나는 왠지 믿어지지 않는다. 뭐, 내가 참견할 일은 아니지만.

식사가 끝났다. 미스릴 동전 사건의 미래는 두 왕가 대표의 은밀한 회담, 즉 잔-이슬로즈 공주와 나르디엔 태자의 식후 귀엣말을 통해 정해지게 될 것이다. 내가 더 참견할 일은 없었다. 나는 일어나면서 물었다.

"오늘 저녁 일정은 뭐지?"

유리카가 어깨를 으쓱거리더니 말했다.

"엘다렌한테 위문 공연이라도 해 줘야 하는 것 아냐? 혼자 골방에만 박혀 있잖아."

"이런, 이것 봐, 골방이라니. 거긴 성에서도 제일 좋은 방 가운데 하나란 말일세."

"그럼 달크로즈에 나쁜 방이 하나라도 있겠어? 안 그런가요, 태자 전하?"

"하다 만 성 구경이나 더 하자. 그래, 저번에 파하잔에서 네가 입이 닳게 자랑하던 타로핀 회의장! 그거 꼭 보고 싶은데."

"야, 거긴 나조차도 함부로 못 드나드는 곳이란 말이야."

"엄살 피우지 마십쇼, 전하."

태자의 특별 손님인 우리는 뭐든 하고 싶은 대로 하면서 시간을 보냈다. 우리끼리 있을 때에는 존대나 호칭조차 멋대로였다. 그러나 이런 시간이 오래 계속될 수는 없다는 걸 안다. 그리고 사람들과 어울릴 생각도 없는 듯, 주어진 방에서 여전히 나오지 않는 엘다렌이 무슨 생각을 하고 있는지도 안다.


"다시 떠나야지."

은빛 머리가 아침 햇살에 반짝였다. 나르디의 머리 위에서도 금빛이 춤췄다. 창문으로 들어온 신선한 아침 빛은 방에 앉은 다섯 사람을 골고루 비췄다.

"그렇지, 엘다?"

엘다렌은 오랜만에 검은 로브를 입지 않았다. 성 깊숙한 곳에만 있으니 다른 사람이 놀랄 일도 없었고, 점점 더워지는 날씨에 저 두꺼운 로브는 고문에 가까웠다.

"……."

이번에는 나르디를 보았다. 평상복이라고 입은 것이지만 부드럽게 몸에 감기는 푸른 비단 상의와 검은 바지를 보고 있노라면, 내가 보아 오던 것보다 훨씬 준수한 소년이라는 사실을 다시 실감하게 된다. 이 성에 잘 어울리는 주인이라는 것도. 그런 그를 보면서 어젯밤 생각했던 사실을 되씹으며 인정할 수밖에 없었다. 나르디는 함께 떠나지 않을 것이다.

"달크로즈는 좋은 곳이야."

내 말의 의미를 나르디가 알아들었을까? 나르디는 창밖을 보던 시선을 내게 돌리더니 조용히 고개를 끄덕였다.

"그렇지만 우린 할 일이 있잖아?"

유리카가 짐짓 쾌활하게 말하며 모두를 둘러보았다. 테이블 위에 앉은 주아니까지도.

"그럼, 할 일이 있고말고."

이틀 전, 파티가 끝난 뒤 아버지를 다시 만났었다. 그리고 뜻밖의 제안을 들었다. 아니, 잊고 있었다 뿐이지 실은 약속된 것이기도 했다. 반년 전에 한 약속이 되살아난 것이다.

"내가 주었던 표지를 갖고 있느냐?"

아버지는 아룬드나얀을 내게 주실 때 이게 어떤 것인지, 용도가 무엇인지, 유래가 무엇인지 알지 못하셨다. 모르면서도 아들인 나를 믿고, 내 미래에 대한 약속으로 주셨던 것이다. 그랬던 것이 2백 년 전부터 내가 갖게 되리라고 정해져 있던 물건이라니, 아버지도 이런 이야기를 듣는다면 깜짝 놀라실 테고 당신이 하신 행동이 예언의 일부였다는 사실에 당혹감을 느끼실 테지.

하지만 난 아무 말도 할 수가 없는걸.

오랜만에 아룬드나얀을 보신 아버지는 무어라 말할 수 없는 표정을 지으셨다. 녹색 보석 옆에 붉은 보석이 나란히 빛나고 있었으니까.

"무슨 말을 해야 좋을지 모르겠구나."

그건 나도 그랬다. 아버지한테 붉은 보석을 찾은 연유며 내가 알아낸 비밀들을 신나게 늘어놓고 싶었지만 엘다렌과 유리카와 한 약속이 내 입을 막고 있으니 그저 어색한 미소를 짓는 수밖에 없었다. 아버지는 아룬드나얀을 살펴보며 생각에 잠겼다가 말씀하셨다.

"어려운 일을 해냈구나. 혹시 네가 이걸 받고 나서 보석들을 찾아내야겠다는 부담을 느낀 것이라면……."

나는 재빨리 도리질을 했다.

"아뇨. 그렇지 않아요. 다 우연이었어요. 이 보석은 산적단이 갖고 있었으니까요. 어쩌다 보니 그걸 빼앗아서……."

내 입으로 말하면서도 이 '지나치게 끝내주는 우연'을 아버지가 믿어주실 것 같지는 않았다. 하지만 아버지는 아무것도 따져 묻지 않으셨다. 오히려 뜻밖의 말씀을 하셨다.

"네가 해낸 일은 대단하다만, 너도 알다시피 난 네게 임무를 주려고 이걸 맡긴 게 아니란다. 어디까지나 이건 너와 나 사이의 약속의 표지였다. 그리고 넌 그 약속을 훌륭히 지켜냈다."

지켜냈다라. 물론 그랬다. 언젠가 준비가 된 후에 아버지를 찾아가겠다고 약속했었다. 그리고 지금 나는 달크로즈에 와서 아버지를 만나고 있는 것이다.

"그러니 이제 그만 내 곁에 머무르는 것이 어떻겠느냐?"

이 순간까지 잊고 있었을까?

하지만 아버지로서는 당연한 이야기였다. 헤어진 후로 긴 세월이 흐르지는 않았지만 이번에 나는 태자를 호위해서 무사히 달크로즈로 돌아오도록 도왔고, 그 일로 귀족들 사이에서 상당한 평판을 얻었다고 했다. 나르시냐크 가문의 맏아들로 자리 잡기에 이번보다 좋은 때도 없었다.

그리고 아버지가 아들을 곁에 두고 싶어 하시는 마음도 알 수 있었다. 이번 파티에서 아버지 친구 분들의 아들들이 어떻게 아버지들을 돕고 있는지 보고 느꼈던 바도 컸다. 특히 엘비르 리안센은 내가 그 나이가 된다 해도 그만큼 어른스럽고 침착해질 수 있을까 싶을 정도로 든든한 리안센 부단장의 맏아들이었다. 그러나 그들 누구보다도 높은 위상을 갖고 계시던 아버지에게는 그런 존재가 없었다.

"죄송합니다, 아버지."

유리카와 엘다렌, 만나지 못한 또 한 명, 그리고 에제키엘. 그들이 내게 남긴 약속을 저버릴 순 없었다. 내가 원해서 맡게 된 것은 아니지만, 난 나 혼자 좋자고 나만이 할 수 있는 일을 거절해서 친구들을 실망시킬 수 있는 대단하고 끔찍한 놈은 아니다. 수도에 머물고 아버지를 돕는 것은 물론 좋았다. 그러나 내가 친구들에게 해줄 수 있는 일, 그들이 간절히 바라는 일, 그걸 먼저 한 뒤에.

"좀 더 해보고 싶어요. 저를 기다리는 뭔가가 남아있는 것만 같거든요. 하지만 반드시 돌아오겠습니다. 아버지가 저를 필요로 하시는 자리로요."

아버지는 빙그레 웃으며 내 어깨를 두드려 주셨다. 아버지의 눈가에 번진 잔주름이 문득 가슴에 남았다.

"언제라도 떠날 준비는 되어 있다."

내 상념을 깨뜨리며 엘다렌의 목소리가 울렸다. 이제 시선이 나르디에게 모아졌다.

"나는……."

녀석이 저런 표정으로 웃을 때 어떤 기분인지 난 너무 잘 안다. 나는 벌떡 일어나 나르디의 어깨에 손을 얹었다. 어쩐지 여행할 때보다 녀석의 키가 조금 커진 것 같기도 하다.

"야, 넌 부모님 곁에 있어야지. 폐하께서 이미 보령이 높으신데 언제까지나 일국의 태자가 세상 구경만 하고 돌아다닐 수 있겠냐? 나중에 우리나라를 무슨 꼴로 만들려고 그래?"

"……."

"게다가 동생 얼굴도 봐야잖냐? 개구쟁이 남동생일지, 혹은 이 성에 너보다 더 잘 어울리는 진짜 멋진 공주님께서 태어나실지 말이야."

나르디의 손이 천천히 올라와 내 손을 당겨 잡았다. 나는 그 손을 두 손으로 맞잡았다.

"파비안…… 그래도 자넨 내 친구겠지?"

말로 표현할 수 없는 아쉬움이 솟아올라왔다. 이 녀석과 이제 헤어진다. 처음 만날 때부터 참 마음에 들었던 녀석이었지. 그렇지만 잠깐일걸. 나는 다시 돌아올 테고, 아버지를 모시고 살면서 네가 왕이 되는 것도 볼 수 있겠지. 그건 좀 까마득한 미래일지도 모르겠지만.

"야, 누굴 뭐로 보는 거야? 그럼 내가 네 친구지, 하인이라도 된단 말이냐?"

"그렇지만 조만간 신하는 되어야 할 걸."

유리카가 옆에서 거들었다. 그래도 다행이다. 우리 모두 웃고 있어.

잠시 후에 유리카가 말했다.

"게다가 나르디 넌 이 성과 너무 잘 어울리는걸. 같이 떠나자고 하기가 미안할 정도로 말이야."

나중에 이야기를 들었다. 그날 파티장에 유리카가 나오도록 해준 사람은 나르디였다는 것을. 유리카에게 잘 어울릴 흰 드레스를 준비시키고 시종을 보내 바로 그 테라스에서 나타날 수 있도록 해 주었다. 녀석은 그 멋진 파티에서 우리 둘이 좋은 추억을 만들게 해주고 싶었던 것이다.

다시 만나고 싶은 좋은 친구. 그가 선사한 멋진 선물.

기분 좋게 헤어질 수 있을 것만 같다. 이렇게 볕이 좋은 날이잖아. 구질구질한 이별과 어울리는 날이 아니야. 깨끗하고 가벼운, 미래를 기약하는 이별을 해야지.

# 4. 독

「다른 방법은 없는 거야?」

「없어.」

꿈인가, 몇 번이고 꾸었던, 깨어날 수 없는 꿈.

수없이 돌이키려 했지만, 결국 그렇게 되고 마는 꿈.

비가 내린다.

「그렇구나.」

비에 젖어 달라붙은 검은 옷, 고개 숙인 은빛 머리. 너는 세상에

미련이 없다고 했지. 그 생각은 지금도 그대로일까?

나의 친구들, 한 종족의 지배자, 그대들은?

왜 이렇게 되어야 했을까?

멈추지 않을 것처럼 비가 내린다.

잘그랑대는 팔찌 소리와 함께 한 손이 어깨에 놓이고 다른 손이

뺨을 어루만진다.

「괜찮아.」

왜, 왜, 꿈에 본 것과 똑같지? 나는 알고 있었어. 그러나 바꾸지 못했어. 무엇 하나도. 달라지게 하고야 말겠다던 수십 번의 맹세가 한 마디 한 마디 또렷한데도. 결국 돌이킬 수 없는 방향으로 흘러버린 지금, 나는 무엇을 기대하며 눈물을 참으려 하지?

「네 마음은 바뀌지 않을 것이라는 말이겠군.」

빗속을 뚫고 들려오는 묵직한 목소리. 내 말을 믿고 자신의 왕국을 내버려둔 채 따라와 주었던 친구. 그러나 나는 이렇게 할 수밖에 없다.

나약하고 무력한, 보잘것없는 마법사.

내 힘으로 할 수 있는 일은 아주 작은 것밖에 없다.

자신의 무기를 짚고 선 엘프가 숲 사이로 검게 흐린 하늘을 올려다본다.

「작별 인사를 할 때인가.」

― 기억 VI

"그럼 이슬라 공주는 언제까지 있어야 한대?"

"글쎄. 곧 세르무즈에서 귀국 교섭을 할 사절을 보내오겠지. 물론 여러 가지 조건이 맞아야 되니까 생각보다 조율 기간이 길어질 수도 있겠고."

"연애하기에 딱 좋은 조건이겠는데?"

말을 타고 둘러보는 수도의 전경은 아기자기한 멋이 있었다. 수도라고 해서 크고 웅장한 것만 상상했는데 그런 것뿐이 아니었다. 성 아래로 내려가 수도 중심부의 분지—아르드-달크로즈, 보통 아르드라고 부른다고 했다—에 이르자 색색가지 지붕과 고풍스런 종탑, 흰 회벽과 붉은 벽돌, 좁은 골목과 넓은 대로, 수백 개의 간판이 빽빽이 들어찬 시장 거리, 그 사이를 오가는 수많은 사람들이 활기찬 조화를 이뤘다.

방사형 길 중심에는 분수대와 조각상도 있었다. 새로 지은 건물들 사이로 천연석을 그대로 깎아 만든 옛 건물들도 보였다. 빈터마다 수백 년은 됨직한 나무가 푸른 가지를 드리웠다. 아르드-달크로즈는 막 닥친 여름 기운에 푹 파묻혀 있었다.

크고 웅장한 것도 물론 있었다. 공회당처럼 보이는 석조 건물을 발견했는데 세모진 박공벽 아래로 기둥이 죽 늘어선 모양이 이채로웠다. 기둥 하나가 내 키의 예닐곱 배는 되어 보였고, 둘레 역시 세 명은 되어야 손을 맞잡고 둘러설 수 있을 정도로 엄청났다. 그리고 기둥 하나하나마다 복잡한 부조와 문자들이 새겨져 있었다.

"어라?"

여행을 시작하기 전에 보석을 몇 개 바꾸려고 시내로 내려간 엘다렌을 기다리는 동안, 나는 기둥들을 살펴보다가 희한한 사실을 발견했다. 문자가 많이 새겨진 기둥에 낯익은 문자가 몇 개 있었다.

"이걸 어디서 봤더라……."

손을 내밀어 움푹 들어간 글자들을 만져 보았다. 사람들의 손이 많이 닿았을 텐데도 글자들의 모서리는 아직도 처음 깎아낸 것처럼 날카로웠다. 물론 나로선 읽을 수도 없는 문자들이다. 그렇다보니 문자라기보다는 장식 무늬처럼 보이기도 했다. 글자들 속에 손가락을 넣고 글씨를 쓰듯 손가락을 움직여 보았다. 문득 이 글자들을 어디서 보았는지 알 것 같은 생각이 들었다.

사람들이 많이 지나가고 있었기 때문에 위협하는 것처럼 보이지 않도록 조심스럽게 검을 뽑았다. 검신에 새겨진 글자들을 기둥과 비교해 보았다. 틀림없었다.

"파비안, 뭐해?"

다른 기둥을 구경하던 유리카가 이상한 낌새를 눈치챘는지 내 쪽으로 다가왔다. 나는 유리카에게 이게 고대 이스나미르 어냐고 물어보려 했다. 그러나 유리카는 벌써 내 질문을 알아채고 고개를 저었다.

"아니, 이건 나도 모르는 글자들인걸."

나르디하고 헤어지지 않았다면 자기가 태어나고 자란 도시에 있는 건축물이니 좀 물어볼 수도 있었을 텐데. 벌써부터 아쉽다. 녀석은 지금쯤 궁성에서 귀찮은 귀족들하고 놀아주느라 바쁘겠지.

나와 유리카는 머리를 맞대고 글자들을 들여다보며 고개를 갸웃거렸다. 그래 봤자 모르는 건 어쩔 수 없었다.

"엘다렌이 오네."

별로 기대하지는 않았지만 돌아온 엘다렌을 붙들고 문자들에 대해서 물어 보았다. 그는 예상대로 고개를 저었다.

"드워프들의 역사에는 없는 글자다. 아마 고대 이스나미르 인들이 쓰던 어떤 문자겠지."

"그렇지만 유리카도 읽을 줄 모르는걸요?"

"유리가 읽고 말할 수 있는 고대 이스나미르 어는 현재 우리가 쓰는 말처럼 당대의 일상공용어다. 그 시대에도 지금처럼 마법에 쓰이는 문자는 따로 있었지. 아마 축복 문자나 주문 문자, 그런 것들 중 하나일 거다."

충분한 설명은 아니었지만 더 알아낼 방법도 없었기 때문에 우리는 기둥들 사이를 빠져나와 거리로 내려갔다.

오늘부터 네 번째 동료를 찾아 떠날 참이었다. 이번엔 크로즈님 강을 따라갈 계획을 세웠다. 다만 달크로즈 내의 수문은 국법상 일반인이 사용할 수 없기 때문에 일단 크로즈 고갯길로 빠져나가서 크로즈님 강을 따라 도보 여행을 하다가 헨마인 나루까지 가서 배를 탈 예정이었다.

크로즈님 강은 수도 북쪽으로 넓게 펼쳐진 상텔로즈 숲으로 흘렀다. 상텔로즈는 이스나미르에서 가장 큰 숲이다. 우리의 목적지는 상텔로즈 숲의 동부 언저리였다. 엘다렌을 만나고 나서는 무작정 길을 헤맬 필요가 없어졌다. 우린 그곳에 '세르네즈의 하늘'이 있으리라고 확신하고 있었다.

"말했던 것은 알아봤어요?"

내가 슬쩍 묻자 엘다렌은 알아볼 수 없을 정도로 고개를 끄덕였다. 엘다렌이 시내로 나갔던 데는 보석을 환전하는 것 말고 다른 목적도 있었다. 그건 나와 유리카, 엘다렌은 알고 주아니는 모르는 일이었다.

"아, 잘 됐네요."

주아니는 내 주머니 속에 들어앉아 있었지만 우리 대화에 별로 주의를 기울이지 않았다. 주아니는 우리가 여행하면서 하는 일에 하나하나 참견하기보다 이해하지 못해도 적당히 넘어가 주는 편이었다.

"주아니, 잠깐 엘다렌한테 가 있겠어?"

이런 경우에도 별 불만을 가지는 일은 없다. 주아니는 얌전히 엘다렌의 주머니 속으로 옮겨갔다. 그리고 또 느긋하게 들어앉은 채 자기 나름의 방법으로 여행을 즐기기 시작했다.

나는 유리카한테 눈짓을 해 보였다.

"그럼 엘다렌, 부탁해요."

"엘다, 이따가 봐."

"……."

나와 유리카는 엘다렌에게 손을 흔들어 보이고 그의 곁을 떠나 인파 속으로 섞여들었다.

"잘 될까?"

"잘 될 거야. 엘다는 보기보다 철저한 드워프라고."

우리는 장난치는 아이들처럼 재빠르게 사람들을 헤치고 나아갔다. 오랜만에 단둘이 손을 잡고 걷자니 그것도 나름대로 유쾌했다. 포석 깔린 거리를 신나게 달리며 지나갔다. 머리에 뭔가를 인 행상 아주머니와 부딪힐 뻔도 하고, 골목을 확 꺾다가 느닷없이 나타난 썩은 사과더미를 밟을 뻔도 하고.

달크로즈의 뒷골목은 큰 길이 잘 닦인 것과 대조적으로 좁고 제멋대로 뻗은 미로였다. 하긴 도시가 이렇게 오래됐는데 거리를 뜯어고치기란 쉬운 일이 아니겠지.

"이쪽?"

"응, 그쪽!"

유리카는 평소의 검은 옷으로 돌아갔지만, 잊을 수 없는 흰 드레스를 떠올릴 때마다 행복한 기분이 든다. 언젠가는 유리카가 그 하얀 드레스를 다시 입을 날이 오겠지?

네 개의 신발이 경쾌하게 돌바닥을 차고 지나갔다. 지붕들 틈으로 보이는 하늘에 초여름의 태양이 어른거렸다. 따뜻한 볕이 걷어 올린 팔에 기분 좋게 닿았다. 오랜 여행으로 더러워졌던 유리카와 나의 옷도 달크로즈 성의 시종들이 깨끗하게 세탁해줘서 입고 다니는 기분도 예전과 달랐다.

"물 좀 마시고 갈까?"

분수대를 발견하고 뛰던 걸음을 냅다 멈췄다. 몸이 앞으로 넘어질 듯이 휘청했지만 둘 다 마주보며 싱긋 웃었다.

채색된 벽돌로 지은 분수는 수반(水盤) 세 개를 각기 다른 크기로 쌓아올렸고 그 위에서 물이 솟아났다. 수반 주위로 가늘게 솟아오르며 손이 닿는 곳까지 오는 물줄기가 10여 개나 교묘하게 얽혀 있었다. 유리카가 분수 외벽에 바짝 붙더니 상체만 내밀면서 떨어지는 물에 손을 갖다 댔다. 손바닥에서 튄 물방울이 새로운 분수 줄기가 되었다. 머리로도, 소매로도, 신발로도 뛰어들며 하얗게 부서진다. 입에 갖다 댄 손우물에선 여름비처럼 시원한 물이 목으로 넘어왔다.

"이것 봐!"

유리카가 불러서 돌아보니 어느새 손에 물을 모아둔 그녀가 내 얼굴에 물을 뿌렸다. 뛰어오느라 상기된 뺨에 와 닿는 차가운 물이 싫지 않았다. 그렇지만 나도 지지 않고 오른손으로 물줄기를 쳐서 물을 튀겼다. 유리카가 웃음을 터뜨렸다. 잠깐 만에 둘 다 머리카락에서 물이 뚝뚝 떨어지도록 젖었지만 웃음은 그치지 않았다.

물방울 사이로 보이는 세상은 젖은 듯 찬란했다. 온 세상이 수정으로 이뤄진 것처럼. 늘 이런 기분이라면 못할 게 없을 텐데.

"자, 시간 없어. 그만 가자."

분수대에서 몸을 돌리면서 못내 아쉬웠지만 시간이 없다는 말은 정말이었다. 엘다렌을 오래 기다리게 하는 것은 절대 권장할 만한 일이 못된다. 게다가 주아니도 수상한 낌새를 챌지 모르고.

"그나저나 주아니가 좋아할까?"

그럼, 좋아하고말고. 나는 머리를 흔들어 물을 떨어내고 고개를 끄덕였다.

"다시 뛰는 거야!"

방사형 큰길을 피해 골목으로 파고들었다. 달크로즈 시는 정말 유쾌하게 뛸 수 있는 거리들을 갖고 있다니까.

"파비안, 저기잖아! 오른쪽 골목!"

걷던 사람들이 놀라 비켜설 정도로 맹렬한 기세로 멈췄다가 골목으로 뛰어들었다. 드디어 목표한 상점이다.

주아니, 너 알면 깜짝 놀랄 거다!

"기분이 이상하지 않니?"

유리카와 나는 큰길을 천천히 걷고 있었다. 실컷 뛰어서 몸이 더워지기도 했고, 중천에 오른 태양도 슬슬 뜨거웠다. 유리카가 문득 한 말에 나는 의아해져서 되물었다.

"무슨 기분?"

"지금 말이야. 글쎄, 뭐랄까……."

뭐 이상한 거라도 있었나?

거리를 두리번거려 봤지만 길가는 사람들이나 한쪽에 선 마차, 내 머리 위로 덜렁대는 식당 간판 말고는 아무것도 발견할 수 없었다.

"괜한 기분이겠지."

유리카는 고개를 흔들어버리더니 나보다 앞서 걸었다. 대로변이라 지나가는 사람들이 많았고 생김새도 가지각색이었다. 여행자, 상인, 행상 아주머니, 잘 차려입은 부잣집 꼬마.

앞서 걷던 유리카가 나를 돌아보았다.

"아직 시간이 있을까?"

"시간은 왜?"

"뛰어서 그런지 좀 피곤한 것 같아."

"뭐라도 먹을래?"

마침 길 한쪽에 군것질거리를 파는 손수레가 있어 다가갔다. 손수레에는 우리가 구경해보지 못한 재미있는 먹을거리가 많았다. 꽃 모양으로 구운 작은 케이크, 꼬치에 줄줄이 끼워 구운 소시지, 얇게 잘라 녹인 치즈를 얹은 빵, 설탕을 발라 구운 사과……. 그중 도대체 무엇인지 알 수 없는 하얀 크림 같은 것에 눈길이 갔다.

"저게 뭐예요?"

유리카가 손가락질하자 마음 좋게 생긴 아저씨가 고깔 모양으로 구운 큰 과자를 꺼내더니, 크림을 한 숟갈 푹 떠서 과자 위에 얹어 주었다. 으음, 사지 않으면 안 될 분위기를 조성하는 걸 보니 보기보다 교활한 아저씨일지도 모르지만…… 뭐, 유리카가 먹고 싶다면야.

과자와 크림을 받아든 유리카는 곧장 입으로 가져갔다.

"어머!"

다시 입을 떼는 바람에 나도 놀라 유리카를 쳐다보았다. 아저씨가 껄껄 웃었다.

"허허허, 너희들 여기 사람이 아니구나? 이건 '겨울 소환사'라고 하는 거야."

겨울 소환사?

낯선 이름에 내가 어리둥절해하고 있자 아저씨는 유리카의 것과 똑같은 것을 하나 더 만들어서 내 손에 덥석 쥐어 주었다. 얼떨결에 받아들고 한 입 먹어보려다가 나도 유리카와 똑같이 놀라고 말았다.

"앗, 이거 왜 이렇게 차가워요?"

아저씨가 느긋한 웃음을 띤 채 말했다.

"그러기에 겨울 소환사랬잖아."

차가워서 놀라긴 했지만 어쨌든 그 괴상한 이름의 '겨울 소환사'는 눈물 나게 맛있었다. 두 개째 먹다보니 이름도 이해가 갔다. 차가운 것이 몸에 들어가니 겨울이 소환된 느낌이었다. 소환 마법이야 옛날에 없어졌지만 저렇게 재미있는 이름을 지어 놓는구나.

유리카와 나는 순식간에 세 개씩 먹어치우고는 엘다렌과 주아니를 위해 하나씩 사가기로 했다. 유리카가 더 먹고 싶어 하는 눈치여서 그녀를 위해 한 개 더 샀다. 내가 돈을 치르려고 주머니를 뒤지며 가격을 물었을 때였다.

"하나당 5존드씩만 내."

5존드? 세상에!

"으, 뭐가 이렇게 비싸요?"

다음 순간 아저씨가 지은 표정은, 정말 거짓말 안 보태고 내가 큰사슴 잡화에서 여행자들을 등쳐먹을 때 지은 표정과 똑같았다. 세상에나. 나는 아저씨의 단호한 얼굴을 보며 내가 지은 업보가 돌아온 느낌이 들어 등에서 식은땀까지 흘렀다.

"이것 보게, 비싸다니. 이 겨울 소환사라는 게 어디 흔한 건줄 알아? 이 더운 여름에 차갑게 유지시키는 것은 고사하고 처음부터 요렇게 만들어 내는 것 자체가 보통 노력으로는 안 되는 거란 말이야. 다른 걸 만드는 수고의 두 배는 더 든다고. 거기다가 여행자들은 잘 모르겠지만 수도의 자릿세란 좀 비싼 게 아냐. 장난이 아니라고. 정말이지 웬만한 배포로는 이런 장사 벌이기도 힘들고, 특히 겨울 소환사는 만들어 팔

엄두도 못 내지. 만들고 보관하는 자체가 보통 고생이 아닌데다 자칫하다간 재료만 버리기 십상이거든? 이런 판에 나도 먹고 살려다 보니 남의 사정만 봐주고 있을 수도 없고 달리 뾰족한 수가 있나. 하긴 마침 여름이 시작되는 시기라 이게 좀 비싸지는 때이긴 해. 나도 나이도 어린 여행자들한테 조금 싸게 해주고야 싶지만, 그랬다가는 무서운 마누라한테 경을 치지…….”

나는 일종의 두려움까지 느끼며 그 말을 다 들었다. 그리고 그가 말꼬리를 흐렸을 때, 이어질 말을 거의 정확하게 예견할 수 있었다.

“……그러니까 4존드 80까진 해주시겠다는 거죠?”

아저씨는 내 얼굴을 쳐다보며 ‘이놈은 뭐지?’ 하는 표정을 지었다. 그러나 잠깐이었고 그는 곧 고개를 끄덕였다.

“그래. 하여간 나도 자꾸 이러면 안 되는데…….”

내 물건 팔아먹던 실력이 수도의 장사꾼들과 맞먹는다는 사실을 그나마 위안으로 삼으며 43존드 20로존드를 고스란히 내는 수밖에 없었다. 왠지 오늘은 내게 한 푼이라도 손해 본 여행자들을 위해 봉헌 기도라도 올려야 할 것 같아. 섬뜩한 날이야.

“파비안, 표정이 왜 그래?”

“나? 아, 아무것도 아니야.”

다시 나란히 거리를 걸었다. 겨울 소환사를 천천히 먹고 있던 유리카는 잠시 기분이 좋아보였던 것과 달리 다시 뭔가 생각하는 표정이었다.

“마음에 걸리는 거라도 있어?”

"글쎄……."

거리의 여름은 흰색이었다. 왜 그렇게 느꼈는지 모르겠다. 손에 든 겨울 소환사가 조금씩 녹고 있었다.

거리는 분명 똑바로 나 있는데, 눈앞의 사물이 볼록하게 튀어나오고 양옆은 점점 멀어지는 것 같은 기분이다. 바로 곁에서 걷고 있는 유리카가 손을 뻗어도 닿을 것 같지 않다. 주위의 소음이 점차 줄어든다. 아니다, 사람들은 여전히 오가며 말하고 있는데. 어디선가 건반 소리가 울렸다. 어느 집 창문에서 흘러나오는 걸까?

무슨 일인가 벌어질 것만 같은 오후다.

"네가 자꾸 그래선지 나까지 기분이 이상해졌다."

"으응……."

대로를 벗어나 좁은 길로 접어들었다. 저만치 다른 골목에서 붉은 머리 남자가 지나갔다. 짧은 순간 스쳤을 뿐, 그는 곧 본래부터 없었던 것처럼 사라져 버렸다. 저렇게 붉은 머리는 아직까지 두 번밖에 못 봤는데. 미르보 겐즈와 티무르 리안센.

"빨강 머리야……."

유리카가 중얼거리는 소리를 듣고 그녀도 그 머리 색을 눈여겨보았다는 것을 알았다. 눈에 띄는 색깔이긴 하지만 이 거리에 저렇게나 사람이 많은데 하필이면 같은 사람을 생각하고 있었을까.

공기가 커다란 젤리처럼 흔들리며 흘러갔다. 우리는 그 속을 힘겹게 걸었다. 공기를 가르고 나가기가 쉽지 않았다. 뭔가가 전진을 막고 있었다.

"유리, 잠깐만 서봐."

유리카는 왜냐고 묻지도 않고 걸음을 멈췄다.

"전에 푸른 굴조개호에서 네가 말했던 '예지'라는 것 말인데… 설명하긴 어렵지만 그게 돌아오는 기분이 들어."

내 목소리의 여운이 막 사라지기도 전이었다.

"비켜라!"

"저, 저건 뭐야!"

"아아악!"

갑자기 말발굽소리가 거리 전체를 울리더니 엄청난 크기의 거마가 시장 골목 쪽에서 튀어나와 우리가 걷던 길로 뛰어들었다. 말이 무서운 속도로 질주해 오자 길을 걷던 사람들이 쓰러질 듯 허둥대며 흩어졌다. 이미 뭔가 부서지기라도 했는지 시장 안쪽에서 비명과 욕설이 들려왔다.

눈 깜짝할 사이의 일이었다.

"어서!"

나는 본능적으로 유리카의 팔을 잡아당겼다. 동시에 뒤로 내딛던 내 발이 뭔가를 밟고 쓰러질 듯 휘청거렸다. 아까 산 물건을 넣은 꾸러미가 허공을 휘젓고, 유리카의 손에 들려 있던 과자와 얼음 크림이 바닥에 떨어져 뭉개졌다. 다음 순간 등이 뭔가에 세게 부딪쳐 순간적으로 앞이 캄캄해지며 숨이 막혔다. 돌아보니 어느 집의 돌로 된 문설주 모서리였다. 탁한 숨을 내뱉으며 눈을 비비고 보니 수십 명의 사람들이 말발굽에 밟히지 않으려고 넘어지거나 서로 부딪치는 것이 보였다. 가까스로 몸을 피했다고 생각했을 때, 유리카가 짧은 비명을 내질렀다.

"아앗!"

유리카도, 나도, 아무도 상황을 정확히 보지 못했다. 유리카가 허리를 푹 꺾으며 한 손으로 왼쪽 어깨를 감쌌다. 이어 휘청거리며 그 자리에 주저앉았다. 뭐였지?

방금 본 것이 머릿속에서 되풀이되며 의미를 획득하기 시작했다. 혼란 통에 우리 앞을 스쳐간 사람이 있었다. 이 혼란을 틈타려고 계획하기라도 한 것처럼, 제비처럼 달려들었다가 다음 골목으로 사라졌다.

그를 뒤쫓고 있을 겨를이 없었다. 나는 유리카를 감싸 안으며 길바닥에 함께 주저앉았다. 내 손이 닿자 유리카의 온몸이 경련하는 것이 느껴졌다. 곧 사람들이 몰려들었다.

"유리, 정신 차려!"

유리카의 소매 윗부분이 찢어져 너덜거렸다. 손으로 감싼 상박에서 선명한 핏줄기가 흘렀다. 적은 출혈이 아니었다. 그자가 칼을 갖고 있었어!

얼굴이 일그러지며 말이 나오지 않았다. 유리카를 바로 앉히고 찢겨진 소매를 마저 찢어냈다. 내 양손도 피범벅이 되었다. 옷을 헤쳐내고 보니 예리한 단검이 찢고 지나간 반 뼘 가량의 깊은 칼자국이 보였다.

상처도 상처지만 충격을 받았는지 유리카의 얼굴에는 표정이 없었다. 미간만 바르르 떨릴 뿐, 밀랍 인형처럼 몸이 딱딱하게 굳었다.

"어서 의사를요!"

모여든 사람들을 향해 고개를 쳐들고 외쳤다. 몇 사람이 대열에서 빠져나와 어디론가 달려가는 것이 보였다. 의사가 있는 곳이 가깝다면 들쳐 업고 가야겠다는 생각에 다시 물었다.

"의사가 어디 살죠? 가깝습니까?"

그때 둘러선 사람들을 헤치고 한 노파가 다가왔다.

"출혈이 심하우?"

행상 같기도 했는데 눈매는 그렇게 보이지 않는 이상한 할머니였다. 머리가 뜨거워진 나는 이미 제정신이 아니었다. 왜 묻는지도 모르면서 무작정 몇 번이나 고개를 끄덕였다.

"어디……."

노파는 손을 펼치더니 흰 천에 싸인 몇 가지 약초를 내밀었다. 탠지, 마조람, 세이지……. 나는 약초에 문외한이 아니었다. 그중에서 입으로 씹어 붙이면 신기하게 출혈이 멎는 흰 줄기의 아스에를라를 곧장 알아보았다. 하얀 산맥에서만 나는 특이한 풀이라 너무나 잘 알고 있었다. 하얀 산맥에서만 나는 저 풀이 어떻게 말리지도 않은 생풀 그대로 까마득히 멀리 떨어진 달크로즈에 있을 수 있는지 하는 것은 떠오르지도 않았다.

"가, 감사……."

말을 길게 할 여유도 없었다. 나는 빼앗듯 아스에를라를 낚아채어 입에 넣고 씹었다. 싸하면서도 씁쓸한 아스에를라 특유의 향이 입안에 퍼졌다. 이 풀을 씹으면 입에 저절로 침이 괸다.

입안에서 꺼내 상처로 가져가는 손이 떨렸다. 으깨어진 풀을 상처에 펴 발랐다. 그러는 중에도 계속 흘러나오는 피를 보니 눈시울이 뜨거워지려고 했다. 화가 나고, 후회스럽고, 애처롭고 온갖 감정이 뒤죽박죽이었다.

한 줄기 더 집어 씹었다. 이번에는 침착하게 붙였다. 피는 확실히 조금씩 멎고 있었다.

"오오……."

아스에를라의 효능을 처음 본 사람들이 빠른 효과에 감탄해 속삭이는 소리가 들려왔다. 이윽고 피가 거의 멎자 다치지 않은 쪽 손을 잡고 유리카를 안정시키려 애썼다. 아무렇지도 않은 얼굴로 저렇게 앉아 있지만 상당한 충격을 받았다는 것을 알고 있었다. 아직도 간헐적인 떨림이 멎지 않았다.

아까 그 노파가 사람들 사이로 빠져나갔다가 다시 다가왔다. 이번에는 손에 김이 오르는 컵이 들려 있었다.

"이걸 조금 마셔봐……."

차인 듯했는데, 가난한 집안에서 자란 내가 차의 종류가 뭔지 알 턱이 없었다. 컵을 받아들기만 했는데도 따뜻한 기운에 마음이 안정되는 느낌이었다. 연갈색 액체에서는 한 번도 맡아본 일이 없는 희한한 향기가 났다. 주위에 선 사람들도 고개를 갸웃거릴 정도로 독특한 향이었다.

저도 모르게 나도 마셔보고 싶다는 가벼운 충동이 일어났다. 그러나 고개를 흔들어버리고 유리카에게 말했다.

"유리, 마셔볼래?"

유리카가 내 손에서 손을 빼더니 컵을 받아들었다. 조금씩 마시는 것을 보니 그렇게 다행스러울 수가 없었다. 창백해진 얼굴에도 혈색이 돌기 시작했다. 나무 컵은 행상의 손을 탄 것이라 낡고 지저분했지만, 지금은 그런 것이라도 고맙기 이를 데 없었다. 나는 그제야 인사라도 해야겠다는 생각이 들어 주위를 둘러보았다. 그런데 노파가 사라지고 없었다. 다시 자기 좌판으로 돌아갔나?

사람들을 헤치고 의사로 보이는 나이든 남자가 들어왔다. 일단 행상 할머니를 찾는 것은 뒤로 돌리고 의사를 도와 유리카의 상처를 보게 했다.

"저런……."

소녀가 대낮에 그런 난데없는 습격을 받은 것을 보고 의사는 혀를 차며 인상을 찌푸렸다. 상처를 살피다가 아스에를라를 붙인 것을 보더니 참 적절한 조치였다며 이 풀이 갑자기 어디서 났느냐고 물었다.

"어떤 친절한 할머니가……."

하지만 그런 설명보다 지금은 상처를 돌보는 것이 급했다. 의사가 챙겨온 가방을 뒤져 상처를 닦아내고 응급처치를 하는 동안, 나는 멍청히 그 광경을 바라보며 머리가 핑 도는 기분이 들었다. 모든 일이 순식간에 일어나서일까, 막지 못했다는 자책감 때문일까, 눈앞의 모든 광경이 잠깐 동안 흐릿했다.

"……."

엘다렌과 주아니가 기다릴 텐데.

나는 눈을 비비고 몸을 일으키려 했다. 흩어진 짐도 챙기고, 그리고…….

"다행히 치명적인 상처는 아니오. 상처는 안정을 취하면 곧 아물 거요. 그렇지만 한동안 이쪽 팔을 쓰는 일은 삼가야겠는데."

의사가 말하는 소리가 들렸다. 나한테 하는 말이 틀림없었지만 나는 바보처럼 고개만 끄덕이고 다시 주위 사람들을 바라봤다. 뭔가 빠뜨린 것 같은데, 뭐지?

"저, 이것을……."

멍한 머리로도 품안을 뒤져 사례금을 꺼냈다. 늙은 의사는 사양하며 받지 않으려 했지만, 내가 억지로 쥐어주자 그 대신이라며 상처를 돌볼 붕대를 조금 꺼내 주었다. 사람들이 흩어지기 시작했다.

"고맙습니다."

"잘 안정시키시오. 적어도 닷새는 움직이지 않고 침대에 있는 편이 좋아."

"네……."

유리카가 자기 팔을 내려다보더니 내 무릎을 짚고 몸을 일으키려 했다. 얼른 부축해 올렸다. 유리카는 일어나더니 말없이 의사를 향해 고개를 숙였다. 의사도 한마디 했다.

"조심해요."

유리카는 사라져 가는 의사를 잠시 쳐다보고 있었다. 내가 물었다.

"걸을 수 있어?"

"으응……."

유리카는 다시 뭔가 찾는 듯했다. 내가 물었다.

"왜? 뭐 잃어버렸어?"

"아니……."

유리카의 시선이 흩어지는 사람들 사이를 천천히 훑었다. 내 머릿속에서도 떠올랐다. 맞아, 할머니. 고맙다고 인사해야 하는데.

"없어……."

유리카가 조그맣게 말하더니 내 팔에 기대어 걸음을 떼어놓았다. 나는 거리를 떠나면서 다시 한 번 돌아보았다. 약초와 차를 주었던 노파의 모습은 어디에도 없었다. 버려진 좌판이나 행상의 등짐 같은 것도 보이지 않았다.


"저런!"

유리카의 싸맨 팔을 본 엘다렌은 딱 한마디 하더니 나를 질책하듯 바라보았다. 놀란 주아니가 테이블 위에서 조르르 달려왔다. 엘다렌과 주아니가 기다리던 곳은 크로즈님 강 수문 근처에 외따로 자리한 여관, '왕국의 문'이었다. 아직 밤도 아니니 당장 떠나도 되련만 오늘 일부러 방을 잡은 데는 다 이유가 있었다.

"유리카, 많이 아프니?"

유리카와 주아니가 처음 만났던 때가 떠오른다. '너, 내가 좋아, 쟤가 좋아?' 하고 묻던 그때 말이다. 탁자에 몸을 기댄 유리카를 올려다보는 주아니의 얼굴에는 근심이 가득했다.

"응……."

낮의 일 후로 유리카의 목소리에는 힘이 없었다. 그런 목소리를 듣자니 마음이 쓰렸다. 유리카가 오른손을 주아니에게 내밀었다. 주아니가 얼른 올라가자 유리카가 말했다.

"오늘은 재미있게 보내려 했는데 이상한 일이 생겨버렸어."

주아니는 아직 영문을 모른다. 나는 발치에 내려놓았던 꾸러미를 들어 탁자 위에 얹었다. 유리카는 손바닥을 돌려 주아니가 꾸러미를 볼 수 있게 했다. 엘다렌은 모르는 체 몸을 약간 돌리고 파이프에 담배를 채우는 중이다. 저물녘 햇살이 열린 덧창으로 들어와 탁자에 비스듬히 떨어졌다. 거리를 뛰어다니던 아이들의 발소리가 멀어져갔다. 이상한 하루의 끝.

"늦었지만……."

나는 꾸러미를 묶은 끈을 풀면서 말꼬리를 길게 끌었다. 유리카가 다친 왼팔을 들어 짓궂게 주아니의 시야를 가렸다. 유리카의 손바닥 위에 있는 터라 주아니는 뒤를 넘겨다볼 방법이 없었다.

"왜? 왜 안 보여줘?"

주아니는 이리저리 고개를 돌리고 몸을 틀면서 유리카의 왼손 사이로 그 너머를 보려 했지만 헛일이었다. 그렇지만 될 대로 되라며 포기하거나 짜증을 내지는 않는다. 그러고 보면 주아니가 조바심을 내거나 짜증을 부리는 것을 한 번도 본 일이 없었다. 마냥 어린아이 같으면서도 어쩌면 가장 어른스러운 것도 같은 친구다.

"자아……."

드디어 꾸러미를 다 풀었다. 마지막 종이를 펼치기 전에 약간 시간을 두었다.

"뭐야? 뭐야?"

그러지 않아도 곧 보여 준다고.

나는 꾸러미를 펼쳤고, 동시에 유리카가 주아니를 그 꾸러미 가운데 내려놓았다. 밤, 호두, 은행, 도토리, 추자, 개암, 가시나무 열매, 상수리, 잣, 땅콩, 해바라기씨, 마카다미아, 아몬드, 육두구…….

"뭐야?"

주아니는 당황해서 가만히 서 있었다. 주위에 가득한 온갖 나무열매들을 보면서. 유리카와 내가 소리쳤다.

"주아니, 생일 축하해!"

펑, 엘다렌이 샴페인을 땄다. 그리고 준비했던 아주 조그마한 잔에다가 정교한 솜씨로 샴페인 한 방울을 따랐다. 딱 맞게, 넘치지도 않고 가득 찬 잔이 아직도 얼떨떨해하는 주아니에게 건네졌다.

"……."

확실히 잘 만들었다. 엘다렌의 저 굵고 뭉툭한 손가락이 어떻게 저런 것을 다 만들어 낼까? 나무로 깎은 손톱 끝만 한 술잔에는 손잡이가 있었고 무늬까지 새겨져 있었다. 언제부터 저걸 만들고 있었을까?

"잔은 엘다렌의 선물이야."

우리 몫의 잔에도 샴페인을 따라 조심스레 꼬마 잔과 부딪쳤다. 건드리고 지나갔다는 표현이 옳을지도 모르겠다. 주아니가 대답할 말을 찾아내지 못한 채 양손으로 잔을 쥐고 홀짝이는 것이 보였다. 주아니는 마시고, 조금 더 마시고, 그리고 한참 후에 말했다.

"나는…… 이런 건 생각하지도……."

"아, 뭐, 매번 네 몫의 잔이 없는 것이 마음에 걸렸나 봐. 어때, 나무

열매들은? 이건 말이지……."

유리카가 내 말을 가로챘다.

"주아니 네가 고향에 돌아갔을 때 세상의 모든 나무열매를 다 보고 왔노라, 정도는 이야기할 수 있어야 하지 않을까 싶어서. 마음에 들어? 잘 봐, 저 중엔 못 먹는 것도 있으니까 조심해야 돼."

"신기한 이야깃거리가 있어야 가출했다고 '족장 어머니' 한테 안 혼나지."

내가 뒷말을 덧붙이며 씩 웃었다.

달크로즈 시는 대륙의 수도라 정말 별난 가게들이 다 있었다. 나르디한테 물어본 정보이긴 했지만 진짜로 견과만 파는 가게가 있으리라고는 상상도 못했는데. 이름도 모르는 것들까지 커다란 통들에 하나 가득 쌓여 있는 가게였다니까.

"생일은 좀 지났지만……."

주아니의 생일이었던 약초 아룬드 2일에는 엄청난 일행과 여행하던 중이라 주아니와는 이야기할 틈조차 없었다. 그럭저럭 엿새나 지나버리고 말았지만 어떻게든 축하를 해 주고 싶었다. 로아에들이 생일을 어떻게 지내는지는 모르지만 한 번쯤 인간들 방식으로 해준다고 한들 나쁠 것은 없으리라는 점에서 우리는 의견이 일치했다.

"마음에 들어? 소감 좀 말해봐."

유리카가 짐짓 쾌활하게 말했지만 목소리에는 여전히 힘이 없었다. 그렇기도 할 거야. 유리카에게 지금 기운찬 모습을 보이라고 하는 것이 오히려 억지지.

주아니는 소감을 말로 하지 않았다. 꾸러미 안을 구석구석 들쑤시며 돌아다니는 중이었는데 움직임에 따라 조그마한 열매들이 들썩이며 밀어젖혀졌다. 꾸러미 안에 조그마한 지진을 만들면서 열심히 탐험하다가 한참 만에 고개를 들고 말했다.

"아, 향긋해."

나무열매 더미 속에 선 주아니의 표정은 말로 다 못할 정도로 흡족해 보였다. 나와 유리카는 얼굴을 마주보며 미소를 지었다. 엘다렌은 샴페인 잔을 단숨에 비운 다음 도로 고개를 숙이고 파이프 손질에 열중했다. 그의 무성한 수염 속에 있는 표정이 어떤지 알 길은 없지만, 그리 나쁘지는 않으리라 나는 확신했다. 엘다렌이 이 아기 같기도 하고 어른 같기도 한 꼬마 친구를 얼마나 좋아하는지 나는 잘 알고 있었다.

주아니가 말했다.

"유리카 생일은 그냥 지나갔는데."

유리카는 그저 행복한 미소만 지었다. 약간 피로해 보이긴 했지만, 진심으로 기뻐하는 얼굴이었다. 이어 손가락을 내밀어 주아니의 조그마한 손이 잡을 수 있도록 하면서 말했다.

"내년엔 꼭 챙겨 먹을 생각이야."

그래, 다음 해 생일은 네가 싫대도 챙겨 줄 거야. 그리고 그 뒤로도 계속해서. 없는 달 태생이라 생일도 없다고? 그렇게 두지는 않을걸.

엘다렌은 주아니의 잔이 빈 것을 보더니 다시 솜씨 좋게 술을 따라 주었다. 사실 그 잔에 제대로 술을 따를 수 있는 건 엘다렌밖에 없었다. 주아니는 잔이 차자 다시 홀짝이며 마시기 시작했다. 로아에들에게 건

배의 풍습 같은 것은 없다는 것도 오늘 알았다.

나는 잔을 유리카에게 내밀며 말했다.

"주아니의 예순여섯 번째 생일을 축하하며, 우리끼리라도?"

유리카도 웃으며 내게 잔을 내밀었다. 엘다렌도 파이프를 놓고 잔을 들었다. 그가 중얼대듯 말했다.

"샴페인은 술 같지 않아서. 잔을 부딪치는 것도 잊어버리는군."

우리 셋은 웃었다. 나무 열매 속에 앉은 주아니는 고향에 돌아간 것처럼 어울려 보였다. 소박한 기쁨이란 이런 걸 두고 하는 말일 거다. 나는 잔을 반쯤 들이키고는 유리카가 입술로 잔을 가져가는 것을 보았다.

그리고 느리게 감기는 그녀의 눈꺼풀……

탁, 뭔가가 바닥에 부딪히고, 물방울이 한꺼번에 튀었다.

"유리카!"

벌떡 일어나는 바람에 의자가 뒤로 넘어져 굴렀다. 주아니는 깜짝 놀라 잔을 떨어뜨렸다. 엘다렌이 의자에서 뛰어내려 몸을 굽혔다. 나는 내 손에 들린 잔이 기울어져 남은 술이 바닥에 줄줄 흐르는 것도 느끼지 못한 채 눈앞의 광경을 보았다. 눈을 비비려 했지만 그럴 수가 없었다. 아무 소리도 들리지 않았다.

어느 초여름, 얼어붙은 것처럼 멈췄던 순간은 곧이어 유리처럼 산산이 부서져 내렸다.

"안 돼!"

긴 머리카락이 마룻바닥에 흩어지고 쏟아진 샴페인이 옷자락을 적시고 있었다. 나는 무릎을 꿇고 유리카를 안아 올렸다. 이미 의식이 없는 몸이 내 팔 안에서 축 늘어졌다. 뺨을 만져보고 이마에 떨리는 손을 얹었다. 엘다렌이 다가와 유리카의 목에서 맥을 짚었다. 그때 유리카의 턱이 맥없이 떨어지더니 붉은 액체가 흘러내렸다. 피…… 피라고?

"……."

입을 벌렸지만 한마디도 나오지 않았다.

뺨에는 아직 온기가 남아 있었다. 맥박도 뛰고 있었다. 아주 느렸지만. 도대체 어떻게 된 거야?

같이 몸을 숙이고 있던 엘다렌이 일어났다. 유리카가 정신을 잃고 쓰러지면서 팔의 상처도 다시 찢어져 붕대에서도 피가 벌겋게 배어나왔다. 의식 없는 얼굴은 가면을 쓴 듯 창백했다.

"침대에 눕혀라. 의사를 부르러 간다."

내가 무슨 말을 들었을까? 탕, 문이 닫히는 소리가 들렸다.

유리카를 번쩍 안아서 침대로 옮겼다. 의식 없는 입에서 다시 피가 주르륵 흘렀다. 턱을 타고 목 아래까지 흘러내렸다. 머릿속에 뭔가 생각할 여유가 남지 않은 나는 내 소매로 피를 닦아냈다.

침대에 비스듬하게 앉히고 고개를 돌려 입안에 남은 피를 모두 쏟아내도록 했다. 선연한 핏방울들이 흰 시트를 적시고 아래로 흘렀다. 미세하게 눈꺼풀이 떨리는 것이 보였다. 의식이 없는 몸은 평소의 몇 배나 무거웠다.

유리카…….

마음을 가눌 수가 없었다. 의식 없는 얼굴을 들여다보고 있자니 심장이 터져버릴 듯했다. 시체처럼 핏기를 잃고 파랗게 변색된 입술에서 시선이 떨어지지 않았다. 견딜 수가 없어 어깨를 껴안았다. 내 몸도 오한이 이는 것처럼 떨렸다. 잠깐 사이에 차가워진 유리카의 몸이 문득 경련했다. 내 어깨 뒤로 뜨뜻한 액체가 쏟아지는 것이 느껴졌다. 내 목을 타고 줄줄 흘렀다.

유리, 괜찮은 거지?

말해봐, 괜찮다고. 눈을 떠봐.

내가 이렇게 애타게 부르는데 내 목소리가 들리지 않아? 왜 눈을 뜨고 날 보지 않아?

언제나, 어떤 나쁜 상황에서도 나보다 더 아무렇지 않던 너잖아. 나보다도 강한 너잖아. 2백 년의 세월을 뛰어넘어 여기까지 온 너야. 무슨 일이 있는 거야? 내게 말해주면 안 되는 거야? 내가 알 수는 없는 거야?

내 곁을 떠나지는 않는 거지…….


내 관자놀이에서 끊임없이 떨어지는 것이 땀방울일까? 그런데 왜 이렇게 차가운 걸까.

"수건을 갈아 줄 때가 된 것 같군."

유리카는 정신을 잃은 후 내내 수 분 간격으로 각혈을 했다. 내가 걸음을 멈추고 몸을 낮추자, 엘다렌이 다가와 유리카의 목에 감아놓은 수건을 벗긴 다음 다른 수건을 대고 돌려 묶었다. 이미 어둑어둑해진 뒤라 잘 보이지는 않았지만, 엘다렌의 손에 들린 수건은 온통 시커먼 얼룩으로 물들어 있었다. 그걸 보니 다시 눈앞이 흐려지려 했다.

유리카를 들쳐 업은 채 몇 개인지도 모를 거리를 뛰어다닌 나는 온몸에서 김이 오를 정도로 열이 났지만, 등에 닿는 유리카의 몸은 얼음 조각처럼 차디찼다. 그 사실이 내 걸음을 자꾸만 뒤로 잡아당기고, 순간순간 가슴을 덜컥 내려앉게 했다. 시체를 업고 돌아다니는 끔찍한 환각이 떠오르는 것이다. 아니야, 이런 생각은 아니야.

따라 걷던 엘다렌이 무미건조한 어투로 말했다.

"밤이 너무 늦어서 쉽게 들여보내 줄지 모르겠군."

그런 생각은 해보지 않았다. 나르디만 만날 수 있다면 일이 쉬워지겠지만 지금은 이미 밤 열 시였다. 위병대가 우리를 막을지도 몰랐다. 내일 다시 오라고? 그건 죽으라는 것과 같아!

엘다렌이 데려왔던 의사도, 그 다음에 직접 들쳐 업고 달려가 찾았던 세 사람이나 되는 의사도 하나같이 고개를 저었다.

"무슨 독에 중독된 것 같은데, 대체 그게 뭔지……."

"보통 의사가 고칠 수 있는 상태가 아니오. 이런 독은 내 생전 처음 보오."

젠장, 그것도 모르면서 당신들이 의사야!

달리면서 나는 생각해 보았다. 더위와 피로로 머리가 어질어질했지만 그 일만은 또렷이 떠올랐다.

독이라니, 언제 중독되었단 말인가? 유리카를 찔렀던 칼에 독이 묻어 있었나? 그렇다면 상처 부위부터 썩어들어 갔어야 하잖아! 샴페인? 샴페인이라면 같이 마신 다른 사람들이 멀쩡할 리 없고, 겨울 소환사는? 그건 나와 같이 먹었던 건데. 그러면 약초? 아니면 차가 문제였나?

약초도 상처에 발랐던 것이니 상처부터 문제가 생겼어야 해. 게다가 내 입으로 먼저 씹었으니 나도 같이 중독되었어야 하잖아. 그렇다면 그 이상한 향기의 차!

"그럼 그 독을 알 만한 의사가 누구죠? 달크로즈에서 가장 뛰어난 의사가 누굽니까!"

마지막으로 찾아갔던 의사에게 거의 멱살이라도 잡을 태도로 물었을 때 들은 대답이 이거였다.

"달크로즈에서 제일가는 의사야 말할 것도 없이 궁정 시의겠지. 그렇지만 시의에게 감히 봐달라고 할 수도 없는 거고……"

그 말을 끝까지 들을 것도 없이 자리를 박차고 일어났고, 이렇게 밤길을 달리고 있다. 나르디, 제발 도와 줘. 너를 만나기만 하면 네가 안 도와줄 리 없다는 것을 알아.

달크로즈 성으로 오르는 길은 모조리 오르막이었다. 나는 힘든 줄도 모르고 오르막길을 달리고 계단을 뛰어올라갔다. 성문 앞에 도달할 때까지 한 번도 멈추지 않았다. 내 귓가에서 북을 두드리는 것 같은 소리가 점차 커지고 있었다. 쿵, 쾅, 쿵, 쾅, 쿵, 쿵쿵, 쿵쿵쿵. 쿵쿵쿵쿵.

이젠 내 발걸음 소리도 들리지 않았다. 가쁘게 내뱉는 숨소리도, 내 뒤를 따라오는 엘다렌의 발소리도 들리지 않았다. 조금만 기다려. 유리카, 조금만 기다려. 가지 마, 유리카, 그 줄을 놓으면 안 돼.

나는 성문 앞에 도착했다.

"문을 열어 주세요!"

위병들의 그림자가 달빛을 받아 어스름한 실루엣으로 빛났다. 저 아래에서 달려 올라오는 우리 일행을 좀 전부터 보고 있었음에 틀림없었다.

"누구냐! 성명과 용건을 대라!"

"나는……."

입을 다시 열려는 순간, 참았던 호흡이 한꺼번에 터져 나왔다. 말을 잇지도 못하고 기침부터 심하게 했다. 한참동안 발작적으로 기침을 하고 나서 숨을 다시 들이켰다. 굳어진 팔다리에서 움찔움찔 경련이 일어났다.

"나르…… 아니, 태자 전하를 뵈러 왔습니다! 오늘 아침까지 성에 머물렀었는데, 일이 생겨서, 아니, 빨리 전하께 좀 알려 주세요! 저는……."

내 말은 앞뒤 없이 횡설수설했고, 위병들은 서로 얼굴을 마주보았다. 그중 가장 험상궂게 생긴 병사가 내 앞으로 다가들며 호통을 쳤다.

"이놈! 여기가 어딘 줄 알고 함부로 전하를 불러달라느니, 되지도 않은 소리를 지껄이느냐! 전하를 뵈려면 내일 날이 밝은 뒤에 다시 찾아와 정식으로 알현 신청을 하도록 해라!"

"지금 그럴 때가 아니라니까요!"

내 목소리는 찢어질 듯 높았다. 위병들은 내가 악을 쓰자 흠칫 놀라더니 곧 화를 내기 시작했다.

"감히 폐하가 계신 성 앞에서 건방지게 목소리를 높이느냐! 호되게 매를 맞고 싶지 않다면 썩 사라져라!"

"돌아가, 돌아가!"

위병 세 명이 성큼성큼 걸어오며 몸으로 나를 밀어내려 했다. 저도 모르게 한 걸음 휘청이며 물러났지만, 이 정도로 돌아설 내가 아니다.

"내 숨이 멎지 않는 한 여기서 한 걸음도 못 물러나!"

나는 유리카를 업고 오느라 멋쟁이 검을 옆구리에 끼고 있었다. 달릴 때는 몹시 거치적거렸지만 다른 사람한테 맡길 수도 없는 물건이라 어쩔 수 없었다. 덕택에 멋쟁이 검은 지금 칼집도 없는 상태였다.

"이놈이!"

성질 급한 위병이 검에 손을 가져다 대며 목소리를 높였다. 다른 성벽에서 경비를 서던 위병들이 소란을 알고 이쪽으로 달려왔다. 곧 위병 열 명이 성문을 막으며 나를 노려보았다. 나는 한시도 지체할 여유가 없었다. 오직 성안으로 들어가 의사에게 유리카를 보이는 일만이 중요했다.

그들은 사정을 몰라. 죄도 없어. 그렇지만 지금 내 생명보다 소중한 몇 초를 낭비하게 해서 유리카의 생명이 위험해진다면, 맹세코 단 한 명도 용서하지 않을 테다!

나는 숨을 고르며 나지막이 말했다. 내 목소리는 크지 않았으나 그들에게 다 들릴 정도는 되었다.

"마지막으로 말하지만 태자 전하를 불러 줘. 전하가 오시면 모든 상황을 알게 된다. 나를 막은 것도 후회하게 될 거야. 만일 내 말이 틀리다면 그때 가서 나를 죽이든 말든 마음대로 해라. 원하는 대로 죽어 준다."

목구멍에서 뜨거운 것이 계속 치밀어 올랐다. 여름이었지만 내 뜨거운 숨이 밤공기 속에 서리를 만들어냈다. 진땀에 젖은 몸 역시 흥분하여 떨렸다. 그러나 그 무엇보다 생생한 것은 등 뒤에서 계속 덜덜 떨리는 유리카의 몸과 쏟아지는 각혈이었다. 열기로 뜨거워진 동공에서 눈물이 쏟아졌다. 뺨을 타고 줄줄 흘러내렸다. 그러나 핏발선 눈동자를 그들에게 향했다. 결코 물러설 수는 없었다.

땀과 눈물로 범벅된 내 감각 속에서 떠오르는 것은 오직 하나, 중요한 것은 단 한 가지!

"저, 저……."

위병 중 하나가 나를 손가락질하며 움찔거렸다. 다른 위병도 놀란 표정이었다.

"저 녀석……."

"뭐, 뭐지, 저 검은?"

성 위의 망루에 사람이 나타나고, 횃불이 몇 개 올랐다. 바람이 불어오자 뜨거워질 대로 뜨거워진 피부에 통증마저 느껴졌다. 그제야 검날이 시뻘겋게 달아올랐다는 사실을 깨달았다. 그러나 머릿속에 가득한 한 가지 생각 때문에 다른 것은 중요하게 여겨지지 않았다.

위병들이 문을 막으며 나란히 늘어섰다. 대강 쫓아 보낼 상대가 아니라고 판단한 듯했다. 엘다렌이 다가왔다. 나는 유리카를 조심스레 내려 그에게 맡겼다.

"……."

나는 앞으로 나아갔다. 위병들 앞으로 가서 그들 옆으로 돌아가려 했다. 그들이 말없이 내 앞을 막는다. 다시 돌아간다. 역시 막는다.

"태자 전하를 불러 줘."

위병들의 꽉 다문 입술에서는 대답이 나오지 않았다. 옆구리에 낀 검이 점차 빛을 더해갔다.

"비켜."

대답은 없었다. 나는 그대로 몸을 날려 밀치고 들어갔다.

"이놈이!"

거대한 저항이 돌아오다가 한순간 뚫렸다. 아마 여명검의 뜨거움 때문이었을 것이다. 성문을 향해 달렸다. 내 몸이 성문에 부딪히는 소리는 성벽 안쪽을 울리고도 남았을 것이다. 주위에 금속성의 소리들이 귓가를 울렸다. 달려온 위병들이 나를 둘러싸고 칼을 빼어들었다.

답답했다. 나는 싸우자는 것이 아닌데. 하지만 위병으로 세우는 것은 언제나 가장 충성스러우면서도 고지식한 병사들이다. 그들은 한 치도 물러나지 않고 열 개의 칼을 들이대었다.

"성문에서 물러나라!"

위병들의 이마에 흐르는 땀을 비추는 것은 내 검에서 흘러나온 붉은 빛이었다. 그들을 바라보는 내 눈동자도 열기로 흔들렸다. 아직까지 이렇게 휘황한 빛을 내는 여명검을 본 일이 없었다. 수백 개의 횃불을 합친 듯 거대하게 타올랐다. 달이었다. 아니, 태양이었다.

불꽃은 내 시야를 가리고 아무것도 볼 수 없도록, 들을 수도 없도록 만들었다. 유일하게 들린 것은 기이한 악기소리 같은 것이었다. 달각거리는 듯도 하고, 자그락대는 듯도 하고, 주머니 속의 구슬이 부딪치는 것 같은 소리, 그 사이를 메우는 윙윙대는 소음. 기이한 리듬을 가진 그

소리가 내 머릿속을 꽉 메웠다. 점점 빨라졌다.

나는 위병들에게 나아갔다.

"저, 저리가……."

위병들은 나를 오래 가로막지 못했다. 검을 뽑았지만 찌르지 못했다. 한 사람이 외치는 소리가 났다.

"대장님께 연락해라!"

망루에서 내다보던 자들이 어디론가 달려갔다. 나는 성문 쪽으로 돌아섰다. 한 사람의 위병만이 검을 꼬나들고 성문을 막은 채 나를 살기 등등하게 노려보고 있었다. 그가 든 검도 대검이었다.

"감히 폐하가 계신 성 앞에서……."

그는 훌륭한 사람일지도 모른다. 그렇지만 그런 것은 중요하지 않았다. 겁나지도 않았다. 자기 직무에 충실하고 충성스러운 사람, 그런 사람을 베는 것조차도. 나는 옆구리에서 검을 빼어 쥐었다. 위병은 그대로 검을 휘둘렀다.

쩡!

그는 왼손잡이였다. 왼쪽으로 내리쳐오는 검을 나는 어려움 없이 검신을 올려들어 막았다. 팅, 하고 상대방이 든 검이 부러지는 소리가 들렸다. 당황한 위병은 동료의 검을 빼앗아들었다.

나는 너와 결투를 하자는 게 아냐. 그런 것은 필요 없어.

"이이익!"

긴 외침과 함께 다시 검이 내리쳐 들어왔다. 나는 피하지 않았다. 저렇듯 자신 있게 정수리를 향해 내리치는 검은 내가 어느 때, 어느 순간

배웠던 어떤 검술을 연상시켰다. 나는 망설이지 않고 내가 배웠던 대로 행동했다.

치르릭!

내 갑옷이 긁히는 소리가 났다. 고개를 돌려 머리를 겨냥한 검을 피하고, 그대로 몸을 왼쪽으로 틀어 빼면서 검을 꺾어 잡아 밀어붙였다. 방어조차 없는 공간으로 거대한 낫처럼 휩쓸고 들어갔다.

"크으으윽!"

"멈추어라!"

내 검이 닿기도 전에 나온 비명 직후, 나는 아슬아슬하게 검을 멈췄다.

"파비안!"

"나르……."

문득 그 이름을 부르면 안 된다는 사실이 떠올랐다. 그 사실을 생각해내는 순간, 감정의 폭풍우속에 있던 나는 현실로 돌아왔다.

"모두 검을 거둬라!"

이것도 익숙한 목소리였다. 엘비르?

상황을 깨닫는 데에는 그리 많은 시간이 걸리지 않았다. 성문은 어느새 열려 있었다. 나르디가 한달음에 달려왔다. 내가 검을 내리자 나르디는 옷이 더러워지는 것도 아랑곳 않고 내 어깨를 부여잡았다.

"어떻게 된 건가, 자네?"

"……."

말이 잘 나오지 않았다. 나는 엘다렌이 데리고 있는 유리카를 돌아보았고, 나르디의 눈도 그 쪽을 향했다. 그의 입에서 낮은 신음소리가 흘러나왔다.

"세상에, 어떻게……."

위병들은 태자가 몸소 달려 나와 내 손을 잡고 이름을 부르는 것을 보면서 슬금슬금 뒤로 물러났다. 나르디는 무엇을 하다가 왔는지 몰라도 처음 보는 화려한 실내복 차림이었다. 치렁치렁한 것이 뛰어나오는 데는 알맞지 않은 옷인 듯했다. 소식을 듣자마자 즉시 달려 나온 모양이었다. 나르디는 성문 쪽으로 몸을 돌렸다. 눈동자에 분노가 어렸다.

"내 가장 소중한 친구다. 사람이 죽어 가는데도 성문을 막기만 하면 다인가?"

"……."

대답할 사람이 있을 리 없었다. 그리고 나르디도 대답을 들으려 하지 않았다.

"책임은 나중에 묻겠다. 어서 가서 환자를 옮길 들것을 가져와라. 그리고 보르젠은 들어가 시의를 대기시키도록 알려라. 빨리!"

보르젠은 태자의 시종이었다. 그자가 즉시 고개를 숙이고 성문 안으로 달려 들어가는 모습이 눈에 비쳤다.

"엘비르, 자네에게 이곳 수습을 부탁하겠다."

"삼가 명을 받들겠습니다, 태자 전하."

엘비르는 정식으로 대답해야 하는 때를 잘 알고 있었다. 나르디는 내 손을 다시 꽉 잡았다가 놓고 엘다렌과 유리카에게 다가갔다.

엘다렌에게 고개를 가볍게 숙여 보인 나르디는 곧 바닥에 무릎을 꿇고 유리카의 이마에 손을 얹었다. 잠시 유리카의 얼굴을 들여다본 그가 내게 고개를 돌렸다. 그 얼굴에 믿을 수 없다는 빛이 떠올라 있었다.

"오르코시즈 중독인가?"

# 5. 심장을 노리는 두 개의 칼

놀랍게도 나르디의 말이 옳았다.

시내 의사 몇 명이 봐도 모르던 것을 한 번에 알아낸 나르디가 놀랍기도 했지만, 지금 그걸 따지고 있을 여유는 없었다. 성문을 통과하자 모든 일은 순식간에 이루어졌다.

한밤중의 달크로즈 성에서 작은 소란이 일어났다. 국왕 폐하께는 나르디가 직접 보고를 드리러 갔고, 들것으로 옮겨진 유리카는 왕족 가운데 환자가 발생했을 때 들어가는 특별 격리실로 보내어졌다. 나와 엘다렌은 방 한쪽에 놓인 의자에 앉아 유리카를 진찰하고 있는 늙은 시의가 뭔가 말하기를 초조하게 기다렸다.

시의의 이름 때문에 나는 한 번 더 놀랐다. 그의 이름은 모즈 나우케, 간단히 말해 그도 나우케 의사였다. 나는 대륙 어디를 가나 한 사람쯤 만날 수 있을 정도로 점조직을 갖고 있는 나우케 가문이 점차 두려워지기 시작했다.

한밤의 병실 분위기는 무겁게 가라앉아 있었다. 병실이라고 하지만 성안의 어느 방 못지않게 고급스러웠다. 그러나 아름다운 벽지와 벽걸이들, 침대에 드리워진 비단도 불안한 마음을 달래는 데는 도움이 되지 않았다. 문은 꼭꼭 닫혀 있었고, 환자의 안정을 위해 피운 향 때문에 방 안에는 희미한 연기가 떠돌았다. 가까이 다가갈 수 없는 저 침대에 유리카가 누워 있다는 것이 언뜻 실감나지 않았다.

시의 말고 의사 둘이 더 침대 곁에 붙어 있었다. 모즈 나우케를 보조하는 의사들로 시의가 뭔가 지시하기를 기다리고 있었다.

"확실히 오르코시즈 중독입니다. 어떻게 이런 것을 먹게 되었는지 모르겠군요. 일단 위세척을 위해 약을 먹이겠지만 어떨지는 모르겠습니다."

한참 만에 시의가 이마에 솟은 땀을 닦으며 무겁게 입을 열었다. 그의 말이 떨어지자 두 명의 보조의들이 즉시 흩어졌다. 한 사람은 필요한 약을 챙겼고, 또 한 사람은 대기하고 있던 시종들에게 토사물을 받아낼 그릇과 수건 등을 가져오도록 지시했다. 나와 엘다렌은 동시에 벌떡 일어났다. 나는 한 걸음 앞으로 내딛다 말고 물었다.

"어떨지 모르겠다니요?"

궁금한 것은 많았다. 오르코시즈가 뭔지, 그게 먹는 것으로 중독되는 독인지, 얼마나 맹독이며 어디에 어떤 해를 끼치는지……. 그러나 가장 궁금한 것은 유리카가 지금 어떤 상태이며 앞으로 어떻게 될 것인가다. 그런데 모르겠다니?

"세척이 어느 정도 효과가 있을지 잘 모르겠다는 말씀입니다."

효과가 없을 수도 있다는 거야?

내가 이어 물으려는 순간 문 앞이 소란해지더니 시종들과 보조의들이 모두 허리를 굽혔다. 폐하를 뵙고 돌아온 나르디가 급한 걸음으로 들어섰다. 시의는 일어나지 않았다. 환자를 돌보고 있는 왕궁 의사에게는 왕족이 들어올 때 일어나지 않아도 되는 특전이 있다.

"어떤가?"

나르디는 길게 묻지도 않았다. 주위를 둘러보고 아직도 혼수상태인 유리카의 얼굴과 시의의 표정을 보더니 상황을 파악한 듯했다.

"힘써 주게."

시의는 그제야 의자에서 일어나 고개를 숙였다. 이어 왕궁 의사들은 세척 시술 준비에 들어갔다.

나르디가 내 곁에 와서 섰다. 그의 얼굴에도 근심이 가득했다.

"······괜찮을 거네."

어쩌면 자신한테 하는 말일지도 모른다.

"······."

어떤 대답도 할 수 없었다.

의사들이 시술을 위해 나가줄 것을 요청했기 때문에 나는 마지못해 병실에서 떠밀려났다. 병실 옆에 문병하는 사람이 기다릴 수 있는 거실이 딸려 있었다. 거실 테이블 주위에 둘러앉았지만 누구도 입을 열지 못했다.

맞은편에 바닥까지 닿는 커다란 창문이 보였다. 조각된 나무틀이 붙은 창문은 닫혔고 두꺼운 다마스크 커튼이 내려와 있었다. 여름이 되었는데도 이 커튼은 여름 것으로 갈지 않았다. 병실 커튼도 마찬가지였다. 금실 수가 놓인 흑녹색 다마스크 커튼, 저걸 치면 낮에도 캄캄해질 것 같다. 저런 커튼이 내 마음속에도 하나 내려진 듯했다.

"오르코시즈는 어떤 거지?"

내가 한참 만에 입을 뗐다. 이대로 입을 다물고 있다가는 미쳐버릴 것 같아서다.

"특수한 독, 왕족이나 귀족들 사이에서만 알려진 독이네. 보통 사람은 얻기 힘든 재료가 들어가거든. 오르코시즈 독을 만드는 복잡한 재료는 나도 다 모르지만 환영주 하쉬 미오사를 빚을 때 쓰는 달밤의 향초 레 민, 그리고 순수한 월장석이 필요하다고 알고 있어. 독특한 향이 난다더군. 정신이 혼미해지면서 마시지 않고 못 배기게 하는 유혹적인 향이라지만, 마셔보지 않았으니 알 수 없는 일이지. 오르코시즈에 중독된 사람을 본 일이 있어. 두 번……."

"다른 독하고 다른…… 특별한 점이라도?"

묻고 싶은 말을 꺼내기가 힘들었다. 이렇게라도 묻는 도리뿐이었다. 나르디는 대답 없이 시선을 돌려 천장에 달린 등을 쳐다보았다. 등에 달린 크리스탈 추들이 천천히 흔들리기 시작했다. 창이 닫혀 있는데도 서로 몸을 부딪치며 자그락대고 있었다.

"……제조가 극히 어려운데도 군이 오르코시즈를 쓰는 이유는 성분을 조절해서 피해자의 생명의 시한을…… 조작…… 할 수 있다는 이유 때문이네."

엘다렌이 나르디 쪽으로 몸을 약간 움직였다.

"죽는가?"

모두 다시 입을 다물어 버렸다.

엘다렌의 질문이 잘못되었다고는 생각하지 않는다. 어쩌면 가장 필요한 질문일 것이다. 그러나 왜 그 말을 입 밖에 내면 현실화되어버릴 것만 같은, 그래서 해서는 안 될 것 같은, 그런 말도 안 되는 생각이 드는 걸까.

나르디는 대답하지 않았다. 잠시 후 주아니의 목소리가 조그맣게 났다. 주머니 속에서 하는 말이라 더욱 작게 들렸다.

"어디서 그랬던 거야? 언제?"

나는 오늘 낮의 일을 떠올렸다. 독특한 향기라. 그래, 정말 희한한 향기였다. 낯선 노파가 차를 내밀었을 때 내가 그 차를 마셔버리고 싶다는 생각이 들었지. 나르디의 말이 맞아. 마시고 싶게 만드는 독약, 그 이상한 향기, 그게 귀족들의 독약 오르코시즈란 말인가.

주아니의 목소리가 다시 났다.

"내가 곁에 있었다면 좋았을걸."

주아니라면 그 차의 냄새를 맡고 안에 뭐가 들었는지 알아냈을지도 모른다. 그러나 주아니는 곁에 있을 수 없었다. 우리는 주아니의 생일을 비밀리에 축하해주려고 일부러 주아니와 떨어졌으니까. 주아니만 곁에 있었더라면…… 아니, 주아니의 탓이 아니야. 곁에 있던 나, 내가 알아내지 못했기 때문이야.

나 자신에 대한 실망으로 호흡이 떨렸다. 이토록 내게 큰 책임이 있다는 생각은 난생 처음이었다. 머릿속은 날카롭게 헤집어지고 맥박이 가빠졌다. 내 손으로 무엇 하나 할 수 없는데도 무언가 하지 않고는 견딜 수 없는 느낌, 누군가에게 죽도록 빌고, 무릎 꿇고 사정하고 싶은 기분에 사로잡혔다.

누군가 내 말을 들어줘. 그게 법칙의 노현자였든 죽은 자를 데려가는 사신(死神)이든 상관하지 않겠어. 이 텅 빈 느낌을 참을 수가 없어. 그럴 상대가 있기만 하다면 멱살을 움켜쥐고 검을 휘둘러서라도, 그게 영원에 가까운 싸움이더라도, 하겠어. 목숨과 바꿔서라도 내게 말할 기회를 줘.

유리카, 죽지 마. 제발 죽지 마.

벽 하나를 사이에 둔 병실에서 뜻 모를 소음이 들려왔다. 피가 나도록 입술을 깨물었다. 눈치채지도 못하는 사이에 심장을 꿰뚫려 온몸의 피가 흘러나가고 있는 느낌이었다. 나는 속수무책으로 그걸 바라볼 뿐이었다.

누군가가 어깨에 손을 얹는 것조차 느끼지 못했다. 한참만에야 손길을 느끼고 고개를 돌리자 놀랍게도 아마리에 왕비가 서 있었다.

"아……."

나는 말을 잃어버렸다. 왕비의 가벼운 손이 온몸을 내리누르기라도 하는 것처럼 꼼짝할 수가 없었다. 잠시 후 손이 거두어졌다. 나는 간신히 일어나 허리를 굽혔다.

"……."

왕비는 말이 없었다. 수심이 가득한 얼굴이었다. 지금이 몇 시지? 왜 여기 오셨지? 그러나 왕비의 입에서 나온 말이 나를 그 자리에 못 박아 버렸다.

"그 상냥하고 예쁜 소녀가 아프다니 안되었소. 내 친히 돌아보고자 나왔으나 아직 시술중이라 하여 기다리려 하였는데 지금 보니 그대 역시 환자로군요."

내게 이토록 소중한 사람이지만 왕비의 눈에는 일개 평민 소녀에 지나지 않을 터였다. 비록 나르디의 친구라고는 하지만 일국의 왕비로서 쉽지 않은 배려였다. 게다가 지금은 한밤중이었다.

나르디가 조용히 다가와 왕비의 손을 잡았다. 장성한 아들과 젊은 새어머니의 사이가 어떤지 몰라도 이 순간만큼은 나르디도 왕비의 마음 씀씀이에 감사하고 있었다.

"전하, 시의가 드옵니다."

나는 시의가 들어오기도 전에 자리를 박차고 뛰어 나가려 했다. 그러나 시의가 내 앞을 막으며 고개를 흔들었다.

"여기서 말씀드리겠습니다."

"유리카는요?"

침묵에 잠겨 있던 거실에서 내 목소리는 나 자신도 놀랄 만큼 컸다.

"아직 살아 있습니다. 하지만…… 아니, 설명 드리지요."

아직은 살아 있다고? 앞으로는 어떻다는 거야?

나우케 시의는 류지아의 할아버지쯤은 되어 보이는 비쩍 마른 노인이었다. 그는 왕비 전하와 나르디가 앉기를 기다리며 내 얼굴을 잠시 바라보았다. 한 차례 기침을 한 뒤 그가 입을 열었다.

"말씀드렸다시피 오르코시즈 중독입니다. 그것도 심합니다. 온몸에 독이 퍼져서 위세척 정도로는 어림없습니다. 남은 것을 다 토하게 했지만 이미 흡수된 것이 너무 많아요. 여기로 왔을 때 중독된 지 다섯 시간은 넘은 것 같더군요."

나는 침착해지려고 애쓰며 그 말을 다 들었다. 말이 잠시 끊겼을 때 뒤이을 말을 떠올린 나는 시의의 입을 막아버리고 싶은 충동을 느꼈다. 죽일 듯 쏘아보았지만 시의에게 잘못은 없었다. 내가 문제인 것이다.

"오르코시즈 독은 반시간만 지나도 끝난 거라고들 하지요. 그만큼 맹독입니다. 다시 말해서……."

느리게 말을 이어가는 시의는 그리 동요한 기색이 아니었다.

"최선을 다했지만 더 이상 방법이 없군요. 이것으로 그만입니다."

머릿속에서 가느다란 줄이 툭 끊어졌다.

2백 년 넘게 살아온 유리카인데…… 그렇게 쉽게 끝이라고? 누구 마음대로? 누가 결정하는데?

나는 테이블을 탕 치며 일어섰다. 왕비마마 앞이라는 것도 잊어버리고 시의의 멱살을 잡을 듯 테이블 위로 몸을 굽혔다.

"방법이 없다고? 끝이라고? 가망이 없다는 말을 하려고 이렇게 오래 기다리게 했다는 거야?"

나르디가 일어나 내 손을 잡았다. 나는 그 손을 뿌리쳤다.

"살아날 수 있다고 말해!"

"그런다고 살아나는 것이 아닙니다."

"아니야. 그럴 리 없어. 그렇게 두지 않아. 허락할 수 없어!"

나는 몸을 돌려 방을 뛰어나가려 했다. 뒤에서 시의가 말하는 소리가 들렸다.

"의식은 곧 돌아올 겁니다. 가서 보시지요."

나는 시종들이 놀라서 피할 정도로 사납게 문을 밀치고 나가 유리카가 있는 병실로 들어섰다. 주위 사람들은 눈에 들어오지도 않았다. 곧장 침대로 다가갔다.

지워져 버릴 것처럼 창백한 얼굴과 흰 머리카락이 시트 위에 흩어져 있었다. 언뜻 봐선 이미 그 자리에 없는 게 아닌가 싶을 정도로. 손조차 댈 수 없었다. 물에 비친 그림자처럼, 손을 댔다가는 흐려지고 사라져 버릴 것만 같았다.

나는 침대 앞에 무릎을 꿇었다.

평온해 보이는 잠든 얼굴 뒤에서 유리카가 어떤 싸움을 벌이고 있을지 나는 알 수 없다. 얼마나 사력을 다해 싸우고 있을지, 얼마나 고통스럽게 몸부림치고 있을지, 나는 알 수 없다. 도울 수도 없다.

입속으로 불렀다. 유리카.

네 잠든 얼굴은 이미 싸움을 끝낸 것처럼 평온해 보여.

하지만 아니야. 너는 포기하지 않았을 거야. 쉽게 물러설 네가 아니야. 나는 너를 잘 알아. 비록 지더라도, 질 것을 알더라도 마지막 순간까지 무릎 꿇지 않으리란 것을.

눈앞에 그 모습이 떠오르는 듯해 참았던 눈물이 떨어졌다. 얼굴이 일그러지지도 않고 눈물이 흐를 수 있다는 것을 처음으로 알았다.

유리카의 속눈썹이 가늘게 떨리더니 아무 일도 없었던 것처럼 올라갔다.

"파비안?"

목소리조차 평소보다 약간 힘이 없을 뿐이었다. 유리카는 뺨에 눈물 자국이 남은 나를 보고 의아해하는 눈치였다. 자신의 몸 안에서 어떤 일이 벌어지는지도 모르고서.

"유리카……."

이불 속으로 손을 넣어 유리카의 손을 찾았다. 조금 후에 자그마한 손이 내 손을 찾아내어 안으로 들어온다. 나는 그 손을 꽉 쥐지도 못했다. 내 손에서 빠져나가지 않기만을 바랄 뿐, 다른 어떤 것도 할 수 없었다.

유리카가 오른손을 이불에서 뺐다. 그 손이 내 뺨으로 다가왔다.

"왜 울었어. 난 괜찮은데."

손가락이 맺힌 눈물을 닦으며 지나갔다. 짧았던 몇 개의 아룬드처럼, 저 손가락들처럼, 유리카가 내 인생의 짧은 시절을 스쳐가 버릴 것만 같다. 그 손을 잡고 싶다. 가버리지 못하게 붙들고 싶다.

"나 아무 데도 가지 않는걸……."

저도 모르게 유리카의 손을 쥔 손에 힘이 들어갔던 것 같다. 유리카가 입가에 희미한 미소를 올렸다. 간신히 이 말밖에 할 수 없었다.

"너…… 지금 한 말, 기억해 둘 거야."

"좋을 대로."

유리카가 다시 웃었다. 아직은 미소를 지을 수 있다. 아직은……. 내가 뭔가 해야 해. 아직 유리카가 웃을 수 있을 때.

나는 몸을 굽혀 시트에 얼굴을 묻었다. 그리고 누구에게 하는지 모를 말을 중얼거렸다.

"나중에 딴소리하면 가만 안 둬……."

고통스런 밤이 지나고 새벽이 밝았다.

잠시 깨어났던 유리카는 다시 잠들었다. 아마리에 왕비는 임신 중이기도 한데다 나와 나르디의 간곡한 권유가 있어 쉬러 들어가고 엘다렌과 나르디, 나까지 셋은 꼬박 밤을 새웠다. 주아니는 잠을 참을 수 있는 종족이 아니기 때문에 잠시 잠들었다가 새벽에 일어나 초췌한 우리 셋의 모습을 물끄러미 보고 있었다. 창가에 새벽의 청색이 어렸다. 어제와 다름없이 시작되는 오늘인데, 그 사이 얼마나 많은 것이 달라졌는가.

"아침식사…… 해야지?"

그간 나르디와 여행하면서 노숙도 했고, 서로 옷이 지저분하거나 며칠씩 씻지도 못하는 것쯤은 아무렇지도 않게 봐 왔는데 하룻밤을 새운 그의 피곤한 얼굴이 이상하게 낯설었다. 뭐랄까, 나르디는 그래서는 안 되는 사람이라는 기분이 든다. 왕족의 옷을 입고 있어서일까. 이곳이 그가 태어나고 자란 아름다운 성 안이기 때문일까.

"그래."

엘다렌은 하룻밤을 새우든 말든 어제와 똑같은 얼굴이었다. 그는 유리카의 얼굴을 일부러 들여다보지도 않았다. 그러나 함께 긴 세월을 뛰어넘어 온 동료가 떠나버릴지도 모르는 지금, 그의 감정이 남다르리라는 것을 안다. 아직 마지막 동료는 만나지도 못했다. 지금까지 우리에게 지나치게 행운만이 따라 주었던 것일까?

문밖에서 시종들이 주고받는 말소리가 들렸다. 태자가 밤을 새우는 바람에 덩달아 밤을 새울 수밖에 없었던 탓에 피곤한 목소리들이었다. 곧 문이 열리고 한 사람이 다가오는 소리가 들렸다.

나는 그 사람을 돌아보지 않았다. 가망이 없다고 돌볼 필요조차 없다는 건가? 이제야 나타나는 그가 조금도 달갑게 느껴지지 않았다.

시의 나우케 씨는 내 옆에 서서 잠시 말이 없었다. 결국 그를 돌아볼 수밖에 없었다. 주름 많은 얼굴에 고민과 피로가 가득했다.

"별로 알아낸 것은 없지만 들어보시지요."

나는 그날 밤 처음으로 유리카의 침대를 떠나 테이블 앞에 앉았다. 나르디와 엘다렌도 함께 둘러앉았다.

"나라 최고의 의사 자리에 앉은 제가 과분한 명예를 내려주신 폐하의 하해와 같은 성은에 보답하지 못하고 아무 도움도 되지 못해 송구하기 이를 데 없습니다. 비록 아가씨를 살려내지는 못하겠지만 지난밤 늙은이의 밤잠 없음을 빌어 몇 가지 문헌을 뒤져보았습니다."

나는 늙은 의사의 얼굴을 바라보았다. 그 얼굴이 왠지 서글퍼 보였다.

"여러 문헌에 기록된 바로 미루어 보건대 아가씨의 남은 생명은 길게 잡으면 두 달, 짧으면 열흘 정도가 아닐까 싶습니다. 그러나 중독의 계기로 짐작되는 사건 이후 발작까지의 간격이나 현재의 용태를 관찰한 결과, 제 짧은 소견으로는 한 달 정도로 조절된 오르코시즈가 아닐까 생각됩니다."

한 달이라는 말에 견디기 힘든 오한이 찾아왔다. 나는 등을 웅크리며 팔로 몸을 감쌌다. 고개를 기울인 채 시의의 말을 듣고 있던 나르디가 나를 보았다.

"파비안. 유리카를 해치려 한 자가 누구였을까?"

그 노파의 얼굴은 지금도 또렷하게 기억난다. 아무 악의도 없어 보였는데. 아니지, 우리를 속이려 했다면 당연히 선량한 표정을 짓고 있었겠지. 그런데 그렇게 제조하기도 어렵고 재료도 비싸다는 독을 쓰다니. 게다가 우연일지도 모르지만 연달아 일어났던 다른 사건들도 있었어. 만약 거리로 달려든 말과 단검을 휘두른 자까지 모두 계획적으로 동원된 것이고, 그렇게 완벽한 각본을 짜서 유리카를 죽이려 한 것이라면?

도저히 믿을 수 없는 일이다. 유리카에게 그렇게까지 뿌리 깊은 원한을 품은 사람이 있으리라고는 생각되지 않았다. 2백 년 전의 사람이 아닌가. 그 시절 원한을 품었던 자가 있었더라도 이미 죽었을 거 아냐? 봉인에서 깨어나고서 만난 사람이 대체 몇이나 된다고?

"······모르겠어."

더 이상 생각할 수가 없어 팔 사이에 얼굴을 파묻었다. 머릿속에 맴도는 생각은 지금 유리카가 깨어있지 않았으면 하는 것이다. 생명이 길어야 두 달이라는 이야기를 듣지 않았으면. 결국 알게 된다 하더라도.

시의가 다시 말했다.

"이런 말씀을 드리려니 저도 마음이 아픕니다만 오르코시즈 중독을 고칠 수 있는 의술은 이 나라 안에 없습니다. 시의로서 20여 년, 젊어서는 방방곡곡을 여행하며 웬만한 병은 빠짐없이 접해봤던 저입니다. 그러나 어디에서도 오르코시즈 중독을 고쳤다는 이야기는 들어보지 못했습니다. 매번 예언된 날짜와 약간의 편차만을 두고 죽어 가는 환자들만을…… 저는 열 명 넘게 보았습니다."

새벽빛이 희게 변해갔다. 빛을 바로 대할 용기가 나지 않았다. 등 뒤로 비쳐든 햇살이 테이블 위로 그림자를 드리우고, 방 너머로 긴 그림자를 떨어뜨릴 때까지 나는 잠자코 고개를 수그리고 있었다.

나르디가 말했다.

"이스나미르 안에 없다면 다른 곳에는 있단 말이오?"

"세르무즈와 로존디아는 제가 다녀 본 바가 없습니다만 몇백 년 간 치료법이 알려지지 않았던 독의 해독약을 한두 달 만에 찾아낼 의사가 없다는 것은 압니다. 오르코시즈는 제조상의 난점 때문에 흔히 성이나 궁성에서 발생합니다. 그러나 저는 달크로즈 다음으로 많은 귀족이 살고 있는 하라시바의 왕궁에서도 오르코시즈를 치료하지 못한다는 것을 알고 있습니다."

"어찌 그리 확신하오?"

"최근에 그 독으로 어린아이 하나를 잃었다는 것을 알기 때문입니다."

그때였다. 문이 난폭하게 열렸다. 모두 입구를 돌아보았다. 그곳에는 잔-이슬로즈가 서 있었다.

공주의 눈동자가 방금 말을 끝낸 시의를 향하는 것을 모두 보았다.

매서운 눈길이 한동안 거두어지지 않았다. 긴 드레스를 입고 있지만 지금만은 전장에서 보던 모습과 다를 바 없었다. 시의는 조용히 일어나 공주를 향해 허리를 굽혔다. 공주의 딱딱한 목소리가 방안을 울렸다.

"말을 조심하시오."

나뿐 아니라 나르디도 하라시바 궁성에서 죽었다는 어린아이가 누구인지 모르는 듯했다. 잔-이슬로즈가 들어오자 시녀 둘이 따라 들어와 커튼을 걷고 램프의 심지를 정리하여 껐다.

"소란을 일으킨 점, 사과하겠소."

잔-이슬로즈는 처음의 기세와는 달리 조용히 유리카의 침대로 갔다. 곁에 앉아 잠든 유리카의 얼굴을 한참이나 들여다보던 그녀는 이윽고 우리 쪽으로 고개를 돌렸다.

"이스나미르에서도 오르코시즈 중독은 치료할 방법이 없다고요?"

잔-이슬로즈는 아마리에 왕비의 이야기를 듣고 곧장 이리로 왔다고 했다. 손님 같지만 사실상 손님이 아닌 공주는 성안을 마음대로 돌아다닐 수 없었다. 그래서 어젯밤에는 소식을 전해들을 수가 없었다.

시의가 대답했다.

"제가 아는 한에서는 그렇습니다."

잔-이슬로즈의 입가에서 낮은 한숨이 새어나왔다. 나르디가 눈을 내리깔며 중얼거렸다.

"이제 에디에르나의 아가씨 같은 사람은 어디에도 없는 건가."

에디에르나의 아가씨, 분홍빛 유리병의 아스엘. 그렇게 많은 병자를 고쳤다는 아스엘도 오르코시즈 중독의 해독약은 만들어놓지 못했나?

아니, 아스엘의 시대에는 저렇게 극악한 독약을 만드는 사람이 없었을 거야. 해독약이 생길수록 더더욱 치명적으로 변해가는 독약. 그렇더라도 독을 만드는 자가 있으면 약을 짓는 이도 있어야 하는 법인데 어째서 이 독은 짝 없이 홀로 살아남았을까.

그런데 잔-이슬로즈가 이상하게 반응했다.

"에디에르나의 아가씨? 아스엘 말씀인가요?"

누구나 아는 이름이라 반문하는 것이 이상했지만 고개를 끄덕일 수밖에 없었다. 잔-이슬로즈가 나르디를 보았다.

"에디에르나가 그대 나라의 아라스탄 호수 근처에 있었던 마을이라고 하지 않았던가요?"

나르디가 고개를 끄덕이자 시의가 말했다.

"세르무즈의 공주 전하께 말씀드리기에는 부적당한 이야기일지도 모르겠습니다만, 그저 폐허가 하나 발견된 것에 지나지 않습니다. 그곳이 에디에르나라는 증거도 없었고요. 그저 옛 노래에서 아라스탄 호수 어딘가에 약을 다루는 자들의 땅이 있다고 하여 마침 발견된 폐허가 그곳이라고 말하게 됐을 뿐입니다."

이스나미르와 세르무즈, 로존디아는 전설에 나오는 지명이나 인물들을 하나라도 자기들 것으로 하려고 다툼이 심하다고 했다. 그러니 나우케 시의의 발언은 세르무즈 공주 앞에서 한 말로는 파격이었다. 그러나 나르디는 굳이 그 점을 지적하지 않았다.

잔-이슬로즈는 다시 생각에 잠겼다. 또렷한 입술이 딱딱하게 다물려 있었다.

나는 아스엘을 다시 생각했다. 아스엘이 지녔다던 기적의 약물을 만드는 방법은 왜 아무도 모를까? 그 분홍빛 물만 있으면 모든 병을 고칠 수 있다고 했는데. 왜 후세로 전해지지 않았을까? 전설이 말하는 효능은 단순한 과장에 불과해서?

갑자기 잔-이슬로즈가 고개를 들더니 나를 보았다.

"노력해보지도 않고 유리카를 죽일 건가요?"

뭐?

나를 쏘아보는 눈동자가 열의로 생생하게 빛났다. 유리카도 한때는 저렇게 눈을 빛냈었다. 지금은 녹색 눈동자를 감추고 보여주지 않지만……

"노력하다니, 무슨 말입니까?"

"그녀를 에디에르나로 데려가요."

나도 미간에 주름을 모았다.

"에디에르나가 어딘데요?"

"시한 안에 해볼 수 있는 일은 다 해봐야 하잖아요? 아라스탄 호수에 있다고 했어요. 호수 주변이 아니면 호수 가운데라도 있겠지요. 대륙에서 가장 큰 호수지만, 약이 있다면 헤엄쳐 건너서라도 찾아가야 하는 것 아닌가요?"

잔-이슬로즈의 목소리는 전사의 의지를 품고 내게 대답을 재촉했다. 그녀의 진면목을 볼 수 있는 것은 바로 지금 같은 때였다. 세르무즈 군은 공주를 보기만 해도 사기가 하늘을 찌른다고 했지.

공주의 다음 마디가 비수처럼 내 가슴에 꽂혔다.

"연인이라면 마땅히 그래야 하는 것 아닌가요?"

나는 테이블 아래로 내린 주먹을 아프게 쥐었다. 약이 있기만 하다면, 구할 수만 있다면 나는 못할 일이 없었다. 노력하지 않고 죽어가는 얼굴만 지켜보고 있는 것이 말이나 되나!

나르디의 입에서 그가 했어야 할 말이 떨어졌다.

"이슬라, 무모해요."

"무모하지만은…… 않다."

모두 놀라 고개를 돌렸다. 엘다렌이 어젯밤 이후로 처음 입을 열었던 것이다.

"무모하지 않다니요? 그럼……."

엘다렌은 일어났다. 이어 도저히 상상할 수 없었던 일이 벌어졌다. 엘다렌은 잔-이슬로즈의 손을 잡더니 기사들이 하듯 입맞춤했다. 나도, 나르디도, 그리고 인사를 받은 잔-이슬로즈도 놀라 크게 뜬 눈으로 엘다렌을 내려다봤다. 드워프들한테도 저런 예법이 있었던가?

물론 엘다렌은 우리의 반응이 어떻든 개의치 않았다.

"마브릴의 공주, 그대의 놀랄 만한 용기가 이 절망적인 상황에서 내게 한 가닥 영감과 희망을 남겼소. 그대가 물려받은 전사의 핏줄이 자손 대대로 영광 받기를. 그대의 제안이 내가 아끼는…… 동료의 목숨을 구하게 된다면 나는 평생토록 그대에게 감사할 것이오."

일이 어떻게 돌아가는지 알 수가 없었다. 다만 한 가지만은 또렷하게 들렸다. 영감, 그리고 희망! 나는 벌떡 일어나 낚아채다시피 엘다렌의 손을 잡았다.

"그게 뭐죠?"

엘다렌이 천천히 내게 고개를 돌렸다.

"파비안, 아라스탄 호수로 간다. 만일 그자가 아직도 그 섬에 살고 있다면 틀림없이 유리카를 구할 능력이 있을 것이다."

"그게 누구죠?"

"엘다렌, 섬이라니요?"

잔-이슬로즈도 자신이 했던 말이 현실로 나타나자 놀란 듯했다. 나르디는 말할 것도 없었다. 그는 나라 구석구석을 돌아다니기도 했거니와, 심지어 이 나라의 태자인 것이다. 그런데 그가 모르는 신비로운 힘이 호수 속의 섬에 있다니?

그러나 엘다렌은 더 설명할 생각이 없는 듯했다. 모두의 간절한 눈빛을 무시하고 그는 침대로 가서 유리카를 조심스레 흔들어 깨웠다.

"설명해 줘요!"

참지 못한 내가 소리를 지르자 엘다렌이 돌아보지 않고 입을 열었다.

"한 가닥의 가능성이 맞아 들어가 그자를 만난다 해도 그는 자신의 이야기가 세상에 알려지는 것을 원치 않을 것이다. 그러니 지금 한 이야기는 모두 못들은 것으로 해라. 유리카가 조금 기운을 차리면 바로 출발한다. 목적지도 비밀에 붙여라."

"……."

갑자기 눈물이 글썽해졌다. 나를 버렸던 운명의 끈이 다시 이어지려 하고 있었다. 아주 작은 희망, 그게 무엇이라도 좋았다.

시의가 뭔가 아는 것처럼 엘다렌을 보고 있었다. 뭔가 말할 듯 입을 움직였으나 결국 다물어 버렸다.

나르디가 벌떡 일어섰다.

"오늘 내로 출발이겠군요. 엘다렌, 제가 도와드릴 일은 없을까요? 호위 부대를 보내드릴 수도 있고, 아라스탄 호수가 있는 레이븐 카운티나 버밀리온 카운티에 전령을 보내 돕도록 지시할 수도 있습니다. 가는 동안 유리카를 돌볼 의사를 딸려 드리는 것은 어떻습니까? 여행 준비가 철저하게 되도록 뭐든 말씀만 하십시오."

엘다렌은 나르디의 얼굴을 보다가 고개를 저었다.

"사적인 일로 나라의 군대를 동원할 수야 없는 일이지. 빨리 움직이려면 인원은 적을수록 좋다. 더구나 갈 곳이 은밀한 만큼, 다른 사람의 도움을 받는 일은 사양하는 편이 좋겠다. 마음은 고맙지만, 지금까지 도와 준 것만으로도 매우 감사하게 생각한다."

나르디는 쓸쓸한 표정을 지었다. 이제 함께 떠날 수도 없다보니 거리감이 생긴 느낌이었다.

"그렇습니까. 그렇지만 감사하다는 말씀은 안 하셨으면 좋겠습니다. 저는 함께 여행했던 일행이었고, 지금도 동료라는 사실은 변함없으니까요. 제가 할 수 있는 모든 일은 당연한 것일 뿐입니다."

나르디는 내게 고개를 돌렸다.

"유리카를 잘 부탁하네. 꼭 예전 같은 모습을 볼 수 있었으면 좋겠네. 독이 치료되면 성으로 와 주겠지? 건강해진 유리카의 얼굴을 내게도 보여 주겠지?"

나는 의지를 담아 고개를 끄덕였다. 잔—이슬로즈가 다가와 기사들처럼 씩씩하게 악수를 청했다. 공주의 손은 전사들이 그렇듯 손바닥이 단단하고 손마디가 뚜렷했다.

"연인을 잘 지켜요. 서로를 지키면서 살아가요."

잔—이슬로즈의 말은 짧았으나 마브릴만이 보일 수 있는 진지함이 들어있었다.

침대 쪽에서 기척이 났다. 유리카가 깨어나려는 모양이었다. 내가 다가가자 엘다렌이 비켜 주었다.

속눈썹이 나비 날개처럼 흔들렸다. 뺨을 쓰다듬었다. 시트 위의 손을 끌어당겼다. 이윽고 녹색 눈동자가 열려 나를 올려다보았다.

그 초록색이 얼마나 눈물 나게 아름다운지 몰랐다. 나는 정신없이 그 눈을 들여다보았다. 봄의 보석을 지닌 봄의 공주. 봄처럼 다시 돌아왔으면 좋겠어. 봄은 매해 돌아오는 시작, 그렇게 처음으로 되돌릴 수만 있다면.

우리는 넋을 놓고 서로를 바라보았다. 아무 말도 하지 않았다.

뒤에서 문이 열리는 소리가 들렸다. 누군가가 들어왔다. 시녀 하나가 창문을 열자 신선한 공기가 들어왔다. 들어온 사람과 방안에 있던 사람들이 이야기했고, 목소리가 긴박하게 커졌지만 나는 상관하지 않았다. 한순간 사라질지도 모를 유리카의 얼굴을 보는 것보다 더 중요한 일은 없었다.

몇 명이 더 들어왔고, 더 이야기가 오갔다. 시끄러워졌다. 누군가가 급히 달려 나갔고, 보고하는 소리가 방을 울렸다. 사람들은 점점 많아졌고, 마침내 누군가가 다가오는 소리가 들렸다.

방해하지 말아달라고 말하고 싶었다. 그러나 내 어깨에 손을 얹은 것은 엘다렌이었다.

"중대한 사고가 생겼다. 정체를 알 수 없는 무리들이 밤새 반란 음모를 꾸민 모양이다."

왜 온갖 일이 한꺼번에 일어나는지 모르겠다. 정신을 차릴 수가 없잖아. 지금은 한 가지를 생각하는 것만으로도 버거운데 이게 무슨 날벼락이야?

망루로 급히 달리면서도 나는 그런 생각을 하고 있었다.

"비켜요!"

동쪽 탑으로 향하는 좁은 계단을 급하게 뛰어올랐다. 빙글빙글 돌아가는 계단을 오르자니 머리가 어지럽고 숨이 턱까지 찼다. 높긴 높다. 이 위에서 아르드–달크로즈가 다 내려다보인다는 말이 거짓은 아닐 듯했다. 계단 끝에는 육중한 문이 있었다. 받아 온 열쇠를 넣고 돌렸다. 삐걱, 문이 열렸다.

갑자기 세찬 바람이 휘몰아쳐 얼굴을 때렸다. 멈칫하며 한 발짝 들여놓자 하늘이 탁 트였다. 나는 사방 네 걸음 정도의 둥근 바닥에 서 있었다. 천장은 하늘이었고, 주위에 큼직한 흰 돌들이 요철 모양으로 쌓여 있었다. 나는 아르드가 내려다보이는 쪽으로 다가갔다.

"세상에……."

배 장루에서 내려다보던 것과는 또 다른 광경이 펼쳐졌다. 아득하게 넓은 공간에 점점이 흩어진 집과 숲, 땅은 지도를 보고 있는 게 아닌가

하는 착각이 들 정도였다.

그러나 전망을 오래 즐길 여유도 없이 달크로즈 성과 아르드를 잇는 길목을 점령한 군대가 눈에 띄었다. 시커먼 갑옷들을 보자니 가슴이 답답해졌다. 여기서 보기에도 수백 명은 넘어 보였다. 말을 탄 기사는 세 명.

하지만 몇백 명으로 나라를 정복할 수는 없는데?

자세히 살폈다. 아르드의 대로들 사이로 병사들이 배치된 것이 보였다. 10여 명씩? 적지는 않지만 기껏해야 오가는 사람을 통제할 정도의 수효일 뿐이다. 그러나 수도의 주요 도로를 장악하고 외성 밖에 배치된 본대가 들어오는 길을 막은 것은 분명했다. 달크로즈는 농성에 최적화된 요새 도시인 까닭에 외성 밖에서 들어오려는 국왕군을 반란군이 적은 수효로 막는 것은 오히려 간단했다.

달크로즈 성에 상주할 수 있는 군대는 국왕 직속의 근위대뿐이다. 그들은 정예군이기는 하지만 합쳐봤자 백여 명에 불과했다. 더구나 항상 백 명이 상주하는 것도 아니고 교대를 한다. 현재 달크로즈 성에 있는 근위대의 수는 기껏해야 50명 정도였다.

그러나 외성 밖으로 나가면 사정이 달라진다. 크로즈 고갯길에 배치된 군사의 수만 해도 2백 명은 넘고, 서 크로즈님 수로와 동 크로즈님 수로를 각각 백여 명의 병사가 지켰다. 달크로즈를 둘러싼 산 전체를 따지면 천 명에 달하는 군사들이 수도를 에워싸고 있었다. 더구나 수도 방위도시 님-나르시냐크에는 대륙 최고의 정예 부대, 구원 기사단의 수가 견습 기사를 제하고도 1천 3백 명이다. 아버지는 며칠 전에 님-나르시냐크로 돌아가신 후였다. 그리고 블루 카운티 전체에 달크로즈에서 직접 지시를 받는 3천의 기사들이 주둔하고 있었다.

겨우 저 병력을 갖고 무슨 생각으로 수도를 치는 거지? 대체 어떤 바보 같은 자가?

그러나 달크로즈는 구조가 기이한 도시라, 구릉 몇 군데와 성문 앞까지 올라오는 '왕의 길'만 막으면 달크로즈 성으로 가는 길은 막혀 버린다. 현재 달크로즈 성이 고립된 것은 맞다. 얼마나 오래 갈지는 모르겠지만.

참 이해하기 힘든 상황이었다. 반란이라고 부르기엔 수도가 너무 평온했다. 아르드의 상인들은 시장을 열 준비를 하고 있었다. 한마디로 이 반란은 마치 어린아이 장난처럼 보이는 군사 행동이었다.

반란군에게 남은 마지막 가능성은 외성 밖에서 군대가 들이닥치기 전에 성을 점령해버리는 건데, 그러기에는 또 성의 위치가 교묘했다. 해자조차 없는 성이지만 절벽 위에 세워진 까닭에 성 입구에 이르는 길은 단 하나, 비록 50명에 불과한 병사들이라 해도 어느 정도는 버틸 수 있다. 성에서 의자와 테이블만 내온다고 해도 튼튼한 바리케이드를 치고 남을 것이다.

군사 작전에 대해 쥐뿔도 아는 게 없는 내가 보기에도 상황은 이랬다. 어쩌면 심각하게 걱정할 일은 아닌지도 몰랐다.

그러나 문제는 다른 곳에 있었다. 이런 교착 상태가 며칠만 지속된다 하더라도 우리 일행의 계획, 즉 유리카의 건강에는 치명적일 수 있단 말이다!

지금 성을 빠져나가는 것은 불가능했다. 물론 며칠만 기다리면 길이 뚫릴지도 몰랐다. 그러나 기다린다고? 그 며칠이 모자라 마지막 순간 손을 쓰지 못할지도 모르는데?

이것은 결코 양보할 수 없는 문제였다.

"파비안 나르시냐크 님!"

문 너머에서 한 사람이 몸을 내밀며 나를 불렀다. 나는 돌아보았다. 배의 장루에 있던 때처럼 바람이 심하게 뺨을 때려 얼굴이 얼얼했다.

"태자 전하께서 보자고 하십니다! 저를 따라오십시오!"

내게 필요한 것은 당장 이곳에서 빠져나갈 술수다.


"밖의 상황 봤지?"

나르디는 중신 회의에 참석했었는지 정식 예복을 갖추어 입고 있었다. 그가 서서 기다리고 있던 방에 다른 사람은 없었다.

"봤지."

책장 몇 개와 테이블, 부드러운 불빛을 발하는 램프가 놓인 조그마한 방이었다. 방은 오랫동안 비워 두었었는지 마른 먼지와 종이 냄새가 풍겼다. 나는 의자를 끌어당겨 앉았다. 문득 태자 앞에서 먼저 앉아선 안 된다는 사실이 떠올랐다. 그러나 나도 나르디도 그런 것은 개의치 않았다. 나르디는 테이블에 기댔다.

"몇백…… 정도인가?"

나르디가 고개를 끄덕였다.

"5백 정도. 그들의 군세는 실제로 그것밖에 안 돼. 며칠 안으로 결판

나겠지. 그런데 다른 문제가 있네."

나는 앉은 채로 나르디를 올려다보고 있었다. 나르디의 앞머리가 흘러내려 이마를 가렸다. 그는 잘 빗어 넘긴 금발에 손가락을 쑤셔 넣어 아무렇게나 흐트러뜨렸다.

"문제라니?"

나르디는 얼른 대답하지 않았다. 단순히 망설이는 것이 아니라 말해야 하는 상황이 갑자기 사라지기라도 했으면 좋겠다는 얼굴이었다.

"……자네 동생이야."

동생이라니? 동생이 뭘?

내 사고는 먼 길을 빙 돌아 그 말이 가리키는 의미로 돌아왔다. '동생'이라는 말이 가리키는 사람은 한 명뿐이었다. 그가 했던 행동, 그리고…….

생각의 흐름이 미친 것은 한순간이었다.

"저, 저 밖에!"

나는 벌떡 의자에서 일어났고, 그 자리에서 멈춰버렸다.

"……"

나르디는 대답하지 않았다. 한 명뿐인 동생, 나는 그를 딱 한 번 보았고 그 자리에는 나르디도 있었다.

"그 녀석이 저기 가담했단 말이야?"

나르디는 고개를 저었다. 가담하지 않았다고? 그럼 대체…….

"하르얀은 반란군을 이끌고 있어."

이끌고 있어?

순간 단어의 의미를 잊어버린 느낌이 들었다. 이끈다는 말의 의미를 향해 내 사고는 또다시 한 바퀴를 돌았다. 결론은 어김없이 기다리고 있었다. 하르얀이 가지고 있던 배와 기사들, 병사 수백, 그걸 가지고 그 자식이…….

"바보 같은 자식, 그런 생각을 어떻게!"

한 번밖에 만난 적이 없는, 그것도 죽고 죽일 뻔했던 동생을 두고 바보라는 말이 저절로 튀어나왔다. 울화가 치밀어 올랐다. 어려서부터 알던 동생처럼 큰 소리로 야단치고 싶은 기분이었다. 반란이라니? 녀석은 나보다도 어리다. 그리고 이끌던 기사들도 거의 소년이었다. 그런 군대로 달크로즈를 점령하려 한다고? 아예 섶을 지고 불 속에 뛰어들지!

나르디가 고개를 저었다.

"아니네. 그는 하나밖에 남지 않은 선택을 한 거야."

나르디를 홱 돌아보았다. 그의 얼굴은 이제 침착했다.

"하르얀은 귀족들 사이에서 자랐다. 그러니 자네보다는 이쪽 사회의 생리를 잘 아네. 그는 푸른 굴조개호에서 내 얼굴을 보았지. 내 실수였어. 내가 거기서 하르얀을 부르지 않았더라면 그자가 이렇듯 극단적인 일을 벌이지는 않았을 텐데."

무슨 뜻인지 알 것 같다. 그런데 그 말을 이해하는 나 자신이 이해되지 않았다.

저 말은 하르얀이 반란을 일으키지 않았더라도 살아남을 수 없었을 거란 뜻인가? 나르디는 푸른 굴조개호에서 하르얀을 만난 후 그를 벌하기로 결심했다는 건가?

물론 태자 일행을 공격한 것은 사형도 받을 수 있는 죄목이다. 그래서 하르얀은 붙잡혀 추궁당하기 전에 극단적인 길을 택할 수밖에 없었다고? 그 자식은 나르디가 어떻게 할지 눈치챘던 거라고? 그런 것이 귀족 사회의 생리?

"나르디."

미간이 꿈틀거렸다. 나르디를 쏘아보는 내 시선이 떨렸다. 세르무즈에서 돌아오던 때, 서로를 견제하는 태도를 보이던 아버지와 나르디의 모습이 서서히 되살아났다. 나르디는 우리 집안을 좋아하지 않아. 거기서 이질적인 존재인 나를 제외하고는.

어쩌면 나르디는 하르얀을 제거하는 편이 왕가에 득이 되리라고 생각했을지도 모른다……. 그런 생각을 하자 그만 등골이 오싹해졌다. 그렇다면 우리 아버지는? 하르얀이 사라진 뒤에 아버지는 어떻게 할 셈이었지?

"파비안."

내 이름을 부르는 나르디가 지금처럼 낯설게 느껴진 적은 없었다. 시선이 정면으로 마주쳤다. 그와 친구가 된 후 이것으로 세 번째 신의의 위기를 만난 셈이다. 그러나 확인해야만 했다. 짐작만 가지고 신의를 깰 수는 없었다.

책과 가구 몇 개뿐인 작은 방에 내 목소리가 울렸다.

"하르얀을 죽일 테냐?"

"파비안, 그는 자네를 죽이려고 했던 자다."

나는 고개를 흔들었다.

"하르얀을 죽일 테냐? 그럴 거야?"

나르디의 고개가 가로저어졌다. 하지만 하르얀을 죽이지 않겠다는 뜻으로 그러는 것이 아니었다.

"파비안, 하르얀은 반역자네. 오늘 이 반란이 아니더라도 언젠가 반란을 일으키려 한다는 것을 이미 알고 있었어. 바다에서 나를 공격한 것은 너를 죽이려다 실수로 그렇게 된 것이었지만, 그게 전부가 아냐. 그와 티무르 리안센, 그리고 다른 몇 명이 이미 오래 전부터 반심을 품고 있다는 것을 나도, 그리고 폐하께서도 알고 계셔! 파비안! 하르얀은 지금 자네와 이야기하겠다고 글을 보내 왔단 말이다!"

갑자기 뒤통수를 맞은 기분이 들었다. 그가 지목한 것이 나르디가 아니고 나라고?

"나와 이야기를?"

"화살에 묶은 편지를 날려 왔네. 하르얀 나르시냐크는 자네에게 확실히 할 말이 있지. 녀석은 자신의 증오를 생생하게 전해주고 싶은 거다. 아르킨 단장이 이미 성을 떠난 것은 알고 있는 모양이더군. 그는 왕가만큼이나 자신의 집안을 미워해. 하르얀이 진심으로 죽이고 싶어 하는 것은 내가 아니라 너란 말이다!"

"말도 안 되는 소리는 집어치워!"

나르디와 나는 둘 다 상처 입은 얼굴로 서로를 노려보았다. 팽팽한 긴장이 흘렀다.

나르디와 이렇게까지 첨예하게 대립한 것은 처음이었다. 미소가 어울리던 나르디의 얼굴에도 이번만은 단호한 의지가 가득했다. 입술이 꽉 다물리고 얼굴 근육이 딱딱하게 경직되어 있었다. 나는 복받치는 감정 때문에 목 근육이 실룩거렸다.

나르디가 숨을 삼키며 입을 열었다.

"파비안, 현실을 똑바로 봐라. 하르얀이 푸른 굴조개호를 공격하고 자네를 굳이 찾아내어 죽이려 한 것은 우연이 아니었어. 하르얀은 아르킨 단장과 사이좋은 아들이 아니야. 그리고 자네의 존재를 알게 된 후로 자네가 상상도 할 수 없을 정도로 지독하게 자네를 질투하고 있네. 나는 하르얀을 어려서부터 보아 잘 알아. 어머니가 죽은 뒤로 아버지의 무관심 속에 버림받은 아이처럼 자랐고, 인정받는 아들이 되지 못한 것 때문에 자신만의 닫힌 왕국을 꿈꾸며 기묘한 열의로 소년들을 끌어 모았지. 증오로 사람을 죽일 수 있는 사람, 아버지를 닮은 자네 눈마저 숨이 끊어지는 순간까지 미워할 자가 바로 그야!"

나는 그 순간 치밀어 오르는 감정을 참을 길이 없었다.

"닥쳐!"

나도 어떻게 했는지 모르겠다. 다음 순간 내 손은 검 자루를 쥐고 있었고, 검이 반쯤 뽑힌 채 등허리에 걸려 부르르 떨렸다.

나르디의 손도 재빠르게 자기 허리에 걸린 검으로 다가갔다. 그러나 잡으려다가, 멈췄다.

"벨 테냐? 좋을 대로 베어라. 그러나 그래 보았자 네 동생의 허황된 망상, 뒤틀린 집착에 가담하는 것밖에 되지 않아."

침착하려 애쓰고 있었지만 나르디의 목소리도 흥분으로 떨렸다. 나는 우뚝 서 있었다. 손은 여전히 등 뒤의 검 자루에 둔 채로.

나르디가 웃음기를 잃은 눈동자로 나를 쳐다보더니 말했다.

"검을 들지 않은 자를 베는 것이 부끄럽다면 내가 기꺼이 검을 쥐어 줄 수도 있어."

나르디의 손이 허리로 다가가고, 검을 쥐었다.

"……."

지금 누군가 문을 열고 들어오기라도 한다면 나는 반역자로 끌려가 고도 남을 것이다. 그러나 그것보다 내 머릿속을 사로잡은 것은 다른 생각이었다. 왜, 처음 만났을 때부터 한마음이 되어 적과 싸웠던 우리 가, 서로 검을 뽑으려 할 정도로 분노해야 하지? 무엇 때문에?

내 검은 불타오르지 않았다. 잡은 손에 힘이 들어가지도 않았다. 나 르디는 자루만을 잡은 채 검을 뽑지 않았다. 만일, 만일에 우리가 싸운 다 해도 어떤 결과가 올지 나는 모른다. 어쩌면 나는 나르디만큼의 실 력은 없을지도 모른다. 전에 엘다렌이 말했듯 나는 내 검에 어울리는 의지를 지니기 전엔 결코 지금 이상의 실력이 될 수 없으니까. 그러나 그것을 떠나 나르디를 벨 자신 같은 것은 애초부터 내게 없었다.

나는 그 사실을 느끼고 다시 한 번 곱씹었다. 거기에선 씁쓸한 맛이 났다.

"파비안, 우리가……."

여전히 검을 뽑기 직전의 자세만을 취하고 있던 나르디가 뭔가 말하 려는 순간이었다. 갑자기 기척도 없이 문이 덜컥 열렸다.

"!"

들어오려 한 사람이 누구인지 알아볼 겨를이 없었다. 밖에서 들어온 환한 빛 탓이기도 했지만, 그보다 내 시야를 가린 다른 것이 있었다.

"하!"

나르디가 특유의 놀라운 속도로 뛰어들어 내 앞을 막았다. 그는 나를 가리는 것과 동시에 자루만 잡고 있던 검을 뽑아 낯선 침입자의 목을 똑바로 겨누었다. 문이 열리던 한순간에 일어난 일이었다.

그런데 의외의 목소리가 들렸다.

"이게 무슨 짓인가."

"에…… 엘다렌?"

문이 닫혔다.

나르디는 그야말로 계면쩍은 표정이 되어 어쩔 줄 몰랐고, 엘다렌은 검을 쥔 우리 둘을 의아한 표정으로 쳐다보았다. 그러나 나는 나르디가 하려 했던 일이 무엇인지 알고 있었다. 다른 사람이 방에 들어왔을 경우, 태자를 향해 검을 반쯤 뽑고 있는 내 모습을 나르디가 가리려 했음을 말이다. 그리고 나르디의 성격으로 보아 부득이할 경우 상대를 죽였을지도 모른다는 것까지도.

나르디는 그런 사람이다. 나로선 도저히 따라할 수 없는 사고방식을 가졌지만, 그 모든 것을 자기가 필요하다고 생각하는 것을 위해 쓰는 사람이다. 자신만의 방식으로, 자신의 정의에 충실한 사람이다.

그렇다면 나의 정의는 뭐지?

"무슨 일이에요?"

나와 나르디는 누가 먼저랄 것도 없이 검을 놓았다. 그렇다고 서로 검을 겨누었던 상황까지 없어지지는 않았다. 밖에는 하르얀이 와 있고 그는 나와 이야기를 하고 싶어 한다.

그래, 하르얀의 이야기를 들어보고 그 다음에 생각해도 늦지 않아. 하르얀이 무슨 생각으로 이런 일을 벌였는지, 나로선 마음속을 전혀 들여다볼 수 없는 동생이 대체 무슨 말을 할 작정인지 듣고 싶다.

나는 나르디를 돌아봤다. 얼굴을 똑바로 보기가 좀 무안했다.

"하르얀을 만나러 가겠어."

"내가 안내해 주겠네."

엘다렌은 우리 둘을 번갈아 본 뒤 말했다.

"중신들이 나르디를 기다리고 있더군. 안내가 끝나면 빨리 가보는 것이 좋겠다. 그리고 파비안."

"예?"

엘다렌은 턱짓으로 문 밖을 가리켰다.

"한시가 급하다는 것은 알고 있겠지. 유리카가 아까부터 너를 보고 싶어 한다."

"……."

나르디는 그늘이 드리워진 내 얼굴을 보더니 힘주어 말했다.

"달크로즈 성은 어찌 되든 오늘 밤 안으로 빠져나가게. 나갈 수 있도록 길을 찾아보겠네."

그래…… 그 길이 있다면, 아니 있어야만 해.

나르디가 앞장서서 나갔다. 밖은 확실히 환했다. 이제 곧 대낮이었다. 나도 뒤따라 나아갔다. 흔들리는 걸음을 바로 했다. 한꺼번에 나를 몰아치는 운명이라 해도, 끝이 오기도 전에 비틀대는 모습을 보이고 싶진 않다.

# 6. 상처를 위한 상처

"하르얀?"

아침에 망루에서 느꼈듯 오늘은 바람이 많은 날이었다.

바람 속에서 휘말리는 머리카락을 추스르기가 힘들었다. 바로 눈을 뜨고 아래를 내려다보려 했으나 자꾸만 시야가 가려졌다. 양손으로 머리카락을 쓸어 올리고서야 겨우 아래를 내려다보았다.

있었다.

얼굴이 자세히 보일 정도는 아니었다. 세 명의 기사를 거느리고 달크로즈 성으로 올라오는 길 아래 둔덕에 선 동생을 보자 기묘한 감정이 치밀었다.

어떤 문장도 없는 갑옷을 걸치고 방패를 쥔 하르얀은 높은 곳에서 내려다보아선지 더욱 작아 보였다. 바람 속이라 더욱 가냘프게 보였다. 크지 않은 키, 많지 않은 군세, 불안정한 운명, 그리고 나와 똑같은 머리카락.

"파비안 크리스차넨!"

이상한 일이었다. 목소리를 듣자 나는 마음이 착 가라앉았다.

나이든 남자의 목소리가 아니었다. 소년다운 미성에 날카로운 금속성이 뒤섞인 소리. 그러나 그 목소리에는 내가 한 번도 들어보지 못한 기이한 떨림이 있었다.

뭐라고 설명해야 할까. 듣는 사람이 그의 말을 들어주고 싶게 만든다고 할까. 협박이나 강요나 위엄 있게 충성을 요구하는 것이 아니라 응석 부리는 아이인데, 듣는 사람이 어머니가 된 것 같달까. 저것도 일종의 마력일지 모르겠다. 혹시 다른 소년들의 마음을 사로잡았던 것도 저 목소리가 한 몫 했던 게 아닐까?

그런데 하르얀은 나를 크리스차넨이라고 부르고 있었다.

"네가 하르얀이냐!"

비웃음 비슷한 소리가 터져 나와 그와 나 사이의 넓디넓은 공간을 채웠다. 이윽고 그가 대꾸했다.

"그렇지, 내가 하르얀이지. 하르얀 나르시냐크."

하르얀은 나를 집안의 장자로 인정하고 싶지 않은 모양이다. 내버려 두었다. 우선 그의 말을 들어보고 싶었다.

"하고 싶은 말이 뭐지?"

둘 다 소리를 질러가며 대화하지 않으면 안 되었다. 나는 성문 바로 위에 위치한 가장 낮은 망루에 나와 있었고, 하르얀은 화살이 닿지 않을 정도로 거리를 두고 서 있었다. 하긴 지금처럼 바람이 불어서는 어떤 화살도 목표물을 맞힐 수는 없을 테지만.

"그 자리가 마음에 드나?"

나르디와 나의 관계를 두고 하는 말일 것이다. 나는 조금 생각한 다음 소리를 질렀다.

"네 자리는 적당한가?"

하르얀이 기사들에게 몸을 돌려 뭐라고 말하는 것이 보였다. 곧 그가 대답해왔다.

"아니지. 내게 적당한 자리는 네가 있는 그 성이니까!"

"그렇다면 손님으로서 들어오면 되지 않나?"

"흥, 주인이 아닌 자가 있을 곳은 없다!"

명백한 반심을 드러내는 말에 등줄기가 싸늘해졌다.

"왜 나를 보자고 했지?"

잠시 바람 소리만이 들렸다.

하르얀과 나 사이에 가로놓인 텅 빈 공간에 몰아치는 바람이 선명하게 사고 속을 파고들었다. 내 인생의 이방인이면서도 유일한 형제인 그는 오늘조차 멀어서 얼굴이 보이지 않았다.

"뭐, 모른다고는 하지 않겠지. 방금 전에도 같이 쑥덕거리다가 나왔을 테니까. 나르디엔은 잘 있나?"

하르얀은 어째서인지 즉각 내 질문에 답하지 않고 이야기를 돌렸다. 그러나 그가 나르디의 이름을 직접 부르자 나는 흠칫 긴장했다. 지금 이 대화를 듣고 있는 것은 그와 나만이 아니었다. 수백 명의 사람들이 성에서도, 밖에서도 귀를 기울이고 있었다.

"네가 걱정할 필요는 없는 분이다. 지금 하려는 것은 무슨 수작이냐? 아버지께서 얼마나 실망하셨을지, 어떤 입장에 처하실지 생각이나 해 보았나?"

결국 내가 먼저 말을 꺼내고 말았다. 예상대로 하르얀은 발끈했다.

"관계도 없는 주제에 함부로 지껄이지 마라! 네가 나와 내 아버지의 일에 무슨 상관인데?"

민감하게 나를 배제하는 목소리에 문득 슬퍼졌다. 하지만 그 말대로 하르얀만의 아버지이고 나와 아무 관계가 없다면, 너는 왜 지금 나를 불러서 이야기하고 있지?

"나는 네 형이야!"

"웃기지 마!"

하르얀이 거칠게 소리를 질렀다. 나는 개의치 않고 말을 이었다.

"그리고 같은 아버지의 아들이다."

하르얀은 한 발짝 앞으로 나섰다.

"네가 그 아버지의 아들이 될 수 있을 것 같아? 나조차도 되지 못한 아들인데?"

나르디의 말이 맞았다. 하르얀은 아버지의 지지를 받지 못한 아들이라고 했다. 측은한 생각이 들었다.

"하르얀, 너는 나보다 더 오랫동안 집안의 장자였어. 그런 네가 왜 이렇게 무모한 일을 벌이지?"

"무모하다고 누가 말했지?"

하르얀의 목소리가 이상하게 변했다. 마치 나를 훈계하려는 듯한 어조였다.

"무모하지 않아. 무모한 것은 너희들이야. 그 성을 살아서 빠져나갈 수 있을 것 같지? 어림없어. 너도, 너의 잘난 친구도, 그 부모도, 모두 필요 없어. 기대하라고. 하긴 네 이름을 굳이 거론할 필요는 없지. 너는 그저 일개 병사에 불과한데."

하르얀은 자기가 이율배반적인 말을 지껄이고 있다는 것을 느끼지 못하는 걸까? 이렇듯 나를 따로 불러내어 이야기를 하면서, 끝까지 그렇게 된 이유를 인정하지 않았다. 그런 것이야말로 일종의 광기가 아닐까 하는 생각이 머릿속을 스쳤다.

"나도 나름 준비를 오래 했는데 말이야."

무슨 말을 하려는지 알 것 같아 기다렸다.

"세르무즈에서 너희 발자취를 추적했지. 그 지저분한 일행에 나르디엔이 끼어있을 거란 생각은 하지 못했지만, 이렇게 된 바에야 그런 것쯤 이제 관계없는 일이지. 마르텔리조에서 내가 너희를 어떻게 찾아냈는지 궁금하지 않나? 잘난 니스로엘드의 기사, 키반 노르보르트가 앞장서서 인도해 주더라고."

키반이 우리를 찾아냈고, 하르얀은 키반을 뒤따라왔다는 뜻인 모양이다. 그런데 들자니 하르얀은 구원 기사단에도 감정이 좋지 않은 듯했다.

"너는 왜 아버지의 기사단을 그런 식으로 말하는 거지?"

"그 기사단?"

바람이 윙윙대며 지나갔다. 하르얀은 감정이 끓어오르는 듯 갈라진 목소리로 외쳤다.

"나를 받아주지 않는 곳은 다 세상에서 필요 없는 곳이야! 구원 기사단? 그런 거 개나 주라지!"

"말조심해!"

이번에는 내가 화가 나서 외쳤다. 이 괴상한 싸움을 구경하는 사람들은 대체 어떤 기분들일지 모르겠다. 십몇 년을 떨어져 자랐던 형제의 첫 정식 대면인데, 서로를 경계해서 멀찍이 떨어진 것은 무엇이며 오가는 대화는 또 얼마나 우스운가.

"아버지조차 모욕할 셈이냐?"

"나를 모욕한 것이 바로 아버지야!"

하르얀은 자기 분을 못 이겨 발을 세게 굴렀다. 그는 왜 나를 불러놓고 저렇게 화를 내고 있을까? 나를 미행했다면 나에 대해 알 만큼 알 텐데, 나한테 무슨 대답이 나오길 기대했던 건가? 단지 내게 화를 내고 싶었던 것뿐인가?

"뭐, 어쨌든 오늘의 용건은 이게 아냐. 알려주고 싶은 게 있어서 불렀거든."

하르얀이 몸을 돌리자 뒤에 선 기사가 무언가를 건네주었다. 무심코 기사를 바라보다가 붉은 머리를 알아본 나는 그가 티무르 리안셴이라는 것을 깨달았다. 역시 내게 감정이 좋을 리 없는 자였다.

하르얀은 티무르가 건네준 물건을 공중으로 던졌다 받았다 하면서 나를 흘끗 보았다. 얼굴이 보이지 않는데도 나는 그가 그 순간 피식 웃었다고 생각했다.

"성에 아버지가 없다는 것을 알고 있어. 엊그제 님-나르시냐크로 돌아갔지. 난데없이 나타난 가짜 아들이 성을 떠나자마자 말이야. 좋아, 이제 성 안에 내가 실력을 인정할 만한 사람은 하나도 남지 않은 셈이야. 하긴, 아버지가 아무리 용병술이 귀신같다 한들 10 대 1의 병력으로 뭘 할 수 있었을지는 모르겠지만. 원체 생각지도 못한 일을 잘 꾸며내는 아버지라서."

하르얀은 다시 손에 쥔 것을 던졌다가 받았다. 만족스런 기색이었다.

"이제 있으나마나한 상대들뿐이라, 싱겁겠다는 생각까지 드는데? 전력의 차이가 나니만큼 한 가지는 가르쳐 주지."

하르얀은 오른손 손가락을 나를 향해 쭉 뻗었다.

"오늘 밤이 새기 전에 달크로즈를 점령하겠다!"

나는 더 참을 수가 없었다.

"말이 되는 소리를 해라! 불가능하다는 걸 몰라? 지금이라도 그만둘 수 있어. 내가 전하께 말씀드려서……."

"웃기지마!"

하르얀의 목소리가 사납게 변했다.

"너는 나르디엔을 잘 몰라! 그래, 그쪽은 좀 무서운 놈이긴 하지. 만일 왕이 되었다면 옛날 폭군이나 정복왕 정도는 놈의 발치에도 못 따라왔을 테니까! 나르디엔이 나를 용서해? 어림도 없는 소리! 나르디엔은 내가 어려서부터 보아 잘 알고 있어. 상냥해 보이는 얼굴 뒤에 얼마나 차가운 본성을 감추고 있는지, 너는 아무것도 모를 거다!"

하르얀은 숨을 삼키고 말을 이었다. 나는 굳어져 움직일 줄 몰랐다.

"허울 좋은 태자 전하! 쓸모없는 상대에게는 가차 없이 고개를 돌려 버리는 잘나신 분! 사람을 도구로밖에 보지 않는 자! 아, 그런 사람이 또 하나 있지. 내 아버지, 구원 기사단장 아르킨 나르시냐크!"

이유는 알 수 없었지만 눈시울이 뜨거워지려 했다. 하르얀, 어려서 형제가 있었으면 좋겠다고 생각하며 상상한 건 이런 너는 아니었어. 아마 남동생이 있으면 좋겠다고 생각했던 것 같은데…….

"한때 내게 조금 기대를 걸어보는 것도 괜찮겠다고 생각하던 때도 있었지……."

하르얀의 목소리에 증오가 들끓기 시작했다. 바람이 칼날처럼 피부를 찢었다. 하르얀의 검푸른 머리가 스스로 광기를 띤 것처럼 엉켜 휘말렸다.

"그렇지만 그건 어느 날 산산조각이 나버렸지. 이유는 몰라! 아니, 이유 따윈 중요하지 않을지도 모르지! 그래, 다가올 네 운명은 다를 것 같아? 어림없지, 어림없어! 하긴 이젠 기다릴 필요도 없겠지. 너는 그 성안에서 죽을 운명이니까 말이다!"

하르얀의 마지막 말에 비웃음이 묻어났다. 그는 큰 소리로 미친 듯 웃지 않았다. 나지막하게 뇌까리고, 비웃듯 키들거렸다.

"하르얀!"

하르얀은 고개를 쳐들고 나를 보았다. 할 말이 있지 않느냐고, 어서 해보라는 것처럼.

"성공할 수 없다는 것을 너도 알 텐데? 성에 비록 병력이 적지만, 며칠 안으로 달려올 수 있는 군대 수천이 블루 카운티에 포진하고 있다. 만에 하나 네가 성을 점령한다 치자. 그 다음은? 네가 아무리 달크로즈를 차지하고 버티고 있은들 외성 밖의 군대가 네 말을 들어줄 것 같아? 결과적으로는 죽음뿐이야!"

"시끄러워!"

이제 하르얀은 자기에게 불리한 말은 아예 들으려고도 하지 않았다.

"내 신경을 건드리지 마! 어차피 너는 네 일로도 바빠 죽을 지경일 텐데?"

문득 이상한 한기가 스치고 지나갔다. 내 일?

"용건은 이것이었지. 보여줄까?"

하르얀이 손에 든 것을 손가락 사이에 끼우더니 팔을 뻗어 내밀었다. 그런다 한들 그게 무엇인지 여기서 알아볼 순 없었다. 빛을 받아 반짝이는 것 같긴 한데?

하르얀이 손을 돌리자 한 쪽에 거울을 붙여놓기라도 한 것처럼 빛이 번쩍이다가 사라졌다 했다. 내 눈까지 부셨다.

"이게 뭔지 알아?"

알 리가 없었다. 나는 입을 다문 채 하르얀의 얼굴만 응시했다.

"월장석! 이게 바로 월장석이라는 것이지!"

월장석? 그게 뭘 어쨌다고?

"아직도 모르겠나? 이런, 실망스러울 정도로 머리가 나쁘잖아. 월장석으로 무엇을 만드는지 모르나? 하긴 평민으로 자랐으니 그런 것을 알 턱이 없지만, 궁정에서도 안 가르쳐 줬나? 나우케 시의가 그런 것도 모르던가?"

뭐?

갑자기 나우케 시의의 이름이 튀어나오자 나는 혼란해졌다. 뭔가가 가슴 속에서 꿈틀거렸다. 그런데 이상하게도 이어질 말을 듣고 싶지 않았다. 나는 고개를 흔들었다. 알고 싶지 않아. 듣지 않겠어. 말하지 마.

그러나 하르얀은 내 마음을 전혀 읽지 못했다.

"월장석이 들어간 귀한 차! 비싼 약! 아주 향기가 좋다지? 나는 아직 맡아보지 못해서 모르겠지만 너는 알겠지? 그걸 만드느라 돈 좀 썼지. 그렇지만 너와 너의 계집애를 위해선 완벽한 준비였어."

머릿속에 수만 가지 잔상이 몰아쳤다. 그리고 멎었다.

"하르얀!"

순간 내 머리는 돌아버렸다.

아무것도 보이지도, 들리지도 않았다. 피가 끓어올랐다. 내 오감을 막아버리고 한 가지 본능으로 들어찬 알 수 없는 덩어리, 피와 살점이 뒤엉킨 괴물만이 머리를 뚫고 튀어나왔다.

"바로 너, 네가!"

내 목소리조차 들리지 않았다. 들리는 거라곤 출처 모를 굉음 뿐. 검을 언제 뽑아들었는지 몰랐다. 하르얀, 네가 유리카를 죽이려 했다고?

뛰어 내려가려는 나를 누군가가 막았다. 뒤에서 팔을 낚아채는 손길을 거칠게 밀어제쳤다. 다른 힘이 나를 잡으려 했지만 그것도 걷어차 떨어뜨렸다. 벽에 세게 부딪히는 소리가 났지만 상관없었다. 이번에는 대단히 억센 손이 내 몸을 움켜잡으려 했다. 팔꿈치를 돌려 치고 주먹으로 내갈겼다. 내 손에 맞는 것들이 무엇인지는 관심 없었다. 내가 원하는 것은 하나뿐이었다. 건드리지 마, 건드리지 마, 건드리지 마!

쩡!

다시 달려드는 무언가를 이번에는 검으로 돌려 쳐버렸다. 뭔가 잘리는 느낌이 났다. 더 이상 방해하는 것이 없자 나는 앞으로 내달리려 했다. 그런데 내 앞을 막는 이건? 난간?

굉음의 세계로 소리 하나가 비집고 들어왔다.

"하하하, 하하하, 하하, 하하하하, 하하하하하……."

웃고 있어…….

온몸이 덜덜 떨렸다. 으스러져라 주먹을 움켜쥐었다. 성 아래에서 미친 듯이 웃어대고 있는 하르얀이 보였다.

"파비안, 안 돼!"

계단으로 달려 내려가려는 나를 마지막으로 가로막은 사람은 나르디였다.

검을 뽑아든 나를 향해 나르디는 빈손으로 팔을 벌린 채 완강히 고개를 저었다. 내가 핏발선 눈동자로 쏘아보았지만 그는 오히려 한 걸음 달려들더니 내 몸을 힘껏 껴안았다. 망루의 좁은 입구 너머로 경악해서 손쓸 생각도 못하고 있는 중신들이 보였다.

나르디는 그리 힘이 세지 않았다. 밀쳐버리려 했다면 충분히 그럴 수 있었을 것이다. 그러나 나르디는 다른 누구에게 시키지 않고 직접 위험을 무릅썼다. 바람에 식은 그의 뺨과 머리카락, 옷자락이 차가웠다. 그러나 어느 때보다도 가까이 닿은 서로의 심장이 온몸을 울리며 빠르게 뛰고 있었다.

나를 달래듯, 동시에 자신을 억누르는 듯 나직한 목소리가 흘러나왔다.

"파비안, 이래선 안 돼. 지금 성문을 열고 내려가면 우리 모두 죽는다. 너나 나뿐 아니라 유리카도……. 하르얀의 노림수를 모르겠나? 당장 밀고 들어올 준비를 마치고 일부러 자네를 자극하는 거다. 지금 문이 열리면 모든 것이 끝장이야. 내 말 알아? 내 말 알아듣나, 파비안?"

나르디, 내 친구지만 이 나라의 태자이기도 한 그였다. 책임, 사람에게 지워진 이 모든 것들.

"저, 전하……."

중신들은 더듬거리고 있을 뿐이었다. 친구를 지키고 태어난 성을 지키기 위해 목숨을 내거는 나르디를 대신할 생각도 하지 못한 채로. 나는 나르디의 팔을 풀어냈다.

돌아섰다. 난간을 향해, 그 너머에서 선 하르얀을 향해. 그에게 대답할 필요는 없었다. 세상은 내가 할 수 없는 일들로 가득 차 있다.

나는 검으로 난간을 힘껏 내리쳤다.

텅!

손에서 저항이 느껴졌던 것은 순간이었다. 난간은 둘로 갈라졌다. 깨끗한 단면에 노란 불티가 튀었다. 그제야 내 눈에도 검을 휩싼 엄청난 광채가 보였다. 이상하게도 전혀 놀랍지 않았다. 내 몸의 일부를 보는 것처럼 무감동했다.

"세, 세상에……."

"달크로즈의 마법 걸린 성벽을!"

유리카가 죽어가고 있어. 목숨이 경각에 달려있어. 하르얀, 네가 유리카를 죽이려 했지. 어떤 정당한 이유도 없이. 누구보다도 생명력 넘치던 한 소녀의 숨이 꺼져 가는데…… 그런데 너는 웃고 있어. 한순간이 아쉬운 지금, 성을 포위하고 나가지 못하도록 막고 있어.

도대체 왜! 유리카가 너에게 무슨 잘못을 했기에! 내가 네게 무슨 짓을 했기에!

"왜!"

벌판 가운데로 메아리가 길게 울렸다. 나는 갈라진 난간에서 뛰어내릴 듯 몸을 내밀고 휘청거렸다.

18년간의 평온한 삶에 어느 날 닥쳐온 일들을, 언젠가부터 빨라진 운명을, 힘들더라도 버텨낼 수 있다고 생각했어. 이겨낼 수 없는 운명은 주지 않는다고 했지……. 하지만 왜 이렇게까지 가혹한 거지?

나는 고개를 들었다. 대답을 들어야겠어. 내게 닥친 일들에 아무 이유가 없다면, 어째서 이 끔찍한 고통을 인내해야 하는데!

"이유를 말해!"

하르얀의 얼굴이 흐려진 눈으로도 똑똑히 보였다.

"이유를 말해줄까?"

하르얀이 처음으로 한 발짝 걸어 나왔다. 저토록 멀리 있는데도 표정을 알아볼 수 있을 것만 같다. 입가에 서린 냉소도, 까닭 없는 증오가 가득 찬 눈동자도.

"네가 방해하는 것을 원치 않으니까. 내 일에 끼어들지 말고 계집애한테나 신경 쓰라는 뜻이다. 그 애의 생명이 언제 꺼질지 모를 불빛처럼 깜빡이고 있는 판에 네가 성을 나와 나를 방해할 수는 없겠지?"

그림자였다. 닮았기에 벗어날 수 없는 천형인 것만 같았다. 어떻게 저렇게 내 마음을 갈기갈기 찢어발길 수 있을까.

"거기다가 어젯밤 내가 이 일을 준비하는 동안 적당한 눈가리개도 되어 주었지. 네가 그 난리를 치고 태자가 밤을 새우는 판이니 궁정의 이목을 모조리 붙잡아 놨지 않겠어? 아마리에 왕비도 거기 갔었다면서? 과연 오르코시즈가 비싼 값은 하더군."

앞면이 있으면 반드시 따라오는 뒷면, 오른손과 왼손, 닮았지만 서로를 죽이려 하는 형제. 어쩌면 그에게는 내가 그림자였을지도 모른다. 색깔만 다른 체스 판의 두 말.

그림자는 내 목을 조른다.


"오늘 밤을 넘기는 것이 관건입니다."

방은 거대했다. 한 사람이 말하자, 그 말은 한참이나 허공을 가로질러 천장에 도달했다. 이어 울림이 가루가 되어 내려앉았다.

타로핀 회의실은 아니었지만 그만큼이나 오래되었다는 회의실 안이었다. 긴 테이블 주위로 수십 개의 의자가 놓여 있었다. 그러나 사람은 많지 않았다. 의자들은 반나마 비어 있었다.

여름이지만 묵은 냉기가 깃든 회의실 안은 서늘했다. 사람들은 하나같이 치렁치렁한 옷을 입고 최소한으로만 움직이고 있어 마치 유령들이 모여 앉은 듯했다. 이들 대부분은 추밀원의 일원인 지체 높은 귀족들이고, 나머지는 국왕이 임명한 관료들이었다. 비율은 추밀원이 열 중 일곱 정도로 많았다.

"전서구를 띄웠으니 이르면 내일 밤, 늦으면 모레 낮까지 적어도 천여 명의 병력은 도착할 것입니다. 님-나르시냐크에서도 사흘 안에 기사단이 파견될 것이 틀림없습니다."

또 다른 사람의 말에 이그논 국왕 폐하의 고개가 천천히 끄덕여졌다. 사실확인 차원의 이야기가 오가고 나자 한동안 발언하는 사람이 없었다. 나는 침묵에 빠진 중신들의 얼굴을 하나하나 둘러보았다. 내가 앉은 자리는 긴 테이블의 맨 끝머리여서 주위를 둘러보기에 적당했다.

"흠, 으흠, 현재 성 안에 있는 병력은 정확히 쉰일곱 명이라고 하더군요. 지휘관까지 포함한 숫자가 그겁니다."

조금 전까지 오가던 희망적 관측과 정면으로 배치되는 이야기가 저것이었다. 다들 알고 있으면서 애써 외면하며 희망적인 면만 말해왔지만 결국 저 부분을 짚고 넘어가지 않을 수 없었다.

"오늘 밤 안으로 점령할 것이라 감히 호언장담했다 하더군요. 조금 있으면 오후가 저물 것이고, 야음(夜陰)을 타려는 것이 아니라면 곧 공격이 시작되리라 봅니다."

국왕 폐하 곁에는 회의 내내 침묵하고 있는 나르디가 있었다. 마치 세르무즈의 작전 천막에서처럼. 뭔가 기다리는 것일지도 모른다. 그런데 그를 바라보는 내 눈이 안개가 낀 것처럼 흐릿했다. 이상하다. 졸음 같은 것이 자꾸만 눈을 흐린다.

"현재 근위대는 그 숫자로 할 수 있는 최대한의 방비를 하고 있습니다. 근위대장 란셀 론하트 경이 총지휘를 맡았고, 싸울 수 없는 자들을 우선 대피시켰습니다. 만일의 경우 탈출을 위해서는……."

말하던 신하가 말꼬리를 끌다가 입을 다물어 버렸다. 국왕 앞에서 수도를 버리고 탈출한다는 말을 쉽게 꺼낼 수는 없었다. 비록 예측이더라도 금기어인 것이다.

그러나 이그논 국왕은 아무 반응도 보이지 않았다. 나는 국왕이 몹시 늙었다는 생각이 들었다. 나이는 몰라도 마음은 벌써 노인인 것이 아닐까. 똑같이 침묵하고 있는데도 형형하게 빛나는 눈동자의 태자에 비해 국왕은 입을 열기에도 지친 것처럼 보였다.

"나르시냐크 단장이 없는 것이 이렇게 아쉬울 줄이야……."

한 귀족이 한숨처럼 중얼거린 말에 내 귀가 반응했다. 이상한 것은 그 말을 들은 중신들의 반응이었다. 말한 사람을 돌아보며 질책하는 듯한 눈짓을 보냈던 것이다. 다들 알고 있는데도 해선 안 되는 말이라는 것처럼.

결국 그중 한 명이 입을 열었다.

"무슨 말씀을 그리 하시오. 이곳에는 훌륭한 귀족 지휘관들이 많이 있소이다."

아버지가 나라 전체에서 가장 훌륭한 용병술을 구사하는 지휘관이라는 것이 나만의 생각이 아니라는 것을 알고 있다. 그런데 이 이상한 공기는 뭘까? 백일하에 드러난 실력도 인정하고 싶지 않은 걸까? 귀족 칭호를 필요로 하지 않는 아버지가 아니꼬워서? 아냐. 무엇보다도 하르얀의 아버지라는 점이 가장 크겠지.

그러나 역시 아버지가 있었다면 좋았을 것이 틀림없었다. 세르무즈에서 위기에 처했을 때도 그랬다. 세르무즈 군과 비교도 되지 않는 숫자였지만, 아버지와 기사단이 도착했었을 때 얼마나 든든했던가. 그리고 아버지는 기대를 저버리지 않고 대승을 거두어 우리를 이곳까지 무사히 구출해냈다.

회의장은 다시 기침 소리 하나 들리지 않을 정도로 고요해졌다. 이제 그저 그런 말은 할 필요가 없었다. 그럴듯한 의견이 없는 자들은 모두 입을 다물었다.

"선제공격이 최선입니다."

과감한 목소리가 들렸다. 드디어 입을 연 나르디였다.

늙은 무관이 조심스런 시선을 보내더니 고개를 저으며 말했다.

"선제공격이라니요. 전하, 저들은 우리의 전력을 정확히 알고 있습니다. 기습으로 저들을 혼란에 빠뜨리는 것은 불가능합니다. 그저 무익한 죽음일 뿐……."

"그러면 이 고귀한 성을 저들의 발아래 두자는 말씀입니까?"

일견 진부한 말이었는데 나르디의 목소리만은 이채로웠다. 오랜만에 돌아온 태자였고, 어쩌면 이런 회의장에서 발언하는 것이 처음일지도 몰랐다. 그런 탓이었을까? 나르디는 회의장을 채운 늙은이들과는 전혀 다른 생기를 가지고 있었다. 국왕은 회의 주재를 나르디에게 맡긴 것처럼 참견하지 않았다.

"그런 말씀은 아니지만……."

"나는 저 반란 세력이 한 발짝이라도 달크로즈의 흰 돌을 밟는 것을 참을 수 없습니다!"

이럴 때 보면 나르디는 분명 태자였다. 그러고 보면 여행 중에도 그는 유난히 나라 생각을 자주 하고 애착이 깊었다. 그런 지위에서는 당연한 미덕이기도 할 것이다.

앞서 말했던 무관은 입을 다물었다. 나르디의 말에 동의하는 것은 아니지만 마땅한 대안이 떠오르지 않기 때문일 것이다. 다른 사람들도 마찬가지로 주저했다. 그러나 나르디는 주저할 생각이 없었다.

"이쪽 전력을 잘 알고 있으니 더더욱 자신만만하게 쳐들어오겠지요. 그때가 되면 죽음을 무릅쓴 저항은 한 푼어치 가치도 없는, 그야말로 '무익한 피'가 될 것입니다. 죽음을 무릅쓰려면 지금이지요. 이 순간 우리에게 필요한 것은 단 하나, 시간이 아닙니까? 고귀한 성을 지키기 위해, 한 시간이라도 벌기 위해, 무엇이든 내던져야 할 때가 아닌가요?"

무거운 공기가 실내를 짓눌렀다. 추밀원의 귀족들은 나르디의 말에 선뜻 동의하기를 꺼렸다. 동의하는 즉시 내던져야 할 목숨이 될까봐 두려워하는지도 모른다.

다시 나르디의 목소리가 울렸다.

"나는 하르얀이 야전을 감행할 거라고 확신합니다."

고압적인 어조였다. 늙은 귀족들 앞에서 아직 젊은 태자인 그에게 가장 필요한 목소리이기도 했다.

"따라서 우리가 기습을 하려면 해질녘입니다. 그리고 아마도……."

나르디의 눈동자가 귀족들을 죽 훑었다.

"여기서 용기 있게 앞장을 서고 싶어 할 분이 여럿이리라는 확신이 드는군요."

사람들의 고개가 눈에 띄게 테이블 아래쪽을 향하기 시작했다. 그중 몇 명은 눈조차 제대로 들지 못했다. 저들이 왜 저럴까? 아마 하르얀의 반란에 가담한 자식을 뒀기 때문이 아닐까?

나르디는 가볍게 어깨를 으쓱하더니, 테이블 한쪽에 놓인 종이 뭉치를 끌어당겼다. 맨 위에 얹힌 종이를 쥐었다. 종이가 사각대는 소리조차 고요한 회의장을 날카롭게 갈랐다.

"제가 이 명단을 굳이 읽어드릴 필요는 없겠지요?"

한 사람이 맥없이 떨어뜨린 손이 테이블에 부딪혀 소리를 냈다. 나르디의 눈동자는 치명적인 약점을 가진 사람들을 조롱하려는 것처럼 반짝거렸다. 고개를 바로 들고 있을 수 있는 것은 이번 반란에 연루되지 않은 사람들뿐이었다. 그들 중 하나가 메마른 목소리로 말했다.

"가문에 연좌를 적용하실 것입니까?"

"……."

고개를 숙였던 사람들조차 재빠르게 눈동자를 굴려 나르디를 쳐다보았다. 놓칠 수 없는 한마디를 듣기 위해서다. 그래, 이 상황에서 그들을 처벌하지 않을 거라고 말한다면 바보다. 그렇다고 마땅히 적용할 것이라고 한다면 배신마저 초래할 수 있는 문제가 바로 이것이었다. 나르디는 말없이 이들을 둘러보았다. 적절한 말을 찾고 있는 듯했다.

"걸맞은 행동을 한다면, 책임을 묻지 않을 생각입니다."

간단했지만, 복합적인 의미가 든 한마디였다. 나르디는 그들의 약점을 틀어쥐고 놓아주려 하지 않았다. 필요한 순간, 그들을 적재적소에 써먹기 위해.

말이 끝난 줄 알았는데, 다시 한마디가 들렸다.

"'걸맞은' 행동일 때 말씀입니다."

걸맞은 행동이란 게 무얼까. 그거야말로 해석하는 사람 마음이었다. 누군가 질문을 하려는 듯 고개를 들었다. 그러나 다른 곳에서 들려온 말이 모든 질문을 막아버렸다.

"지당하신 말씀입니다, 전하. 저를 선봉에 세워 주십시오!"

사람들의 시선이 문간으로 향했다. 방금 들어온 엘비르 리안센이 거기에 서 있었다. 그것도 갑옷을 갖추고 투구까지 손에 들어 완전한 무장을 하고, 관습대로 칼만 차지 않은 채였다. 그는 그 자리에서 무릎을 꿇고 고개를 숙였다.

"동생의 불충을 목숨으로 갚고자 합니다! 허락해 주십시오!"

이 자리에 리안센 부단장은 없었다. 구원 기사단의 부단장인 그는 아버지와 함께 님—나르시냐크로 떠난 후였다. 나르디는 의외라는 것처럼, 그러나 그를 잘 아는 내 눈으로 보기엔 기다렸다는 것처럼 엘비르를 향해 고개를 끄덕였다. 위엄 있는 표정이었다.

"충분히 보상될 것이오. 그야말로 '걸맞소'."

이리하여 중신들이 취해야 할 행동도 명확해졌다. 나는 엘비르의 모습에서 아버지를 보좌하던 츠칠헨 야스딩거의 모습을 보았다.

귀족들 가운데 얼굴이 흙빛인 사람 하나가 눈에 띄었다. 파티장에서 소개받았던 것이 어렴풋이 기억난다. 아이슬리 백작. 엘비르의 약혼녀인 귀여운 처녀 릴리안의 아버지일 테지.

고개를 든 엘비르는 일어나 허락에 대한 감사의 표시로 정식으로 절을 했다. 그의 얼굴에는 내가 처음 보았던 대로 젊은이답지 않은 사려와 책임감이 깃들어 있었다. 문득 티무르의 얼굴이 겹쳐 떠올랐다. 어린아이의 난폭함을 지닌 눈동자와 치기 어린 표정이. 그렇지만 나라를 뒤엎으려 할 정도로 야심차거나 부모형제에게 칼을 들이댈 정도로 냉혹해 보이지는 않았다. 그러나 하르얀은?

"부대는 내가 직접 지휘할 생각입니다."

나르디가 세르무즈의 막사 안에서도 했던 말이지만 어조는 사뭇 달랐다.

"엘비르 리안센, 너를 이번 사건이 종결될 때까지 내 부관으로 삼겠다. 그리고 여러분, 현재 운용 가능한 병력을 일곱 명씩 소조로 나누어 각각 '탁월한' 추밀원의 지휘관들께 맡기도록 하겠습니다. 비록 병력이 적다고 하나 풍부한 경험을 지닌 백전노장들의 지휘를 가볍다 하지는 못할 것이니 이번 싸움의 승산을 거기에서 점칠 수 있겠지요. 지휘관 종군자는 본인들의 의사를 가장 중시할 생각이나 부득이한 경우 선정을 엘비르 리안센에게 일임하도록 하겠습니다. 이에 대해 이의가 있으시다면 지금 말씀해 주시기 바랍니다."

아무도 감히 이의를 제기하지 못했다. 반란 문제에 연루되지 않은 귀족들은 열외일 것이라는 생각에 별반 이의를 제기할 필요를 못 느꼈을 터였고, 연루된 귀족들이야 입을 열었다가는 어떤 소리가 떨어질지 모르니 가만히 있는 도리밖에 없었다. 결정이 내려지려는 순간이었다.

"전하."

갑자기 구석에서 목소리가 들렸다.

돌아보니 아버지의 부재를 안타까워하는 귀족에게 '추밀원에는 훌륭한 지휘관이 많다'고 핀잔을 주었던 그 인물이었다. 매부리코에 희끗희끗한 갈색 머리를 묶은 그의 이름은 쥐사키 로르보제 후작이다. 그는 나르디를 보다가, 나를 보더니 다시 나르디를 보았다.

"말하시오."

"전하, 왜 반란군 수뇌의 형 되는 파비안 나르시냐크를 전투의 맨 앞에 세우지 않으십니까? 그는 엘비르 리안센 못지않게, 오히려 그보다 한층 죄를 갚아야 할 처지가 아니옵니까?"

좌중이 술렁였다. 시선이 일제히 내게로 향했다. 뺨이 달아올랐다. 시선들은 모두 적대적이었다.

"로르보제 후작의 말씀이 맞습니다. 죽음으로 죄를 갚아야 할 자들 중 선두가 있다면 바로 나르시냐크 집안입니다."

"구원 기사단도 믿을 수 없습니다. 단장과 부단장의 아들이 모두 반란군의 우두머리 자리에 있는 터에 무엇으로 그 아버지들을 믿는단 말씀입니까?"

엘비르의 분노에 찬 시선이 방금 말을 끝낸 퀴더머 여공작의 얼굴에 꽂혔다. 그러나 심술궂게 늘어진 뺨을 가진 여공작은 개의치 않고 말을 이었다.

"그들은 왕가가 내리는 귀족 칭호조차 거부한 자들입니다. 근거 없

이 의심할 바는 아니나, 무조건적 신뢰를 줄 대상도 아닌 줄로 아뢰옵
니다."

나르디가 나를 특별한 친구로 여긴다는 사실은 궁정 전체에 알려져
있었다. 그걸 가리킨 말일 것이다. 나르디가 천천히 눈을 들더니 대답
했다.

"그럼 이런 상황에 처해 무조건적 신뢰를 주어도 좋을 이가 과연 누
구라 해야 옳겠소?"

퀴디머 여공작은 얼굴을 붉히며 입을 다물었다. 나르디의 말이 반란
에 가담한 자식을 둔 자들뿐 아니라 이 자리에 모인 귀족 모두를 향한
것이라는 것쯤은 누구나 알 수 있었다.

"형이 동생의 죗값을 대신하는 것이 요즈음의 분위기인 모양이군요.
어쩌면 부모보다 적당한 값이라 할 수도 있겠는데요."

이번엔 추밀원에서 가장 나이가 어린 위안 샤리두 백작이 나를 보며
의미심장한 미소를 지었다. 미소라고는 하지만 가슴을 찌르는 비수나
다름없었다. 내가 대답할 차례라는 것을 알았지만, 이런 상황에 처한
것이 처음이라 쉽사리 입이 열리지 않았다. 아니, 그들이 기대하는 대
답은 정해져 있었다. 그러나 그 대답을 할 수 있을까? 나에게는 유리카
가 있다.

하르얀 녀석은 나를 이런 상황에 밀어 넣으려 했던 거다. 나를 비겁
자로 만들면서 자신은 유리해지는 일석이조의 교활한 계략이었겠지.
다 알고 있다. 하지만…… 어쩔 수 없었다. 무슨 소리를 듣더라도, 저들
이 아버지에게 책임을 묻는 한이 있더라도…….

"파비안은 내 대신 해야 할 일이 있습니다."

나르디의 목소리가 사람들의 시선을 잘라냈다. 그는 들고 있던 종이를 말아 쥐면서 냉담한 미소를 지었다.

"그러니까 쓸데없는 걱정 같은 것은 하지 않으셔도 됩니다. 죄의 경중을 재는 것은 그대들이 아니라 폐하이시니까요."

아무도 대꾸하지 못하도록 말을 끝낸 나르디는 벌떡 일어섰다. 그리고 나를 보았다.

"파비안 나르시냐크, 방으로 가서 기다려라. 군대가 편성된 후 네가 해야 할 임무를 말해 주겠다."

회의장의 천장은 까마득히 높았다. 일어나 허리를 굽히는 내 눈에 들어온 바닥 무늬는 끝을 알 수 없는 어지러운 곡선이었다. 돌아서 나오며 바닥을 울리는 내 발소리, 감정 따위는 섞이지 않은 발자국 소리에 마음을 실었다. 문이 열렸다. 그들이 한 발짝 멀어지고, 곧 커다란 문으로 막혀 버렸다. 나는 나아갔다. 계속해서, 나와는 다른 세상에 속한 아름다운 복도를 걸었다. 좌우에 엇갈려 솟은 커다란 유리의 교직, 그리로 쏟아진 햇살이 번갈아 어깨를 비췄다. 그 빛은 붉었다. 해 지는 하늘의 빛깔, 바로 검과 피의 빛깔이었다.

# 7. 빛을 갚다

땅거미가 내릴 무렵, 시종이 와서 나를 찾아온 손님이 있다고 전해 주었다.

잘 납득이 가지 않는 얘기였다. 달크로즈로 나를 찾아올 만한 사람이 대체 누가 있겠는가? 나부터가 이곳에 어울리지 않는 손님인데.

만약 내가 '손님'이라는 말이 주는 뜻을 깊이 생각했더라면 짐작할 수 있었을지도 모른다. 달크로즈는 포위되어 있었다. 그리고 손님이란 성 밖에서 온 사람을 뜻했다.

시종이 안내한 태자의 방 내실 문을 열었을 때 방을 밝힌 것은 입구에 놓인 세 갈래 촛대뿐이었다. 나는 멈칫하며 섰다. 혹시 음모가 아닐까 하는 생각이 들었던 것이다. 낮의 회의 덕택에 나를 불쾌하게 생각할 귀족이라면 잔뜩 생겼으니까.

"들어오게."

다행히도 나르디의 목소리가 들렸다. 방 안으로 발을 떼어놓자 뒤에서 문이 닫혔다.

"왜 이렇게 어둡게 하고 있어?"

나는 팔을 뻗어 앞길을 더듬으려 했다. 그때 멀찍이 놓인 램프 하나가 확 밝아졌다. 어둠 속에서 나르디의 얼굴이 떠올랐다.

"발밑에 함정을 설치하진 않았네."

"믿겠어."

다가가 맞은편 의자에 앉았지만 손님 같은 것은 보이지 않았다. 두리번거리던 내가 뭔가 묻기도 전에 나르디가 불쑥 말했다.

"오늘 밤, 전투 개시 직전에 유리카와 함께 탈출하게."

"오늘 밤이라고?"

"그래, 오늘 밤. 회의에서는 희망적인 관측이 오갔지만 실제로 이 포위가 며칠을 더 갈지 나는 장담할 수 없네. 자네는 한시도 지체 못할 처지가 아닌가."

갑자기 무슨 소릴 하는 걸까? 그나 나나 상황이라면 환히 알고 있었다. 구원군이 오기 전에는 전령 하나도 빠져나갈 수 없다는 걸 말이다. 그러나 나르디는 계획도 없이 나오는 대로 말을 꺼내는 성미가 아니었다.

"알다시피 오늘 밤에 전투가 시작될 걸세. 적들의 눈과 귀는 내게 쏠릴 테지. 나는 '왕의 길'을 택할 테니 자네는 동쪽 구릉 쪽으로 가게. 크로즈님 강의 동쪽 수문까지 가면 수문장이 자네를 내보내 줄 거야. 그 다음부터는 안전할 걸세."

왕의 길은 달크로즈로 올라오는 가장 큰 길이자 성문 앞에 이르는 유일한 길이었다. 나르디의 말대로 전투가 시작되면 적들은 왕의 길에 군세를 집중할 것이다. 그렇다고 해서 왕의 길에서 갈라져 아르드로 내려가는 구릉길이 텅 비었을 거라는 상상은 하기 힘들었다. 무엇보다 내게는 유리카가 있다. 몸도 가누기 힘든 그녀를 데리고 위험한 적진을 뚫는 것은 불가능했다.

내가 아는 것을 나르디가 모를 리 없었다. 나는 그림자 때문에 한결 엄숙해 보이는 그의 얼굴을 들여다보았다.

"무슨 생각을 하는 거야? 난 잘 이해가……."

나르디는 내가 할 말을 안다는 것처럼 고개를 끄덕이더니 어두운 구석을 돌아보았다.

"이쪽으로 오게, 클루이펠트 경."

그때까지 사람이 있는 줄도 몰랐던 자리에서 한 남자가 몸을 일으켰다. 그리고 이쪽으로 왔다. 긴 여행을 해온 듯 망토에서 먼지 냄새가 풍겼다. 허리에는 검띠가 걸려 있었지만 검은 없었다. 복면을 하고 있어 얼굴은 거의 보이지 않았다.

남자의 첫 마디는 나를 향한 것이었다.

"나를 기억하겠나."

기억하다니? 이자가 나를 찾아왔다던 손님인가?

하지만 목소리만으로는 누구인지 선뜻 떠오르지 않았다. 남자가 자리에 앉자 불빛이 복면 위로 드러난 얼굴을 비췄다. 침착하다 못해 무심하기까지 한 눈매를 보는 순간, 머릿속에서 갑자기 혼란이 일어났다.

"사죄하기 위해 왔네."

사죄라고?

나는 그의 눈을 쏘아보았다. 여전히 생각이 날 듯 안 날 듯 머릿속만 근질거렸다. 하지만 어디선가 본 듯하다는 생각을 하는 순간, 오래 전에 나눴던 한 대화가 선명하게 떠올랐다. '어디선가 뵌 분 같네요?' '모르겠는데?'

"당신은…… 그때, 저기, 낚시, 아니, 술 마시다가, 그러니까 여관에 묵었던……."

내가 기억을 다 거슬러 올라가기 전에 나르디가 말했다.

"베르나르트 클루이펠트 경이네."

내가 알았던 것은 이름뿐이었다. 처음으로 정식 이름을 듣자 마치 다른 사람을 만난 기분이었다. 그런데 나르디가 그를 알고 있었다. 기분이 이상했다. 하긴 하필 내가 베르나르트를 만난 것은 나르디를 만났다가, 헤어졌다가, 다시 재회하기 전이었지. 켈라드리안을 떠나서…… 프랑딜로아가 벌어지던 봄날의 아르나.

갑자기 가슴이 심하게 아파왔다. '아르나의 약혼'이 열리던 거리에서 유리카는 꽃가지를 건드리며 걸어갔었다. 꽃잎이 머리 위로 흩날렸고……. 내가 낚아다가 만든 은지느러미 수프를 먹고는 맛이 괴상하다고 했었지. 다들 선물을 주고받는 날이라고 해서 일껏 마련한 거였는데. 그러고 보면 난 그때 이미 유리카를 좋아하고 있었을까?

"클루이펠트 경은 나르시냐크 가문의 가신이네. 자네 집안이나 아르킨 단장도, 그리고 하르얀도 잘 알고 있는 사람이지. 하지만 그가 자네까지 알 줄은 몰랐네."

나르디의 말을 들으며 나는 마음을 다잡았다. 옛날 생각을 하고 있을 때가 아니었다. 다시 베르나르트를 보았다. 특유의 무표정한 얼굴이 나를 바라보고 있었다.

"하르얀을 만나셨나요?"

고개가 세로로 약간 움직였다.

"만났다면 왜 이런 짓을 저지르는지 물어봤나요? 그만두라고 얘기는 하셨나요?"

다시 고개가 끄덕여졌다.

"그랬는데 말을 듣지 않던가요? 이러다가 그 자식 스스로는 물론이고 가문도, 아버지까지도 파멸시키고 말 거라고 말했는데도? 그 자식, 계속 어리석은 고집만 부리던가요? 미쳐서 말을 듣지 않던가요? 아예 돌아버렸던가요?"

"……."

내 목소리의 울림이 사라지자 어두운 방안에는 침묵뿐이었다. 어디선가 땀 냄새가 났다. 소금 냄새도. 눈앞이 번들거렸다.

"미안하다."

베르나르트는 아까부터 무엇을 사죄하려는 것일까? 하르얀이 저렇게 돼버린 게 베르나르트의 책임은 아니다. 그런데 그는…….

"유리카 양을 해칠 줄은 몰랐어."

베르나르트의 입에서 유리카의 이름이 떨어지자 목에 딱딱한 것이 걸린 것처럼 말이 나오지 않았다.

"자네에게 청을 했었지. 이런 날이 올 줄을 그때 내가 알았는지는 모르겠군. 아니, 이런 식일 줄은 몰랐지. 오늘, 자네 눈앞에 있다면 죽여버리고 싶을 그 녀석을 내가 자네에게 도와달라고 했다."

나는 베르나르트를 쏘아보았다. 형 노릇을 해주라고? 그래, 그땐 그러고 싶었는지도 모르지. 그럴 생각이 조금쯤은 있었어. 바다에서 마주쳤던 날마저도……. 그날 나를 죽이려던 하르얀을 보내줬던 건 지난날 베르나르트 당신이 내게 일깨워줬던 것, 바로 그것, 그놈의 '형제 노릇'이라는 것 때문이었다고!

그날 내가 하르얀 자식을 죽여 버렸더라면 유리카에게 아무 일도 일어나지 않았으리라는 생각을 하면 그날 검을 거둔 내 손목을 끊어버리고 싶을 지경이다. 나는 입술에 흐른 땀을 손등으로 닦아버리고 말했다.

"난 약속을 지켰어요."

푸른 굴조개호에서 하르얀을 보내준 것이 베르나르트와의 약속 탓이었던 것은 아니었다. 그러나 지금은 그렇게 말하는 것에 조금도 거리낌이 없었다.

"세르무즈에서 하르얀이 배로 공격해왔을 때, 내 검 앞에 쓰러진 그 자식을 안 죽이고 보내줬습니다. 그거면 됐겠죠? 내가 그 이상 뭘 더 해야 한다는 얘길 하러 오신 거라면……."

"그렇지 않네."

눈이 마주쳤다. 베르나르트는 한 번 더 굳게 고개를 저었다.

"그렇지 않아."

나르디가 손을 내밀어 땀에 젖은 내 손등을 쥐었다. 나는 곁에 그가 있다는 것조차 잠시 잊고 있었다.

"파비안, 클루이펠트 경은 자네를 도우러 왔네. 그가 자네와 유리카가 탈출할 길을 열어줄 거야. 오늘 밤, 자네가 탄 말이 빠져나가는 동안 클루이펠트 경이 구릉길을 지키는 반란군을 다른 곳으로 이동시켜놓을 걸세. 동쪽 수문으로 가는 길목도 비어 있을 거야. 아무 위험도 없으리라고 단정할 순 없겠지만……."

나르디는 베르나르트의 얼굴을 한 번 보더니 다시 말했다.

"지금으로선 그 길밖에 없네."

"그 말은……."

베르나르트가 탈출할 길을 열어주겠다고 했다. 그럴 수 있다고 했다. 그 말은 그가 반란군을 움직일 힘을 갖고 있다는 뜻일 것이다. 그렇다면 베르나르트는 결국…….

"당신, 하르얀에게 가담한 건가요?"

베르나르트는 대답하거나 고개를 끄덕이는 대신 웃었다.

그가 웃는 모습을 보는 것이 이걸로 세 번째던가. 그러나 이번에는 미소가 아니었다. 그는 완연히 웃고 있었다. 어울리지 않을 거라고 생각했던 건 착각이었다. 이 순간의 베르나르트만큼 속 깊은 웃음을 보여줄 수 있는 사람이, 아니 형이 또 있을지 모르겠다. 적어도 나는 그런 사람을 모른다.

"그 녀석에겐 이제 아버지도, 그리고 형도 없어. 내가 아니면 누가 곁에 있어주겠나."

"베르나르트."

나는 가슴이 답답해지는 것을 느끼며 그를 불렀다. 그런데 상상하지 못했던 일이 벌어졌다. 베르나르트가 일어나더니, 내 앞에 무릎을 꿇었다.

"누군가의 소중한 사람을 앗아갈지도 모를 부탁 따윈 해선 안 되었어. 내 잘못이다. 갚아야만 하는데, 할 수 있는 일이 이것뿐이라는 것이 한스럽군. 용서해 줘. 아니, 용서하지 마. 다만 탈출해서 유리카 양을 반드시 살려내 줘. 절대로 죽게 해선 안 돼."

"……."

답답하기도 하고, 괴롭기도 하고, 정말 미칠 노릇이다. 하르얀 녀석은 남을 해치기만 하는데, 그 녀석이 저지른 일을 엉뚱한 사람이 자존심마저 내던지고 사죄하려 하고 있다. 난 뭐라고 해야 할까. 난 대체 뭐라고 하면 좋단 말인가.

"일어나세요. 당신이 사과할 일이 아니니까……."

억지로 대답하려다가 목이 메어 말을 멈췄다. 그건 내 본심이 아니었다. 사실 나는 베르나르트를 원망하고 싶고, 모든 걸 남 탓으로 돌리고 싶고…… 그리고 모든 일을 처음으로 돌리고 싶다. 유리카가 쓰러지기 전, 하르얀을 알기 전, 베르나르트와 만나기 전, 심지어 유리카를 만나기 전까지…….

하지만 어떤 것도 할 수 없었다. 내가 할 수 있는 일은 결국 이 불합리한 사죄를 받아들이는 것뿐이었다.

"우리 모두 딜레마에 빠졌군요. 난 하르얀을 용서하기 싫은데 당신을 용서해야겠고, 당신은 하르얀의 죄를 갚기 위해 그 녀석을 속여야 되네요."

나는 일어나 베르나르트의 어깨에 손을 얹었다. 무엇보다도 그는 하르얀만큼 어리석진 않을 것이다. 하르얀이 택한 길이 결국 구렁텅이라는 것을 알 텐데도 그는 함께 걸어 들어가는 쪽을 택했다. 아버지도, 형도 같이 가주지 않는 지옥으로, 그만이 동행해주기로 한 것이다.

하르얀, 이런 사람이 보살피는 넌 정말 행복한 놈이고…… 그리고 정말 나쁜 놈이다.

"하지만 베르나르트, 같이 수렁에 빠져주는 것만이 의리는 아닌데…… 당신이 살아날 길을 찾아갈 수는 없었던 건가요?"

"파비안."

나르디가 나를 불렀다. 입가에 쓴 미소가 감돌았다.

"나도 이미 말해봤다네. 클루이펠트 경의 선택은 안타깝지만, 존중할 생각이네. 그리고 그를 약간은 이해한다네. 그랬기에 제안을 받아들인 것이기도 해. 우리 모두에게 남은 선택은 얼마 없지."

문득 나르디에게도 쉽지 않은 선택이었을 거라는 생각이 들었다. 베르나르트는 반란군의 수뇌를 지키기 위해 목숨을 바치고도 남을 자였다. 그의 실력이 어떤지는 내가 직접 봐서 잘 알고 있었다. 이제 전투가 시작되면 아마 다루기 힘든 적이 될 것이다. 그런 그가 단신으로 무기도 없이 달크로즈로 들어왔다. 그런데 다시 성 밖으로 내보내줘야 하는 것이다. 고작 약속 하나만을 믿고.

게다가 베르나르트는 나르디가 오늘 밤 먼저 전투를 시작할 거라는 정보까지 알아버렸다. 만일 그가 배신한다면 나르디를 비롯한 달크로즈 군에는 치명타가 될 것이다. 그런 정보를 주기로 결정한 사람도 역시 나르디일 수밖에 없었다. 협조하기 위해선 내가 탈출할 방법과 시각을 정해야만 했을 테니까.

나르디는 어째서 베르나르트가 약속을 지킬 만한 사람이라고 믿을까? 이름 이상의 뭔가를 알고 있어서일까? 이 절체절명의 순간에 왜 그는 위험한 신뢰를 발휘하는 것일까?

나르디가 일어섰다. 그리고 베르나르트를 내려다보았다.

"오늘 밤 경의 손에는 꽤 많은 목숨이 쥐어져 있군. 가라. 그리고 전장에서 만나자."

베르나르트가 일어나 나르디를 향해 예를 취했다.

"삼가 태자 전하의 존명을 받들겠습니다."

그때 문밖에서 목소리가 났다.

"전하, 엘비르입니다. 드릴 말씀이 있습니다. 들어가도 되겠습니까?"

나르디는 베르나르트를 한 번 바라보더니 답했다.

"지금은 물러가라. 잠시 후 찾을 것이다."

잠시 사이를 두고 엘비르가 다시 말했다. 사뭇 긴장된 목소리였다.

"전하, 누가 와 있는지 알고 있습니다. 들어가게 해주십시오."

나르디가 베르나르트에게 눈짓했다. 그러자 베르나르트는 돌아서서 내실 안쪽의 책꽂이 쪽으로 갔다. 책꽂이 중 두 칸이 일부러 책을 내려놓은 듯 비어 있었다. 나르디가 대답하지 않자 엘비르의 목소리가 다급해졌다.

"전하, 그러시면 안 됩니다! 나라의 운명이 걸린 일입니다!"

나르디가 여전히 침묵하는 가운데 베르나르트는 책꽂이 칸막이 하나를 들어내고 뒷판을 밀어낸 뒤 숨겨진 손잡이를 잡아 돌려 벽을 열었다. 마치 금고라도 둘 것처럼 생긴 좁은 통로가 나타났다. 그는 그곳으로 몸을 감췄다. 나르디는 베르나르트가 사라진 쪽을 턱짓으로 가리키며 나직이 말했다.

"좀 닫아주게."

나는 책꽂이로 가서 벽에 난 문을 닫고, 손잡이를 감추고, 뒷판을 닫고, 칸막이를 꽂았다. 그리고 그 위에 책까지 도로 꽂았다. 그러는 동안에도 엘비르는 계속해서 말하고 있었다.

"전하, 문을 열어주십시오. 제 말씀을 들어주십시오. 그런 일을 이리처리하셔서는 안 됩니다. 제발……."

그때 문이 덜컥 열렸다. 물론 나르디가 연 것이다. 문밖에는 엘비르와 무장한 병사 셋이 서 있었다. 나르디는 평온한 얼굴로 그들을 바라보았다.

"무슨 일인가? 출진은 밤이라 하지 않았던가?"

엘비르는 우뚝 선 채 나르디를 보고, 나를 보았다. 그리고 어두운 실내를 들여다보았다. 그러나 하나뿐인 램프를 나르디가 들고 온 까닭에 우리가 이야기를 나눈 탁자와 의자 쪽, 그리고 내가 어설픈 솜씨로 가린 책꽂이 쪽은 어둠에 잠겨 있었다. 밝은 곳에서 온 사람의 눈으로는 의자가 둘인지 셋인지도 분간할 수 없었다.

엘비르는 속수무책으로 다시 나르디를 보았다. 절박한 표정이었다.

"전하, 아직은 시간이 있습니다. 지금이라도……"

그때 나르디가 내 어깨에 손을 얹었다.

"아까 누가 있는지 안다고 했는데, 파비안이 여기 있는 것에 무슨 문제라도 있는가?"

"……."

이윽고 엘비르의 얼굴에 체념한 빛이 스쳤다. 나는 기회를 놓치지 않고 나르디에게 허리를 굽혀 보였다.

"그만 물러가겠습니다."

"그러게."

내가 방 밖으로 나오자 문 시중을 드는 시종이 당연한 것처럼 문을 닫았다. 밖에는 나와 엘비르, 그리고 병사들만이 남았다. 나는 나르디처럼 연기에 능하지는 못하기 때문에 여기 오래 서 있고 싶은 생각은 없었다.

"어…… 그럼 이만."

걸음을 옮기고 나서 잠시 뒤 엘비르가 병사들을 보내는 소리가 들렸다. 그리고 그는 나를 뒤쫓아왔다.

"잠깐 얘기 좀 해도 될까?"

꼼짝없이 연기력 시험을 봐야 할 판이었다. 나는 고개를 끄덕이며 덜 식은 관자놀이의 땀을 소맷자락으로 닦아냈다. 그와 나는 복도를 빠져나가 경비 탑 쪽으로 가서 층계참에 만든 초소에 섰다. 창밖으로 아르드의 불빛이 절반쯤 내다보였다.

"나도 그가 어떤 사람인지는 알고 있어."

엘비르가 불쑥 말했다. 나는 대답을 가늠하며 잠시 기다렸다. 엘비르는 정말로 누가 왔는지 알고 있을까?

"배신 따윈 모르는 사람이지. 신실하고, 의지가 굳은 자네. 자네나 태자 전하보다 내가 그를 더 오래 봐왔을 거야. 그래서 더 잘 알아."

이쯤 되면 대답을 하지 않는 편이 더 의심을 살 지경이었다.

"대체 누구 얘길 하는 건지……."

"클루이펠트 경 말이야."

"……."

역시 난 연기가 서툴렀다. 표정만으로도 다 알아보고 남았을 것이다. 엘비르는 나를 보던 시선을 창밖으로 돌렸다.

"내 얘기가 이상하게 들리지 않나?"

나는 솔직히 시인했다.

"그래. 이상하게 들려. 믿을 만한 사람이라고 말하면서 아까는……."

"아까 내가 태자 전하를 막으려 한 건 클루이펠트 경을 믿지 않아서도, 전하의 판단을 의심해서도 아니었어. 내가 급히 달려왔던 건, 그게 나라의 일이었기 때문이야."

창밖을 맴도는 바람이 윙윙거렸다. 창밖을 내다보는 엘비르의 입술이 씁쓸하게 일그러졌다.

"왕국은, 폐하나 전하와 동일한 존재는 아냐. 오늘 밤 듀플리시아드 왕가가 쓰러진다 해도 이스나미르가 땅 밑으로 꺼지지는 않네. 백성들은 어디서든, 어떻게든 살아갈 거야."

나는 약간 놀라 엘비르의 옆얼굴을 보았다. 하르얀이나 티무르와는 궤가 다르지만 엘비르까지 이런 얘길 하다니, 이런 위험한 견해를 설마 구원 기사단이 전파하기라도 하는 건 아니겠지?

"그럼에도 불구하고 오늘 내가 전하를 막으려 한 건 나라를 위해서 였어. 나는 왕가란, 어떤 시기에 어떻게 행동해야 한다는 확신을 갖고 있다. 아까 나는 백성에게 왕가가 필요불가결한 존재일 순 없다고 말했지만, 반대로 왕가에게 백성은 필요불가결한 존재야. 그렇기 때문에 폐하와 전하의 결정 하나하나는 무거울 수밖에 없어. 백성들의 피와 살이 짓누르니까. 그걸 기꺼이 짊어지지 않으면 왕가의 존재 의미는 없는 것과 마찬가지야."

납득이 가는 듯하면서도 엘비르가 내게 이런 말을 하는 이유를 잘 알 수가 없었다. 아르드를 수놓은 불빛을 보던 엘비르가 고개를 내게 돌렸다.

"오늘, 태자 전하는 폐하를 대신해서 달크로즈의 운명을 결정하는 자리에 서 계셨다. 그리고 현명한 결단을 내리셨지. 단 한 가지만 빼고. 클루이펠트 경을 보내준 것, 그것만은 전하가 결코 내려서는 안 되는 결정이었어. 발휘해서는 안 될 자비였어. 그 순간만은 전하께서 그분이 짊어진 백성들의 눈을 잊으셨다. 왜인지 아나?"

엘비르의 시선이 나를 꿰뚫을 듯 날카로웠다.

"파비안, 자네 때문이다."

뭐라 대답할 수가 없었다. 엘비르의 말이 맞았다. 나르디가 성의 운명과 전투의 향방, 자신의 목숨마저 걸고 베르나르트와 거래한 것은 유리카의 생명이었다. 즉, 나였다. 다른 이유로도 나르디가 그런 결정을 내렸을까?

그럴 리 없었다. 나르디가 얼마나 냉정하고 효율적인 판단에 능한지 누구보다도 내가 잘 안다. 오늘 밤 귀족들을 사지로 몰아넣을 결정을 내리면서도, 자신의 생명을 내걸면서도 망설이지 않았던 그다.

"자네의 문제에 이르면 전하는 늘 판단이 흐려지고 만다. 평소 그렇게 영명하신 분께서 갑자기 그 또래 소년이 되어버리고 마는 거야. 난 그걸 뻔히 보면서도 가만히 있을 순 없었어. 클루이펠트 경이 배신할 거라고는 생각하지 않는데도, 나는 그런 결정을 막아야 했어. 그건 왕가를, 나라를, 이스나미르의 백성을 짊어진 분이 내려선 안 될 결정이니까."

말을 맺은 엘비르는 잠시 숨을 가라앉혔다. 나는 생각하고 있었다. 엘비르의 말이 맞았다. 나르디는 그런 결정을 해선 안 됐다. 비록 가능성이 아주 낮다 해도, 왕가는 백성들을 걸고 도박을 해선 안 되는 것이다.

내가 엘비르 같은 충성스러운 신하였다면 그가 했듯 나르디를 말렸어야 했다. 그러나 난 그러지 못했다. 몰라서가 아니었다. 엘비르가 말해주기 전에도 어느 정도는 예감하고 있었던 불합리함이었다. 그런데도 막지 못한 이유는 내가 그의 신하가 아니라…… 친구여서다. 나르디가 태자답게 행동하는 것이 옳다고 생각해왔지만, 절박한 순간이 오자 그에게 친구의 우정을 기대한 것이다.

나르디에게 정말로 필요한 건 판단만 흐려지게 하는 나 같은 친구가 아니라 엘비르 같은 신하일까? 나는 결국 친구의 역할을 버리고 신하가 되어야 할까? 나르디를 위해서?

"자네가 내 이런 말을 들어줘서 다행스럽군."

엘비르는 어쩌면 내가 버럭 화를 내거나 태자의 친구라는 위세를 내세워 자신을 위협하려 할 수도 있다고 생각한 건지도 모르겠다. 그런 생각을 하자 내심 부끄러웠다. 태자와 친구가 된다는 건 평범한 소년을 사귀는 것과 다를 수밖에 없었다. 태자의 친구라고 특권만 누려오고 정작 뒤따르는 책임은 깊이 생각하지 못했다.

"오늘 같은 충고라면 언제든 해 줬으면 좋겠는데."

"그렇게 말해주면 더없이 고맙고."

나는 잠시 머뭇거리다가 말을 이었다.

"사실 내가 걱정했던 문제는 다른 쪽이었는데, 베르나르트, 그러니까 클루이펠트 경이 저번에 보니까 상당한 검객이었거든. 그래서 그를 보내주면 전투에서 그와 맞싸워야 한다는 점이 부담되긴 하더라고. 나도 그가 약속을 어길 사람이라고는 생각하지 않았지만……."

"그걸 알고 있었나?"

엘비르의 눈이 회의적으로 가늘어졌다.

"난 또 자넨 모르는 줄 알았지. 그걸 알고도 전하를 막지 않다니 뭐라 말해야 할지 모르겠는데."

내가 나르디를 막을 수 있었을까? 아마 불가능했을 것이다. 내가 뭐라 하든 나르디는 자기 뜻을 관철시키고 말았을 것이다. 그렇다고 내가 막으려 시도라도 해보았던가?

"난 최선을 다해 태자 전하를 지키겠지만 가능할지는 모르는 일이지. 클루이펠트 경을 막을 만한 실력이 내게 없다는 것쯤은 잘 알고 있으니까. 자네한테는 그 소녀가 무엇보다 중할지 모르지만, 한번쯤은 나라의 일을 먼저 생각하는 분별도 가져보는 게 어떤가? 자네 덕택에 오늘 밤 태자 전하의 목이 그자의 칼끝에 떨어질지도 모르는데."

나는 저도 모르게 큰 소리로 반박했다.

"그런 일은 없어!"

"자넨 뭘 확신할 수 있나? 클루이펠트 경의 자비심? 태자 전하의 무예? 달크로즈의 승리?"

얼굴이 달아올랐다. 나는 시골구석에서 온 녀석이라 공과 사도 구별할 줄 모르고 일의 경중도 잴 줄 모르는지도 모른다. 그런 자신에게 불만을 품어본 적은 없었다. 변해야 한다고도 생각하지 않았다. 나와 가까운 사람들은 늘 온 세상보다 우선이었다. 그러나 유리카와 나르디는 둘 다 내 몸의 일부와 같았다. 둘을 놓고 어느 하나를 선택하라는, 그런 잔인한 요구는 하지 마!

그러나 난 선택하지 않았던가?

"자네가 어떤 일을 저질렀는지 좀 더 분명히 알려줄까? 클루이펠트 경 얘기를 잠깐 해보지. 자넨 그 사람을 얼마나 알지? 구원 기사단에 그와 싸워 이긴 기사가 한 명도 없다는 건 아나?"

"뭐…… 뭐?"

베르나르트의 실력이 출중한 줄은 일찌감치 알고 있었지만, 상상도 못한 소리가 튀어나오니 입이 딱 벌어졌다. 구원 기사단에는 츠칠헨도 있고, 키반도 있고…… 그리고 아버지도 있는데?

"물론 겨뤄 본 기사들에 한해서니 단장님은 제외해야겠지. 클루이펠트 경은 구원 기사가 아니지만 경의 아버지가 단장님의 부관이어서 자주 영내에 드나들었지. 기사들은 유난히 클루이펠트 경과 겨뤄보고 싶어 했는데, 그건 그가 단장님과 함께 자라며 기사 수업을 받았다는 소문이 파다했기 때문이야."

"같이 기사 수업을 받았다고?"

선뜻 그려지지 않는 얘기였다. 아버지는 어른이고 베르나르트는 형뻘로 느껴져서일까?

"클루이펠트 경은 소문을 확인해 주지 않았지만, 사실은 사실이지. 전대 단장이셨던 히크렐 나르시냐크 경이 아르킨 단장님과 나란히 그를 가르쳤어. 가신의 자식을 아들을 보필할 만한 자로 키우는 것은 현명한 일이지. 그렇게 자란 클루이펠트 경이 기사들을 능가하는 실력자가 된 것도 우연은 아니고."

엘비르가 우리 집안의 일을 어떻게 저렇게 자세히 알까 싶었는데 다시 생각해보니 그는 리안센 부단장의 아들이었다.

"몇 번인가 기사단이 수행하는 작전에 참여한 일도 있었다지만 그 시절에 난 어렸다 보니 함께 싸워본 일은 없었어. 들려오는 얘기로는 솜씨가 귀신같고, 맹세가 굳고, 입이 무거운 자라더군. 하지만 내가 클루이펠트 경에게 깊은 인상을 받게 된 건 나중의 일이지. 파레토 양 결혼 취소 사건 때."

결혼 취소라는 말을 듣는데 갑자기 묘한 기시감이 느껴졌다. 어찌된 영문인지 모르겠다.

"루치아 파레토 양은 어려서 집안이 몰락하고 받아 줄 친척도 없다보니 클루이펠트 가문에서 데려다 기른 아가씨였는데, 작위만은 물려받았기 때문에 스물도 되기 전에 온갖 어중이떠중이들이 결혼하고 싶다고 몰려들었지. 그러다가 돈 많은 상인이 나타났는데 파레토 양과 결혼하는 조건으로 클루이펠트 가문에도 막대한 보상을 내걸었던 모양이야. 경의 어머니는 조건에 혹해 아가씨를 보내기로 약속을 했는데, 신랑 될 자가 뻔뻔스럽기 이를 데 없어서 아가씨를 잠시 만나게 해 줬더니 제멋대로 끌고 가버렸지 뭔가. 어차피 허락도 받은 터, 뭐 어떠냐는 거였지."

"뭐? 혼례도 안 올리고?"

엘비르는 대답 대신 어깨를 움츠려 보였다. 기가 막힌 얘기였다. 평민들도 엔간한 망나니가 아니고는 그런 짓을 못할 텐데.

"그때 클루이펠트 경이 나서서 아가씨를 되찾아왔는데, 그때 있었던 일이 그해 내내 화제가 됐을 정도였어. 줄곧 감추던 실력이 처음으로 알려진 사건이랄까."

"뭘 어쨌기에?"

"상단에 들어가 수백이나 되는 상단원이며 호위병들을 헤치고 아가씨를 구해왔는데, 벤 자의 수가 들리는 소문으로는 수십이라고도 하고, 수백이라고도 하고. 아무튼 그 상단을 호위하기로 계약했던 용병단 하나가 그날로 이름이 없어져버렸어."

"잠깐, 몇 명이 들어갔는데?"

"한 명. 클루이펠트 경 혼자."

"……."

엘비르가 했던 이야기가 실체를 얻기 시작했다. 내가 이해했다고 생각한 위험은 실제와 까마득히 멀었다는 것도 알았다. 베르나르트가 약속을 지키든 안 지키든 오늘 밤 전투에서 그는 적이었다. 혼자서 용병단 하나를 없애버리는 사내와 나르디가 싸워야 된다고?

"궁정 귀족들이 아르킨 단장님을 한층 두려워하게 만든 사건이기도 했지. 가신이 저 정도인데 본인은 과연 어떻겠느냐, 구원 기사단의 힘은 과연 어떻겠느냐, 이러면서 이듬해까지도 떠들어대더라고."

엘비르는 내 기색을 보더니 쓰게 웃었다.

"이제 좀 걱정이 되나? 그자를 내보내선 안 된다고 내가 그토록 말리던 것이 이해가 가나?"

"……그런데 하나만 물어봐도 될까?"

"뭔데?"

"그 파레토 양이라는 아가씨 말인데, 혹시…… 지금은 세상에 없지 않아?"

엘비르가 놀란 눈을 했다.

"자네가 그걸 어떻게 아나?"

조각난 이야기들이 맞춰지면서 서글픈 진실이 모습을 갖춰갔다. 어쩌면 그때도 무의식 속에서는 예감하고 있었는지도 모르겠다. 그러고 보면 베르나르트가 꾸며내던 이야기는 대부분 근거가 있었다. 여관에서 만난 외르옌 일행에게 그는 자신이 내 사촌과 함께 자란 사이고, 그의 어머니와 내 아버지가 잘 안다고 했지. 동생을 사촌이라고 바꾼 것만 빼면 그는 진실을 말한 셈이었다.

"그래, 그렇게 된 거란 말이지. 그런 아가씨를 남한테 보내겠다고 하다가…… 결국 그렇게 죽였단 말이지."

엘비르가 의아한 얼굴로 내 중얼거림을 듣다가 불쑥 물었다.

"야스딩거 경이 파레토 양과 결혼할 뻔한 일을 얘기하는 건가?

이번에는 내가 놀랄 차례였다.

"야스딩거 경이라고?"

야스딩거 경이라면…… 프랑드의 기사 츠칠헨 야스딩거? 그럼 그 사람이 바로 아가씨의 고백을 듣고 결혼을 취소해줬다던…… 아, 그러고 보니 대륙에서 가장 훌륭한 기사단에 소속된 전도유망한 기사라고…….

내가 당황한 나머지 너무 입을 헤벌리고 있었는지 엘비르가 잔기침을 하며 고개를 돌렸다. 나는 겨우 침을 꿀꺽 삼키고 고개를 흔들었다.

"아, 갑자기 미치겠다. 머릿속이 뒤죽박죽이야."

창밖으로 고개를 내밀고 서늘한 바람에 머리를 맡겼다. 뺨은 식었지만 가슴은 더 답답해졌다. 생각할수록 이건 아니었다. 대체 베르나르트의 삶은 왜 그따위지? 지켜주려던 여자는 어이없게 잃고, 아끼던 동생은 반란이나 일으키고, 그걸 외면도 못할 성미여서 실패할게 뻔한 그놈의 반란에 저렇게 가담해야 되고?

베르나르트가 유리카를 반드시 살리라고 신신당부한 것도 이젠 이해할 수 있었다. 아르나 시에서, 그는 외르옌 같은 사람에게 충고를 해줄 수도 있을 정도로 많은 일을 겪어온 사람이었다. 그랬던 그가 하르얀 때문에 내게 무리한 부탁을 했고, 그 때문에 용납할 수 없는 과오가 일어났다고 믿고 있을 것이다. 누군가의 소중한 사람을 빼앗을지도 모르는 부탁 따위는 해서는 안 되었다고…….

그 사람은 대체 왜 남 탓은 전혀 안 하는 거지? 왜 다 자기 탓인데? 그 모든 일이 자기 어머니나 야스딩거 경의 탓도 아니고, 아가씨의 탓도 아니고, 하르얀 탓도 아니고, 이제 죽게 돼도 왕가 탓도 아니란 거야? 우와, 이거 정말 미치게 만드는 성격이잖아?

"엘비르, 넌 나한테 태자 전하를 말렸어야 한다고 하는데, 혹시 내가 말렸으면 클루이펠트 경이 달크로즈에 남았을 수도 있다고 생각해?"

엘비르는 고개를 저었다.

"아니. 그럴 사람이 아니지."

"그럼 너도 알지? 그 아저씨가 대체 머릿속 어디쯤이 잘못됐는지 몰라도 자기 좋을 결정은 전혀 안 내린다는 걸 말이야. 그런데 남 좋을 결정만 내려서 남한테인들 좋은 일이 있었을까?"

엘비르는 내가 갑자기 무슨 소릴 하는 건지 모르겠다는 표정이었지만 잠시 후 대답했다.

"상대가 필요로 하는 호의를 베푸는 것은 중요한 일이지. 상대가 원치 않는 호의는 존중을 잊은 것일 때가 많아. 존중이야말로 다른 사람에게 베풀 수 있는 가장 큰 호의지."

엘비르의 말은 내가 혼란스럽게 생각하고 있던 부분을 정확히 정리해 주었다. 어쩌면 베르나르트 자신도 알고 있었을지 모른다. 외르옌에게 해준 얘기를 돌이켜보면, 그 역시 주위 사람들이 필요로 하는 걸 생각하느라 자신의 행복을 잊으면 어떤 결과가 오는지 되씹고 있었던 것일 테니까.

그걸 알면서도 베르나르트는 결국 자신의 버릇을 버리지 못했다. 아니, 이번에는 하르얀이, 그리고 내가 꼭 필요로 하는 도움을 손에 쥔 사람이 그였다. 그는 둘 다 내주었다. 그 호의를 받은 내 기분은 지금 이렇지만, 결국 거절하지는 않았다…….

"엘비르, 난 베르나르트의 호의를 받았어. 너무나 필요했기 때문에 도저히 거절할 수 없었어. 태자 전하의 호의도 마찬가지였어. 넌 내 쪽에서 전하를 위해 할 수 있는 일을 했어야 한다고 말했어. 네 말은 충분히 옳을 수 있어. 내게 하는 말이니까. 하지만 태자 전하께 말해도 그럴까?"

엘비르가 미간을 찡그렸다.

"무슨 뜻이지? 내가 자네에게 이렇게 말하는 것을 태자 전하께 고하고 싶다는 뜻인가?"

나는 고개를 세게 흔들었다.

"아니, 그런 뜻이 아니야. 너와 태자 전하, 두 사람을 놓고 말하는 거야. 넌 태자 전하께 반드시 필요한 '안전'을 드리고 싶었는데 전하는 그걸 받지 않으셨어. 어떤 이유에서였든, 받지 않으셨다고. 넌 왕국을 위해 반드시 해야 할 선택을 하지 않은 전하께 실망했지. 그건 네가 보기에는 절대적인 정의였으니까. 하지만 전하께 그건 상대적인 거였어."

엘비르는 한참 동안 말이 없었다. 그러나 결국 그는 알아들었다.

"존중을 말하는 건가?"

"……그래."

엘비르의 얼굴에서 잠시 후 실소가 터졌다.

"존중이라고? 내가 전하의 의견을 존중했어야 한다고? 군주와 신하 사이에서 존중을 말하다니, 너란 녀석은 참……."

같이 쓴웃음을 짓는 수밖에 없었다. 엘비르는 곧 웃음을 거두더니 말했다.

"파비안, 지금부터 하는 말을 기분 나쁘게 듣지는 마라. 넌 단장님의 맏아들이지만, 지금껏 그런 자리를 의식하며 자라 오지는 않았어. 하지만 난 아니었다. 그래서 네 말을 받아들일 수는 없어. 내가 보기엔 여전히 왕가의 어깨에는 백성의 삶이 얹혀 있고, 태자 전하는 개인이 아니라 왕가의 분신이야. 그렇기에 오늘 그분의 행동을 나 같은 자가 막아서야 했던 거야. 나는 앞으로도 그런 순간이 오면 오늘처럼 할 거다. 태자 전하께 네가 말하는 존중을 드리는 일은 없겠지. 하지만 그런 생각을 할 수 있는 자네가 조금은 부럽다."

그는 잠시 말을 끊었다가 자세를 바로 했다.

"하지만 분명한 건, 태자 전하는 왕가의 귀한 재목이란 사실이다. 난 그분이 훌륭한 군주가 되실 것을 의심하지 않아. 이건 결코 입에 발린 소리가 아니야. 그만한 자질을 타고나신 분이지. 충성을 받아 마땅한 분이고말고. 그런 의미에서 자네는 나 같은 사람에게 가장 까다로운 적이야. 전하가 자네를 친구로 보듯, 자네도 전하를 친구로 보고 있으니. 정말 까다로워. 다루기 어려워."

엘비르의 고민을 이해했기에 선뜻 고개를 끄덕일 수는 없었다. 대신 말했다.

"난 줄곧 자신이 원하는 것을 희생시켰지만, 결국 불행해져버린 사내를 봤어. 난 태자 전하를 지켜드리지는 못했지만, 내 방식대로 그분이 택한 길을 지켜드릴 테다. 누구보다도 힘껏 달려서 살아남을 테다."

엘비르가 오른손을 내밀었다. 나는 그의 손을 굳게 잡았다.

"파비안, 네가 약속한 것을 반드시 해내라. 전하를 위해서, 그리고 너를 위해서."

손을 놓으며 내가 말했다.

"엘비르, 넌 오늘 내게 아주 많은 것을 알려줬다. 생각할 거리도 주었고. 고맙다."

"그런 인사는 할 필요 없어. 난 너보다는 왕가를 위해, 태자 전하를 위해 말한 거니까."

그렇게 말하면서도 엘비르의 입가에 미미한 웃음이 떠올랐다. 그는 나를 남겨두고 초소 밖으로 나갔다. 나는 그새 칠흑처럼 검어진 아르드의 밤을 내려다보았다. 아무것도 보이지 않는 저곳에서 오늘 밤 삶과 죽음이 맞닥뜨릴 것이다. 초소에 꽂힌 횃불이 맹렬하게 너울거렸다. 엘비르가 떠나며 중얼거린 소리가 귀에 남았다.

왕가의 존망이 걸린 밤이 왔다, 라고.


어둠이 시시각각 달크로즈를 뒤덮었다. 수백 개의 램프들로도 다가오는 밤을 한순간도 늦출 수 없었다.

"내가 한 말, 잊지 않았지?"

나르디는 그를 본 이래 처음으로 정식 무장을 갖추고 내 앞에 서 있었다. 투구까지 손에 들고 선 그를 보니 이 성에서, 나라의 수도에서 전투가 벌어진다는 것이 실감났다.

"그래."

우리는 누가 먼저랄 것도 없이 유리카를 보았다. 검은 무녀의 옷을 걸치고, 얇은 검도 허리에 차고, 조금 떨어져 놓인 의자에 인형처럼 앉아 있는 그녀를.

유리카도 달크로즈에 닥친 일을 이제 알고 있었다. 그리고 조금쯤 걸을 수 있을 정도로 기력도 되찾았다. 정말로 회복된 것은 아니지만, 오르코시즈가 주는 첫 번째 충격에서는 벗어난 셈이다. 오르코시즈 중독은 마지막 순간까지 몇 번인가의 발작을 겪는다고 했다. 한 달 기한이니 앞으로 두 번은 더.

테이블 위에는 푸른색과 금색 천으로 테두리를 두른 커다란 지도가 놓여 있었다. 내가 갖고 다니던 것과는 비교할 수 없을 만큼 정밀한 우리나라 지도다. 쉽게 반출될 수 없는 이런 물건을 내가 가질 수 있게 된 것도 나르디의 특별한 호의였다. 그런데 지도를 내어준 담당관은 도리어 내 엉터리 고물 지도를 보고 흥미로워하며 성으로 돌아오거든 꼭 다시 한 번 보여 달라고 부탁했다.

나르디가 먼저 시선을 거두었다.

"잘 보살펴라."

나르디 곁에는 아마 이 성에서 가장 죽을 염려가 없는 사람일 잔-이슬로즈 공주가 서 있었다. 나는 고개를 숙여 보였다.

"태자 전하를 잘 부탁합니다."

잔-이슬로즈는 오늘 밤 출진을 결정했다. 성에 있는 어떤 귀족보다도 전투에 거리낌이 없는 그녀가 태자와 말머리를 나란히 하고 달려 준다면 백 명의 병사가 호위하는 것보다 더 큰 도움이 될 것이다. 동시에 공주의 존재가 상대 진영을 흐트러뜨리기도 할 것이다. 제아무리 하르얀이라 하더라도 이 위급한 상황에 세르무즈까지 적으로 돌리고 싶은 게 아니라면 공주를 해칠 수는 없을 테니까. 내전을 일으키려는 자라면 타국과의 동맹을, 적어도 방관을 무엇보다도 바랄 것이다.

"전하께선 안전할 거예요."

잔-이슬로즈는 나르디를 흘끗 보더니 덧붙였다.

"먼저 도와달라고 외치시기만 한다면."

나르디가 새어나오는 웃음을 고개를 숙여 감추며 답했다.

"지금 먼저 말해두면 안 될까요?"

"그럼 들은 걸로 하지요. 다행이네요. 오늘 밤 달크로즈에 승리의 깃발을 올릴 수 있을 모양이군요."

나르디가 고개를 들며 미소를 보였다.

"고맙습니다만, 세르무즈에서 이스나미르의 미래를 걱정해 주다니 놀랄 만한 일인데요."

잔-이슬로즈는 턱을 쳐들었다. 꼿꼿하고 오연한 자세를 바라보자니 그렇지 못한 한 사람 때문에 마음이 아파왔다.

"나 역시 이 아름다운 나라가 추잡한 반란 도당의 손에 무너지기를 원치 않아요."

"그건 다른 나라의 손으로라면 상관없다는 말씀?"

"알 수 없지요. 그보다 포로로 데려온 적국의 공주에게 잘도 말을 태우고 무기까지 들려 내보내는 문제에 대해 먼저 물어야 하지 않을까요?"

잔-이슬로즈도 입가에 미소를 올렸다. 둘은 서로의 마음을 읽었다. 더 이상의 말은 필요 없었다.

나르디는 반 시간 후, 귀족들의 보강으로 백여 명이 된 군대를 이끌고 성문을 나설 것이다. 부대를 나눠 기습하거나 하는 계략 따위 없었다. 태자 나르디엔이 반란군에게 보여줄 수 있는 것은 비록 포위당했다 한들 달크로즈 성을 지키려는 국왕의 의지에는 변함이 없으며, 용기 역시 그대로라는 것을 증명하는 것뿐이다.

그래, 나르디가 잔인한 계획을 세웠다는 걸 안다. 이번 전투에 참전한 귀족들이 다수 희생될 것은 자명한 일이다. 목숨 바쳐 싸우지 않고는 멸문이 예고된 것이나 다름없으니 죽기 살기로 전투에 뛰어들 수밖에 없겠지. 나르디는 그것을 전제로 이번 계획을 짰다.

그럼에도 불구하고 누구 하나 반발하지 못하는 것은 이번 전투의 지휘자가 바로 태자 자신이기 때문이다. 죽음을 무릅쓰는 것은 그들 귀족만이 아니었다. 그러나 나르디는 혼자 죽음을 무릅쓸 생각은 없었고, 단호히 그들을 함께 사지로 몰아넣었다.

이 전투의 끝이 어떻게 될까?

그러나 나는 그걸 목격할 수 없을 것이다.

"엘다렌, 나르디를 많이 도와주세요."

엘다렌이 천천히, 그러나 굳게 고개를 끄덕였다. 엘다렌은 우리와 함께 탈출하지 않는다. 나조차도 방금 전에 안 사실이었다.

이번 반란 사건이 생기기 전, 나르디는 엘다렌과 이그논 국왕 폐하가 동등한 위치에서 회견할 수 있는 자리를 은밀히 마련했다. 나나 유리카도 몰랐던 일이다. 엘다렌은 곧 부활할, 무시할 수 없는 가능성을 품은 한 종족의 왕이었다. 나르디가 한 일은 엘다렌의 자존심과 자국의 이익 모두를 고려한 행동이었을 것이다. 분명 훌륭한 일이었다. 그러나 그 일의 가치는 생각보다 일찍 나타났다.

엘다렌은 정식 동맹자로서, 아직은 비록 한 명에 불과하지만 이스나미르의 국왕을 도와 싸우기로 결정했던 것이다.

"말을 타고 탈출하는 데 드워프는 도움이 되지 않는다. 내가 쓸모 있는 자리는 이쪽이다. 유리카가 낫거든 만나자. 그런 다음 함께 미카를 만나러 가야겠지."

저렇게 말하지만 엘다렌이 나와 유리카가 탈출할 길을 뚫어주기 위해 남기로 한 것도 알고 있다. 엘다렌은 내가 갈 길과 만나야 할 사람에 대해 그로서는 이례적으로 자세히 설명해 주었다. 그간 큰 의지가 되었던 그와 잠시나마 헤어진다고 생각하니 마음이 무겁지 않을 수 없었다.

"가볍게 몸을 풀고 다시 만나지."

나는 엘다렌의 손을 굳게 쥐었다. 그의 두툼한 손이, 폭 넓은 도끼가, 달크로즈 성을 구해낼 것을 믿었다. 그리고 만일 포위를 뚫지 못하면 죽게 될 우리 대신 주아니를 잘 지켜 주리라는 것도.

"유리, 이제 가야지."

유리카는 말없이 일어섰다. 누구에게 작별 인사를 하지도 않았다. 물론 유리카가 말을 잃거나 기억을 잃은 것은 아니다. 그러나 그녀는 긴 실신에서 깨어난 후로 어떤 사실에도 별 반응을 보이지 않았다.

유리카의 머리 양옆에는 진주와 조개가 달린 장식 빗이 단정히 꽂혀 있었다. 머리 손질할 기운도 없는 그녀를 위해 잔−이슬로즈가 손수 고정시켜준 것이다. 은빛 머리와 잘 어울렸지만, 아무 장식도 없던 때에도 생기발랄함이라는 장식 하나로 충분히 예뻤던 유리카인데.

유리카의 손을 잡고 문을 나서려다가 나는 문득 나르디를 돌아봤다.

"그런데 나르디, 나는 네가 말한 '걸맞은' 일을 안 해도 되는 거냐?"

나르디의 얼굴에 웃음이 번졌다. 나는 망루에서 죽음을 무릅쓰고 나를 막았던 그의 모습을 떠올리고 있었다.

"파비안, 자네는 내 친구인 유리카를 살려내는 것이 가장 '걸맞은' 일이네. 정식으로 말하는 편이 좋을까? 명령이니까, 가서 유리카를 구하게."

"……."

뭐라 대답할 말을 찾지 못했다. 서로의 손을 굳게 쥐었을 뿐이었다. 잔−이슬로즈가 다가와 소풍이라도 배웅하는 것처럼 가벼운 어조로 말했다.

"그럼, 다녀와요."

닫히는 문 너머로 중책을 짊어진 나르디의 모습이 비치고, 마지막으로 사라졌다. 문이 닫혔다.

"저를 따라오십시오."

나르디의 시종인 보르젠이 앞장을 섰다. 성벽에 붙은 비상계단으로 내려갔다. 불은 모두 꺼져 있어서 램프를 들고 가야 했다. 새어나가지 않도록 불빛을 줄인 램프가 계단과 난간에 흔들리는 그림자를 드리웠다.

창 너머로 파르스름한 달빛이 들어왔다. 문득 처음 도착했던 날이 떠올랐다. 화창한 햇빛 아래 한껏 부푼 마음을 안고 올려다보았던 순백의 보석 달크로즈. 이제 그곳을 떠나려는 나는 친구들과도 헤어지고 생명이 경각에 달린 유리카의 손을 잡은 채 밤을 의지해 걸음을 재촉하고 있다.

계단은 좁고 길었다. 유리카가 발을 헛딛지 않게 하느라 시간을 많이 지체했다.

"이곳입니다."

나는 마구간 입구에서 보르젠이 고삐를 쥐고 나온 말을 올려다보았다. 보르젠은 곱게 접힌 손수건 하나를 꺼내 말의 코에 대고 냄새를 맡게 하더니 내게 건넸다. 나르디의 손수건이다. 나는 그것을 내 목에 잡아맸다.

프레아데니, '호수에 뜨는 별'이란 이름의 이 말은 나르디가 어렸을 때부터 타 온 애마였다. 나르디가 궁을 비운 동안 단 한 번도 다른 사람이 탄 일이 없는 말, 그리고 나르디가 줄곧 그리워했던 친구였다.

히힝, 히힝, 힝힝힝……

거대한 흑마는 잠시 만에 잠잠해졌다. 나르디가 준 손수건은 그가 처음 프레아데니를 길들이던 무렵부터 늘 지니고 탔던 물건이라고 했다. 또한 나를 태우도록 프레아데니를 설득하느라 애를 먹었노라고 웃으면서 말했다. 프레아데니는 달크로즈에서 가장 빠른 명마다. 나르디는 적진을 뚫고 달려야 할 내게 이 말을 주고 자신은 다른 말을 탔다. 자신도 오늘 사지로 달려가야 하는데도.

"유리카."

내가 먼저 말에 오르고 보르젠의 도움을 받아 유리카를 태웠다. 잠시 후 유리카의 팔이 내 허리를 감아왔다. 나보다 훨씬 말을 잘 타던 유리카였지만 오늘은 내 승마술을 믿는 도리밖에 없었다. 나는 새삼 그 손을 꽉 쥐었다.

"그럼."

보르젠은 계단을 통해 돌아갔다. 우리는 성문이 열리도록 잠시 기다렸다. 보르젠이 올라가 보고하고 나면 나르디는 즉시 성문을 열고 군대를 출발시킬 것이다.

어둠 너머를 주시하다가 성문 위로 튀어나온 낮은 망루가 눈에 띄었다. 내가 베었던 난간이 있는 곳이다. 마법 걸린 성벽에 상처를 낸 것도 놀라운 일이었지만, 복구할 방법도 없다고 들었다. 붙잡는 사람들을 뿌리치며 찌르고 그었던 뒷벽도 마찬가지다. 마법이 세상에서 사라진 지금, 성 전체가 단일한 마법체인 달크로즈 성을 돌 한 개라도 바꿨다가는 아예 마력이 풀려버릴지도 모른다고 했다. 이유야 어찌됐든 나르디가 감싸주지 않았다면 조용히 넘어갈 수는 없었던 일이었다.

거대한 문이 열리는 소리가 내 상념을, 그리고 밤의 정적을 깼다. 어럼풋한 윤곽이 움직이더니 다음 순간 수십 마리의 말이 출발하는 소리가 땅을 울렸다. 나는 등 뒤의 유리카에게 속삭였다.

"가자."

이럇! 날카로운 구령이 울리고, 말은 쏜살같이 언덕 아래로 달려 내려갔다.


하늘이 불타고 있었다.

어디선가 타오르는 불길에 밤이 온통 벌겠다. 그러나 돌아볼 수 없었다. 나아갈 수밖에 없었다.

태자의 말 프레아데니는 과연 빨랐다. 두 명을 태웠는데도 전에 타본 말들보다 빠르게 느껴질 정도다. 하지만 앞이 어두워 순간순간 튀어나오는 물체들로만 겨우 속도를 실감할 수 있었다. 언덕을 내리닫고, 덤불을 뛰어넘고, 풀을 짓이기며 달렸다. 말의 본능에만 의지하여 전장을 벗어나려는 내게는 생각할 여유조차 주어지지 않았다.

유리카, 버텨줘. 조금만 더 참아 줘.

과연 베르나르트가 약속한 대로 구릉길은 텅 비어 있었다. 귓전 너머로 함성과, 무기들이 부딪는 소리가 아련히 들려왔다. 어쩌면 나는 저기 있었어야 했다. 나르디와 수십 명의 귀족들, 또 수십 명의 병사들, 그들은 저들의 목숨을 얼마나 잘 지키고 있을까. 살아남는 것이, 시간을 벌어 구원받는 것이 해내야 할 가장 중대한 임무인 이 순간.

나는 그들 곁에 있어주지 못했다.

"이럇, 이럇!"

유리카가 손을 놓칠까 싶어 내 허리를 감은 채로 양손을 묶고 몸도 안장에 묶어 놓은 것은 확실히 잘한 일이었다. 유리카의 몸이 자신을 가누지 못하고 정신을 잃은 사람처럼 흔들렸다.

드디어 아르드로 내려왔다. 내가 가로지르는 캄캄한 거리가 지난날 고개 위에서 내려다보았던 아름다운 달크로즈라는 사실을 믿을 수가 없었다. 좌우로 난 골목 하나하나가 수상한 자들이 도사린 구멍으로 보였다. 그토록 오고 싶어 했던 도시를, 이토록 떠나고 싶어 할 날이 올 줄이야.

갑자기 정신이 번쩍 드는 소리가 울렸다. 말울음 소리와 칼을 빼어 드는 소리였다.

"멈춰라! 누구냐!"

그럴 수 없다. 나는 친구들의 희생으로 여기까지 왔다. 반드시 살아남아 유리카를 아라스탄 호수로 데려갈 것이고, 반드시 돌아올 것이다.

나는 말을 탄 채로 검을 뽑아 휘둘렀다. 대중없이 휘두른 검이었는데도 누군가가 도와주기라도 한 것처럼 정통으로 맞았다. 상대가 나자빠지는 것까지 보고 앞으로 달려 나갔다. 다른 적이 더 있는지 확인하지도 못했다. 무작정 달리는 수밖에 없었다.

어느새 창검이 부딪치는 소리도 들리지 않았다. 인기척도 없었다. 달크로즈 시민들은 다들 집안에 숨어 숨을 죽이고 전투의 결과를 기다리고 있을까? 그들은 왕가가 이렇게 위험에 처했다는 사실 자체를 모르는 걸까?

시내 외곽을 도는 길로 접어들었다. 여전히 쥐새끼 한 마리 없었다.

목표지는 크로즈님 강이 나가는 수문 입구다. 나르디가 국법보다 앞서는 명령장을 써 주었기 때문에 거기까지 갈 수만 있으면 바로 배를 타고 달크로즈 시 밖으로 나갈 수 있다. 이제 조금밖에 안 남았다.

"파비……."

"유리카! 정신이 들어?"

꺼질 듯 가냘픈 목소리가 내 귀를 파고들었다. 돌아보지 못하는 것이 안타까울 뿐이다. 말고삐를 더욱 세게 움켜쥐었다. 자갈이 깔린 길을 달리자 말 등이 몹시 흔들렸다. 유리카는 다시 말을 하지 못했다. 다만 내 허리를 감은 팔에 힘이 들어갔다.

"다 왔어. 조금만 참아."

그건 나 자신에게 하고 싶은 말이기도 했다.

끝없이 이어질 듯하던 지붕들이 걷히고 숲 끄트머리가 나타났다. 상텔로즈 숲, 달크로즈를 둘러싸고 산을 넘어 블루 카운티 동쪽을 모조리 메우는 거대한 숲의 시작이었다. 그리고 크로즈님 강이 멀지 않다는 신호이기도 했다. 바짝 긴장했던 마음이 조금 풀어졌다. 베르나르트는 역시 약속을 지켰고, 이제 달크로즈는 무사히 빠져나갈 성싶었다.

물소리도 들려왔다. 급류인 크로즈님 강이 바위를 때리는 소리였다. 저 강이 산으로 들어가는 지점까지만 가면 안전했다. 동쪽 산 그림자가 검게 시야를 덮었다. 점차 속도를 늦추기 시작했다. 말은 아직 지치지 않은 것 같지만 극도의 긴장 탓인지 지친 것은 오히려 나였다.

등 뒤에서 포위망이 다가온 것은 그때였다.

"멈춰라!"

다가오는 말발굽 소리가 여럿이었다. 쉽사리 벗어나기 어려울 듯했다. 길은 일직선, 똑바로 달리는 수밖에 없었다. 결국 싸워야 하더라도 일단은 수문 앞까지 가야 했다. 겨우 몇 걸음 앞둔 순간이었다.

이히히히힝!

허공을 찢는 울음소리와 함께 내 몸을 지탱하던 말의 탄탄한 근육이 한순간 허물어지는 느낌을 받았다. 이어 정신없는 휘청거림이 왔다.

"유리카!"

몸을 무리하게 뒤로 틀었다. 허리가 꺾여 떨어지려는 유리카의 몸을 부축했을 때 말 엉덩이에 박힌 화살을 보았다. 작은 것이 아니었다. 살의 굵기가 손가락만하고, 촉은 손목 굵기에 이르는 인마 살상용 화살이었다.

히힝, 히히힝, 푸르르, 히힝!

프레아데니는 놀랍게도 그냥 쓰러지지 않고 뒷다리만을 꺾어 몸을 지탱한 채 내려앉았다. 덕택에 바닥에 처박히지 않고 안장에 묶인 유리카의 몸을 풀어낼 수 있었다. 우리가 말에서 내리는 순간 말은 나머지 무릎을 꿇었다. 그리고 우리가 선 반대쪽으로 쓰러져 더 이상 움직이지 않았다.

"……."

이 말이 아니었다면 두 명을 태우고 이렇게 빨리 여기까지 달려올 수 없었을 것이다. 울컥 눈물이 솟았다. 그러는 동안에도 추격자들은 시시각각 다가왔다. 윤곽만으로도 서너 필은 될 듯했다. 속력이 줄지 않는 것을 보니 그대로 달려들 작정인 모양이었다.

"유리카, 이거 받아. 그리고 수문으로 가."

유리카에게 나르디의 명령장을 맡겼다. 그러나 유리카는 몇 걸음 물러섰을 뿐 가려 하지 않았다. 눈이 마주쳤다. 그녀가 고개를 흔들고, 나도 흔들었다.

"가."

"싫어."

더 다투고 있을 겨를이 없었다. 나는 돌아섰다. 검을 꽉 쥐었다. 몹시 더웠다. 목에 감은 나르디의 손수건이 뜨거운 고리처럼 목을 조였다. 첫 번째 말이 그대로 밟아버릴 것처럼 쇄도해왔다.

"하나!"

강 반대편으로 몸을 날리며 두 손으로 쥔 검을 말 옆구리에 찔러 넣었다. 이어 휘청거리는 적을 향해 온몸을 부딪쳐갔다. 상대는 내 모습을 정확히 포착하지도 못한 듯했다. 달려든 기세 그대로 말과 기수를 강물 속에 밀어 넣어 버렸다. 하마터면 나까지 빠질 뻔했다.

"사, 사람 살려!"

물에 빠진다고 죽진 않아. 엄살 피우지 말란 말이다.

두 번째 말이 숨 돌릴 틈도 없이 다가왔다. 동시에 묵직한 시위소리가 났다. 방향도 모르면서 아무 쪽으로나 몸을 날려 피했다. 화살이 땅에 박히는 것을 보고 돌아서자 그새 말이 나를 지나쳐 가는 바람에 위치가 반대가 되었다. 기수가 방향을 돌리기 전에 검을 돌려 말 엉덩이를 내리찍었다. 그런데 허공에 그은 반원에서 불길이 일어났다. 뭐지? 칼레시아드인가?

기수가 뛰어내리고, 그자를 상대하려는 순간 뒤에서 다시 화살이 날아들었다. 그런데 내가 허공에 그은 반원이 마치 보이지 않는 방패로 변하기라도 한 것처럼 화살이 튕겨나 버렸다. 나도 흠칫 놀랐다. 이런 상황은 처음이었다.

기수의 창날이 내 옆구리를 노리고 쇄도해 왔다. 피하려고 몸을 반 바퀴 돌렸다가, 그 박자 그대로 돌아서서 창대를 내리쳤다. 쩡, 하는 소리가 귀를 찔렀다. 상대는 그리 힘이 세지 않았다. 창대가 옆으로 빗나가는 틈을 타서 사정거리 안으로 들어갔다. 내려 들었던 검을 올려치자 갑옷과 어깻죽지가 찢겨 나갔다. 한 번 더 불길이 일었다.

"둘!"

쓰러진 상대를 다시 물속에 차 넣었다. 그 순간 화살이 날아와 어깨를 스치며 망토를 찢었다. 저도 모르게 물러나려다가 생각을 바꾸었다. 상대는 활을 든 자였다. 거리를 벌릴수록 내게 손해였다. 그리고 저자가 프레아데니를 죽였을 것이다. 프레아데니는 나르디가 나와 유리카를 도와주라고 보낸 친구였다. 나르디의 친구라면 내 친구라는 뜻도 되지. 그런 말을 죽였으니 값은 해야겠지. 안 그래?

그렇게 생각하는 순간, 검에서 다시 불길이 일어났다. 언제부터 칼레시아드가 이렇게 쉽게 된 거지?

불꽃이 흩날리는 검을 휘둘러 시선을 교란시키며 달려들었다. 두 대더 날아든 화살은 검의 궤적이 계속해서 만들어내는 보이지 않는 방패를 뚫지 못했다. 멈춰 선 말 왼쪽으로 달리며 검으로 말 등을 휩쓸었다. 적은 뒤로 나자빠지면서 거꾸로 떨어져 바닥에 처박혔다. 그때 놀란 말이 뒷걸음질을 쳐 놈의 몸을 짓밟아버렸다.

"으아악!"

세 번째였다. 그러나 주위를 둘러보니 어느새 열 명 가까이 되는 적들이 사방에서 다가오고 있었다. 처음 봤던 말들은 선두에 불과했다. 모두 가벼운 무장을 걸치고, 일종의 진을 형성하고 있었는데, 가만히 보니 어딘가 익숙한 기분이 들었다. 이걸 어디서 봤더라?

그중 한 명만이 기사의 무장을 걸치고 있었다. 그자가 투구를 벗는 순간 나는 눈을 크게 떴다. 저 얼굴을 잊었을 리 없었다.

"티무르?"

"역시. 누굴까 했는데 딱 네놈이 걸리는구나. 이럴 줄 알았지."

티무르라면 전장에 있을 줄로만 알았다. 그런 그가 흙먼지 하나 묻지 않은 모습으로 내 앞에, 제 수하의 도둑 길드에서 데려왔을 놈들을 거느리고 나를 포위하고 있었다. 어째서 그가 여기 있을까? 왜 나를 추적했을까?

"이런 데서 다시 만날 줄은 몰랐는데."

"그게 바로 네놈이 멍청하다는 증거야."

나는 검을 세워 들며 대꾸했다.

"네놈이 내 뒤를 쫓아다닌다는 뜻도 되겠지."

예상대로 티무르는 발끈했다.

"네놈이 꼬리가 길어서 밟힌 것뿐이야! 너희 놈들은 너희만 똑똑한 줄 알겠지만, 눈뜬장님들만 상대하는 게 아니라고. 저녁때 베르나르트가 진영을 비웠을 때부터 의심쩍었어. 그러다가 돌아오더니 길 한쪽을 열어 놓더란 말이지. 아니나 다를까 내 예측을 한 치도 못 벗어나는군? 하긴 내가 정보를 다루는 솜씨는……."

티무르의 잘난 체라면 지난번에 만났을 때 이미 한계치까지 다 들어뒀다. 더 이상 한마디도 듣고 싶지 않았다. 무엇보다 지금 같은 때는.

"격전이 벌어질 전장을 내버려두고 고작 나 하나를 잡으려고 이만한 인원을 차출해 온 걸 두고 네 대장이 퍽이나 잘했다고 하겠군그래? 잔소리는 집어치우고 덤벼. 네놈을 상대할 준비라면 여섯 아룬드 전부터 돼 있다."

열 명과 싸워서 이길 재간은 없었지만, 발각된 이상 최선을 다하는 도리밖에 없었다. 나는 몸을 도사리고 다가올 공격에 대비했다. 적들을 번갈아 쏘아보며 제자리에서 천천히 돌았다. 유리카가 내 말을 들어서 수문으로 가 주기만 했다면 더 바랄 것이 없을 텐데.

그 생각은 틀렸다.

텅!

좌우에서 동시에 덤벼든 검을 피하느라 뒤를 잠시 놓친 순간이었다. 무언가가 어깻죽지를 찌르는가 싶더니 갑자기 젖혀졌다. 휙 돌아섰을 때 낯설지 않은 그림자가 내 뒤를 막고 있었다. 달려들었던 적은 어느새 쓰러져 있었다.

"어떻게 여길……."

"앞이나 보지 그래."

베르나르트의 말이 맞았다. 나는 정면을 노린 적을 피하려다가 그만 그자에게 베르나르트의 등을 내줄 뻔했다. 하지만 곧 멍해진 머리를 수

습하고 그자의 무릎을 걷어차 쓰러뜨리고 턱을 날려버렸다.

내가 안전하게 탈출하는지 확인하려 했던 것일까? 아니면 티무르가 내 뒤를 추적해 움직이는 것을 알아챘던 것일까? 온 이유가 무엇이든 베르나르트는 내가 기억하는, 그리고 엘비르가 말하던 바로 그였다. 아르나 강의 다리 앞에서 그랬던 것처럼 포위당한 베르나르트는 여러 명의 상대를 한 번에 공격할 수 있는 위치를 잡은 것처럼 빨랐고, 정확했고, 빈틈없었다. 순식간에 동료들이 쓰러져가자 나보다 머리 하나는 큰 거구의 사내가 뛰어나오더니 소리를 질렀다.

"네놈이 아르나에서 우리 형제들을 죽였던 그놈이냐? 내 그 피를 갚을 날을 기다려왔다!"

그자가 든 전투 도끼가 날아들자 베르나르트는 좌우로 두 번씩, 네 차례 피하더니 다음 순간 상대의 박자를 거꾸로 이용해 역습했다. 올려친 검에 길게 찢긴 상처가 났다. 그제야 나는 베르나르트가 저들을 죽지 않을 만큼만 공격하고 있다는 것을 알아차렸다. 제대로 베었다면 저자는 둘로 갈라지고도 남았을 것이다.

상황이 불리해지는데도 티무르는 도리어 큰소리를 쳤다.

"배신자 같으니! 하르얀이 달크로즈보다 더 원하는 것이 저 녀석의 목이라는 걸 잊었나? 네놈은 하르얀의 가장 낮은 종놈보다도 못해!"

베르나르트는 대꾸하지 않았다. 참지 못하고 대꾸한 건 나였다.

"하르얀에게는 핏줄보다 더 가까운 사람이다. 그것도 모르는 넌 그간 하르얀을 헛 따라다녔나?"

"웃기는 소리 마. 핏줄이라고? 부관이나 가신 따위가 언제부터 가족이 된 거지? 어디까지나 주인을 보좌하라고 교육시키는 건데 그걸 갖고 제가 뭐라도 된 것처럼 생각한다면 매로 버릇을 가르쳐야 되는 거다!"

이런 상황에 처해서도 녀석의 거만함은 끝이 없었다. 왜 저 녀석은 저런 성격이 되어버린 걸까? 형인 엘비르는 그렇게 의젓하게 자랐는데, 무슨 일이 일어났기에 둘째인 티무르만이 저렇게 자기 세상에 사는 녀석이 됐을까?

"하긴 너 따위 녀석이 내 말을 알아들을 리가 없지. 너희 평민 놈들은 말만 몇 마디 섞으면 다 친구가 된 줄 알지. 아무하고나 어깨동무를 하겠다고 덤벼드는 꼴이란. 그런 시장바닥의 정신머리를 제대로 된 귀족한테 들이댄다는 건……."

"넌 나르시냐크 가문에 작위가 없다는 것조차 잊은 거냐?"

"너 따위가 나르시냐크가 감히 뭐가 어떻다고? 그 이름을 입에 담지도 마라! 평민들은 대체 언제 주제를 알게 되는 거지? 베르나르트 저놈도 옛날부터 귀족을 대하는 예의를 몰랐어. 주제넘게 집구석에 귀족의 딸을 데려다 키우지를 않나, 그래놓고 꿀꺽할 작정이었지? 네놈이 그 여자를 어떻게 해볼까 하고 입맛 다셨던 걸 사람들이 몰랐을 줄 알아?"

갑자기 목 밑에서 뭔가가 치밀어 올랐다. 내 얘기도 아닌데, 그런데도 저런 소리를 하는 놈을 한 대 후려치지 않고는 참을 수가 없었다.

"닥치지 못해!"

달려들어 녀석의 검을 올려치자 티무르는 흠칫 놀라 물러서려다가 곧 검을 세워 대항했다. 나는 한 발짝 다가들며 마주 댄 검을 밀쳤다.

한 번, 두 번 밀치고 자루 쪽을 부딪쳐 손가락을 으스러뜨려 놓았다.

"큭!"

검을 잡은 힘이 약해졌을 때 검신을 후려쳤다. 티무르는 검을 떨어뜨리지는 않았으나 휘청거리며 몸이 꺾였다. 내가 막 티무르의 어깨를 내려찍으려는 순간이었다. 티무르가 갑자기 늘어뜨렸던 손목에 탄력을 넣어 검을 올려쳤다. 예기치 못한 일격에 몸을 젖히는데 내가 자세를 바로잡기도 전에 베르나르트의 검이 내 앞을 막았다.

"저 자식을 살려 보내려고요?"

"네가 대신할 일은 아니지."

티무르가 멈칫한 사이 베르나르트는 다른 적들의 무기를 순식간에 거둬버렸다. 혼자 남은 티무르가 허겁지겁 물러서자 베르나르트는 나를 돌아보지도 않고 말했다.

"가라."

나는 망설였다. 베르나르트가 저들을 처리하지 못할 것 같아서가 아니었다. 베르나르트에게 해야 할 말이 있는 것만 같아서였다. 이대로 돌아서면 다시는 그를 보지 못할 것 같아서였다.

티무르도 가만히 있지 않았다. 그는 수문이 있는 쪽으로 달려가더니 길을 막아서며 외쳤다.

"어딜 보내려고? 흥, 나를 베고 갈 수 있을까? 베르나르트 네놈이라 해도 감히 날 베지는 못할 테지?"

그러나 못내 불안감을 떨치지 못해 움찔거리는 것이 뻔히 보였다. 베르나르트가 다가가자 티무르는 한층 더 떨었다. 베르나르트는 마침 내 티무르 앞에 섰지만 검을 들이대지는 않았다.

"돌아가라."

"내가…… 물러설 줄 알아? 어디 할 수 있으면 베어보시지? 하르얀을 지키겠다던 네 잘난 검으로 하르얀의 가장 중요한 동맹자를 한번 베어봐!"

베르나르트는 쥐었던 검을 꽂고 빈손이 되었다. 티무르의 눈에 묘한 빛이 스쳤다. 베르나르트가 말했다.

"백일몽은 그만 깰 때가 됐어."

티무르가 쥔 검은 뻗기만 하면 베르나르트의 가슴을 찌를 수 있었다. 보는 내가 아찔해서 눈을 감고 싶을 정도였다. 그러나 티무르는 움직이지 못했다. 그만큼 상대를 두려워했다. 그러나 본능과 관계없이 입만은 멋대로 움직였다.

"멋대로 지껄이지 마! 하르얀이 승리하지 못할 것 같나? 고작 일흔 명도 안 되는 나약해빠진 놈들 따위 간단히 쓸어버리고 오늘 밤 달크로즈에 깃발을 꽂고 말걸!"

베르나르트가 맨손으로 티무르의 검을 잡았다. 반면 티무르는 놀라 검을 놓칠 뻔했다.

"너희는 달크로즈가 꾼 하룻밤 악몽에 나오는 꼬마 악귀들일 뿐이야. 아침이 되면 아무도 기억하지 못할 허깨비들이지. 이제 너희가 나온 지옥으로 돌아갈 시각이야."

티무르의 얼굴이 점차 창백해졌다. 그는 검을 흔들어 빼내려 했으나 어림없었다.

"마, 말도 안 되는 소리는 집어치워! 우린 오늘 밤 승리할 거야! 만약 네 말이 옳다면 너, 너는 뭔데? 하르얀이 패하면 너라고 무사할 줄 알아?"

베르나르트는 티무르의 손에서 검을 빼앗았다. 손목을 타고 피가 몇 줄기 흘렀다. 빼앗은 검은 강물 속에 던져버렸다.

"난 너희를 데려갈 피리 부는 사내지. 지상에서 짧은 향연을 즐긴 대가로 지옥에서 천 년을 보내보자고."

베르나르트는 빈손이 된 티무르를 내버려두고 몸을 돌렸다. 잠시 망설이는가 싶더니, 주먹을 움켜쥔 티무르가 베르나르트의 등으로 달려들었다. 그러나 베르나르트는 단지 두 번의 몸놀림만으로 티무르를 제압해서 바닥에 눕혀 놓았다. 티무르가 누운 채로 악에 바쳐 소리쳤다.

"왜, 왜 죽이지도 않는 거야! 역시 겁나는 거냐? 귀족을 베었다가 무슨 일이 벌어질지……."

"안타깝게도 네 꿈은 앞뒤도 맞지 않아. 너희는 아버지의 작위를 받을 수 없었기 때문에 오늘 이 놀음을 벌인 게 아닌가? 또 여기서 내가 너를 죽여 뭘 하겠나? 어차피 둘 다 죽을 텐데."

살아남은 적들이 비슬비슬 도망치기 시작했다. 몸을 일으킨 티무르는 빈손을 움켜쥔 채 떨었다. 그러나 떠날 수밖에 없었다. 갈 곳이라고는 하나뿐이었다. 그들은 달크로즈를 공격했지만, 동시에 달크로즈에 갇혀 있었다.

"너희 모두 각오하고 있어……. 용서하지 않을 테니까……."

티무르의 저런 말을 지난날에도 들어보았다. 그러나 이번에는 비웃을 기분이 나지 않았다. 그땐 자신 있게 뇌까리던 말이었지만, 지금은 그저 정신적인 발버둥일 뿐이었다.

티무르의 그림자가 사라지자 나는 베르나르트의 손을 내려다보았다. 손바닥이며 소매가 피투성이였다.

"저런 폭언을 하는 놈을…… 왜 이렇게까지 해가며 살려준 거죠?"

베르나르트는 손을 내려다보고 피를 옷자락에 천천히 닦아내며 말했다.

"살아 돌아가 봤자 어차피 무덤 앞에 줄을 설 뿐인데 뭐."

"그럼 당신은요?"

베르나르트는 대답하지 않았다. 대신 쓰러진 프레아데니를 흘끗 보더니 옷 안쪽에 건 목걸이를 끄집어냈다. 그 끝에 달린 반지를 떼어 내게 건네주었다.

"달크로즈로 올 때 타고 왔던 말을 성벽 밖에 맡겨뒀다. 나루터 앞 여관에서 이걸 보이면 내줄 테니 타고 가라."

받고 보니 클루이펠트 가문의 인장 반지였다. 그런 것을 감춰서 지녀야 했던 것은 그가 고향으로 돌아갈 수 없었기 때문일 것이다. 베르나르트가 돌아섰을 때, 나는 뻔히 대답을 알면서도 묻지 않을 수 없었다.

"하르얀에게 갈 건가요?"

"음."

베르나르트는 긴 대답 없이, 고개도 끄덕이지 않고 붉은 하늘 쪽으로 걸어갔다. 그의 등 너머에 달크로즈 성의 그림자가 어렴풋이 떠올라 있었다.

"꼭 가야만 하나요?"

대답이 없을 것을 알고 있었다. 나는 마지막으로 외쳐 불렀다.

"베르나르트! 헛되이 죽지 말아요!"

어둠이 뒷모습을 삼켜버렸다. 나는 한동안 베르나르트가 사라진 쪽에서 눈을 떼지 못했다. 줄곧 안타까워했지만, 결국 아무것도 바꾸지 못했다. 어떤 말도 그를 움직이지 못했다. 그는 그가 해오던 방식대로 살고, 죽을 것이다.

내겐 해야 할 일이 있었다. 수많은 사람들이 뒤엉켜 격돌할, 저 희지만은 않은 달크로즈를 등지고 떠나야 했다.

수문 앞으로 가자 유리카뿐 아니라 방금 일어난 일들로 어안이 벙벙해져 있는 수문장과 병사들이 서 있었다. 그중 하나가 나를 보더니 외쳐 물었다.

"성에서 반란이 일어났다니, 그게 참말인가?"

그것 참 한가한 질문이라 대답할 의욕이 나지 않았다. 수문장이 나르디가 준 명령서를 든 것을 보니 상황 설명은 된 모양이었다. 나는 프레아데니를 가리켰다.

"저기 저 말."

커다란 그림자가 달빛을 받으며 누워 있었다. 그걸 보니 나르디에게 할 말이 없다는 생각이 새삼 들었다.

"태자 전하의 말 프레아데니입니다. 전하께서 친히 내리신 말이니 이번 일이 끝나거든 잘 수습해서 전하께 보내 주십시오."

빌려주었다고 하지 않고 그냥 주었다고 말했다. 나르디라면 이 점을 갖고 왈가왈부하지는 않을 것이다. 하지만 문지기답게 고지식한 사람일 것이 틀림없는 수문장은 태자 전하께서 빌려주신 말을 죽였다는 것만으로도 따지고 들지 몰랐다.

수문장이 준비해 준 배는 좁은 강을 건너는 데나 쓸 법한 쪽배였다. 유리카가 오르고, 뒤따라 내가 올랐다. 수문장이 수문을 천천히 열었다.

"전하께 우리가 무사히 나갔다는 이야기를 반드시 전해드리세요!"

수문장이 했을 대답은 물결 소리에 묻혀버렸다. 배는 놀랄 만큼 빠르게 강 중심부로 빨려들어 가더니 잠시 후 느린 물살을 타기 시작했다.

강기슭도, 어슴푸레한 숲도 순식간에 멀어져 갔다. 달크로즈가 멀어졌다. 밤하늘은 검푸르고 별들은 고요했다. 조금 전의 소란은 보지도 듣지도 못한 것처럼. 하늘을 물들였던 붉은 빛도 사그라진 후였다. 왕의 길에서는 싸움이 끝났을까.

유리카를 조심스레 눕히고 가죽 망토를 덮어 주었다. 그녀는 눈을 뜨고 있었지만 아무 말도 하지 않았다. 파랗게 빛나는 달이 뒤따라오다가 지워져버렸다. 동굴의 시작이었다. 갑자기 캄캄해져 한 치 앞도 보이지 않았다.

"후……."

검은 물이 흐르는 소리를 들으며 며칠 동안 내게 일어났던 일들을 떠올렸다. 모두 내가 손을 쓰기도 전에 흘러가 버렸다는 생각이 들었다. 저 물처럼. 행복한 기억을, 또는 상처를 남기고 순식간에 과거가 되어버렸다.

손을 들어 유리카의 뺨을 어루만졌다. 내 손보다도 찼다. 하지만 더없이 따뜻했던 때도 있었다. 앞도 안 보이는 이곳에서 가장 환한 기억이 떠오른다. 환영처럼 흰 드레스를 입고 테라스 앞에서 손짓하며 미소 짓던 유리카.

그 손을 잡고 난생 처음 추었던 어설픈 왈츠와, 나만을 위해 존재하는 듯했던 세계가 눈앞에 아른거렸다. 내 손에 묻힌 자그마한 손의 감촉. 더없이 예뻤던 왕국의 흰 장미.

"파비안, 나 네 얼굴이 보여."

뱃전조차 보이지 않는 어둠 속이라 내 얼굴이 보일 리는 없었다. 그러나 나는 끄덕끄덕했다. 유리카가 보인다고 했으니 보일 수도 있다고 생각하면서.

"응."

"방금 고개 끄덕였지?"

"으응……."

나는 몇 번이고 고개를 끄덕였다. 유리카가 정말로 보든 못 보든 그건 중요치 않았다. 내 얼굴이 보인다는 말은 네 마음속의 내가 보인다는 말일 거야.

"파비안, 울지 마."

울고 있진 않았다. 그러나 그 한마디에 눈물이 글썽해지려 해서 이번엔 고개를 흔들었다. 그 사건 이후 처음으로 가벼운 웃음소리가 났다. 그리고 유리카의 손이 내 손을 찾아 쥐었다.

배가 가볍게 흔들렸다. 저만치 한결 밝아 보이는 푸른 밤의 세상이 다가왔다. 이렇게나 빨라. 모두 이렇게나 빨리 흘러가 버려. 일 년쯤, 열네 아룬드쯤, 금방이야.

동굴 입구 너머로 달빛 젖은 잎사귀들이 늘어진 것이 보였다. 시커먼 돌 천장이 어느 순간 별 박힌 밤하늘로 변했다.

"무사히 빠져나왔어."

유리카가 눈빛만으로 '그래' 하고 말하는 것을 알아보았다. 나는 고개를 끄덕이고 드디어 노를 잡았다. 힘껏 저었다. 하얀 물결이 시원하게 갈라졌다. 물소리, 바람 소리, 유리카의 나직한 웃음소리가 밤공기 사이로 퍼져나갔다.

희망이 없지는 않아. 아직 이렇게 살아있는걸. 언제든, 비록 죽음을 앞둔 때라 해도 당장은 살아있다는 것이 가장 큰 희망이잖아.

"초여름의 공기야……."

약초는 여름의 첫 아룬드다. 상처를 받아들이고 고치려는 사람에게 약을, 받아들이지 않고 억지로 없애려는 사람에게는 독을. 그러나 상처를 위한 새로운 상처를 원하는 사람이 있다. 상처로 상처를 지울 수는 없는데.

하르얀, 너는 왜 네 상처를 받아들이지 못하지?

강은 흐르고, 또 흘러갔다. 흔들리고 뒤집히며 닿을 수 없는 바다를 향해 흘러갔다. 은빛 잔물결이 재잘거리고 있었다.

불안한 희망을 품고 떠나는 그 기분을.

# 9장.
## 8월 '파비안느(Pabianne)'

# 8월 '파비안느(Pabianne)'

작은 달, 또는 마법의 달이라고 불리는 파비안느(Pabianne)가 지배하는 아룬드. 한 해 중 가장 뜨거운 날씨로 강과 샘이 마르고 산천초목이 타들어가는 시기이다. 그대는 천공의 소녀가 쥔 검처럼 곧고 날카로운 정신으로 물러서지 않는 예지를 써나갈 수 있으리라.

작은 달은 평소 태양의 뒤에 가려져 있으며 직접 볼 수 있는 때는 파비안느 아룬드뿐이다. 이 시기 파비안느는 놀랍게도 어마어마한 광채를 발하며 낮에 모습을 드러낸다. 그러다가 점차 태양의 영향권으로 진입하여 파비안느 아룬드가 끝날 무렵이면 다시 태양 속으로 들어간다.

전설 속 인물로서 파비안느는 '작은 달의 여전사', '천공의 소녀', 또는 '시간을 베는 손'이라고도 불리며 마브릴 족은 그녀를 종족의 시조로 여긴다. 천상(天上) 왕국을 지배할 운명을 타고난 파비안느는 헤아릴 수 없이 긴 세월을 살며 지상 세계의 모든 위대한 전사들과 짐승들을 굴복시키고 모든 땅과 물을 정복했으나, 마침내 직접 자신의 왕국을 멸망시키고 사라졌다고 한다.

파비안느의 기원은 '가장 오래된 어머니'로 알려진 예언자 예너체트리만큼이나 과거로 거슬러 올라간다. 고대 서사시의 작가들에게도 가장 인기 있는 인물이어서, 직접 다루지 않더라도 찬양의 의미로 자주 언급되곤 했다. 세계의 질서를 창조했으면서 동시에 파괴해버린 파비안느의 존재는 옛 시대를 연구하는 자들에게 중대한 상징과 우의(寓意)로 여겨져 깊이 탐구되었다.

파비안느는 열정과 건설, 분노와 파괴를 동시에 의미한다. 목표를 정하면 앞뒤 돌아보지 않고 달려들고, 위협을 받으면 정면대결을 택하며, 대화로 해결될 일에도 무기를 들고 덤벼드는 성마른 전사인 것이다. 그러나 역설적으로 파비안느는 치료와 안정을 다스리는 에디에르나의 처녀와 나란히 붙어 한 해의 축을 이루고 있기도 하다. 이 시기는 검과 활을 연마하기에는 좋으나 부드러운 마음은 가로막히며, 여행하는 자는 반드시 물을 지니라는 말이 전해져 내려온다. 이는 실제로 식수 확보가 어려운 현실을 반영하는 말이기도 하지만, 단호함과 잔인함이 부각되는 이 시기를 물의 부드러운 성격을 살려 현명하게 헤쳐 나가라는 옛 사람의 지혜이기도 한 것이다.

이 아룬드의 경구는 "검 끝이 부러지는 것을 관계치 않고 달려든다"이며, 첫 번째 열정기인 아르나 아룬드에 이어 두 번째 열정기라고도 불린다. 얕은 재능을 과신함, 자신감이 높은 성취 혹은 치욕적인 패배를 부름, 자신의 사명에 지나친 환상을 품음, 타인을 위해 모든 것을 희생함, 죽을 고비를 깨닫지 못하고 지나침, 중대한 잘못을 저지르고도 알지 못함, 침착함보다 속도로 위기를 돌파함, 적에게 큰 피해를 주는 것과 동시에 치명적인 상처를 입음, 작은 실수를 죽음으로 보상함, 온화함을 잃어 중요한 것을 놓침 등을 암시한다. 이 아룬드를 상징하는 빛깔은 불처럼 타오르는 빨강이다.

— 점성술사들이 달력에 적는 각 아룬드의 의미,
그중 여덟 번째.

# 1. 영혼의 눈동자

"엄마, 저 안개바다 너머 어렴풋이 보이는 길쭉한 섬에는 무엇이 있나요? 파도가 치는 밤이면 고운 노랫소리가 들려오는 그곳에도 사람이 살고 있나요?"

"알려하지 말거라, 사랑스런 아가. 그곳에는 네가 알아서 좋을 것이 없단다."

"그럼 가끔 좋은 음악 소리와 향기가 나기도 하는 담쟁이 벽 아래 하얀 마을에는 누가 살고 있나요? 거기에도 저 같은 아이들이 푸른 두건과 흰 앞치마를 두르고 뛰어 놀고 있나요?"

"궁금해 하지 말거라, 귀여운 아가. 거기에는 너와 감히 사귈 수 없는 악한 소녀들만이 살고 있단다."

"또 푸른 정원 너머 여섯 언덕과 이끼 낀 바위들, 맑은 날이면 수천 송이 꽃들이 반짝이는 숲에는 친구가 없나요? 순한 동물이나 아름다운 새들, 나비와 벌레들이 없나요?"

"보려하지 말거라, 상냥한 아가. 세상엔 이빨을 드러내고 물어뜯으려 도사린 사나운 짐승들뿐이란다."

그러나 소녀는 밤낮으로 꿈을 꾸었다. 꿈속에선 긴 머리를 틀어 올린 늙은 나무가 다정스레 소녀를 맞았고, 철갑옷을 입은 기사가 싸늘한 바닷가를 달렸으며, 숲에서 헤아릴 수 없는 손들이 이야기를 품고 손짓했다. 눈을 뜨고 있는 동안 소녀를 둘러싼 열 벌의 화려한 드레스와 백 개의 비싼 보석, 천 개의 달콤한 간식으로도 소녀의 마음을 잡을 수 없었다. 그리하여 드디어 그 날이 왔다.

– 노르마크 지방 동화
〈세 개의 탑 이야기〉 중에서

바다는 아니었다. 바다가 있을 곳도 아니고. 그런데 세상의 절반쯤은 차지한 것처럼 까마득한 저 수평선은 대체 뭔데?

"지도를 다시 봐."

다시 봤다. 제대로 찾아왔음은 물론이었다. 달크로즈에서 나르디가 준 지도는 전에 갖고 다니던 엉터리 지도와 비교가 안 됐다. 여기까지 오는 동안 몇 번이나 놀랐다. 예전과는 반대로 도무지 틀린 점이 없어서 말이다. 기껏 둘에 하나의 비율로 맞아 들어가는 지도를 갖고 다니다가 이런 지도를 얻고 나니 볼 때마다 달크로즈를 향해 절이라도 해야 할 것 같다니까.

지는 해가 드리운 빛이 물결에 맺혀 흔들리는 풍경을 한동안 홀린 것처럼 바라봤다. 수평선이 끝나는 지점에서 시작된 숲 자락이 이 근처까지 뻗어 있었다. 물안개 때문인지 숲도 물도 꿈속처럼 경계를 잃고 일렁거렸다. 아라스탄 호수, 그리고 아라스타니아 숲이었다.

"내려줘."

등에서 내리기 좋도록 자세를 낮춰 주었다. 유리카는 그 사이 눈에 띄게 여위어서 발이 바닥에 닿았는데도 무게 변화를 느낄 수 없을 정도였다.

"무겁지 않았어?"

전혀, 라고 대답하는 대신 고개를 돌려 미소를 보였다. 유리카는 사방을 두리번거리고 하늘을 올려다보았다. 그러더니 새로 태어나기라도 한 것처럼 조심스레 몇 발을 내디뎠다.

호수 안으로 들어가면 말을 둘 곳이 마땅치 않을 것 같아서 마지막으로 들른 마을에 베르나르트가 준 말을 맡기고 왔다. 말이라고는 오는 내내 그 한 필뿐이었다. 유리카에게 스스로 말을 몰 기력 따위 남아 있지 않았으니까. 그런 다음 고집을 부려 유리카를 여기까지 업고 왔다.

모처럼 허리를 펴고 호수를 바라보니 뛰어들고 싶다는 생각이 절로 들었지만, 반대로 그러기에는 너무 신성해 보이기도 했다. 아라스탄 호수를 '대륙의 눈동자'라고 부른다던데, 누가 한 말인지 꽤 잘 어울린다. 하늘을 올려다보는 푸른 눈과 속눈썹 대신 둘러싼 숲.

"저리로 들어가야지?"

"그렇지."

우리는 호숫가로 다가가 땀이 흐른 얼굴과 목덜미를 식혔다. 이글대던 태양의 기세도 한풀 꺾일 시각이었지만 어쨌든 지금은 파비안느 아룬드니까. 우리는 잠시 나란히 앉아 맨발을 호수에 담근 채 물을 차며 놀았다. 호수 한쪽에는 크고 둥근 바위들이 방파제처럼 쌓여 있어서 이렇게 마냥 앉아 있기에 좋았다.

"조금 있으면 밤이 될 듯한데."

유리카가 조약돌을 하나 집더니 호수로 던졌다. 돌은 멀리 가지 못하고 몇 걸음 앞에서 떨어져 물속으로 사라졌다. 예전의 유리카였다면 이렇지 않았을 텐데. 대신 내가 큰 놈으로 하나 골라잡아 힘껏 날렸다. 저만치 날아간 돌은 잠시 후 떨어졌지만 여기선 풍덩 소리도 들리지 않았다.

"너와 나를 합했다가 절반 나누면 평균치 둘이 생겨나겠구나."

"그러니까 내가 네 몫보다 더 힘을 내고 있는 거 아냐."

유리카는 소리 없이 웃을 뿐이었다. 저렇게 가만히 앉은 유리카는 풍경 속에 녹아버릴 것처럼 희미한 느낌이었다. 물의 정령이라는 미라티사를 본 일은 없지만, 저 모습과 비슷하지 않을까 싶다. 종이로 만든 것처럼, 그래서 물에 빠지면 녹아버릴 것처럼 파리한 얼굴을 하고 있지 않을까.

나는 유리카의 어깨에 손을 얹었다.

"왜?"

아직은 살아있다고 말하듯 선명한 녹색 눈동자가 나를 돌아보았다. 그 눈을 보면 안심이 된다. 아직은 내 곁에 있다는 걸 실감할 수 있다.

"살아있나 보려고."

유리카는 웃지도 않고 대꾸했다.

"응, 내가 어느 날 안 돌아보면 죽은 걸로 알아."

해가 호수 너머에 걸렸다. 밤에는 추워질지도 모르니 불을 피워야겠다.

"여기서 놀고 있어. 물속에 들어가거나 하면 혼난다."

"물속에 들어갔다간 미라티사가 되어버려."

내 생각을 읽은 것처럼 말하며 유리카는 빙그레 웃었다.

줄곧 비 한 방울 없던 날씨 덕택에 잘 마른 나뭇가지는 쉽게 얻을 수 있었다. 한 아름 안고 돌아오니 유리카는 물장난을 그만두고 몸을 굽혀 수면을 바라보고 있었다. 얼굴을 비춰 보려나보다. 예전보다 너무 초췌해진 얼굴을 자세히 보지 않았으면 좋겠는데.

나뭇가지들을 내려놓고 배낭을 뒤져 부시쌈지를 꺼냈다. 불을 붙이려고 무릎을 꿇고 앉는데 문득 이상한 기분이 들었다. 나는 유리카 쪽을 돌아봤다.

"야!"

벌떡 일어나 손에 든 것을 던지고 호숫가로 달려갔다. 자칫하면 빠질 것처럼, 홀린 듯 물속을 들여다보고 있는 유리카를 부축해 기슭에 앉히는 동안 등에서 식은땀이 흘렀다.

"야, 그러다 빠져 죽으려고 그래!"

두 손으로 얼굴을 감싸고 들여다보다가 갑자기 화가 치밀어 소리를 질렀다.

"나 수영할 줄 알아."

"할 줄 안다고? 네 몸이 지금 수영할 처지야?"

"수영하려고 한 건 아니었어."

"그럼, 정말로 미라티사라도 되어볼 생각이었다는 거야?"

유리카는 벌 받는 아이처럼 내게 팔을 잡힌 채 시선을 내리깔았다. 그런 모습을 보자니 소리 지른 것이 미안해졌다.

"화내서 미안하지만…… 걱정하는 마음도 좀 알아주란 말이야."

"알고 있어. 그런데…….'"

유리카가 고개를 들더니 자기가 앉아 있던 자리를 가리켰다.

"저기 뭐?"

"얼굴 같은 것이 보였어."

"얼굴이라니?"

그때까지 나는 물을 보면 자기 얼굴이 비쳐 보이는 것이 당연하지,

얘가 요새 왜 자꾸 이상한 소리를 하지, 하고 생각하고 있었다. 그러나 다음 말을 듣는 순간 그 자리에서 얼어붙고 말았다.

"내 얼굴 말고, 다른 여자 얼굴."

온몸이 싸늘해졌다. 저도 모르게 주위를 둘러보니 해를 막 삼킨 호수가 벌겋게 달아올라 있었다. 사방 수천 걸음 내에 오두막 하나 없는 곳이라 잠깐이면 캄캄해질 것이다. 혹시 근처에 누군가 있는 거라면 일찌감치 알아놓고 싶은데 말이야.

"좀 자세히 말해봐. 어떤 여잔데?"

유리카가 고개를 흔들며 내 손을 잡아끌었다. 그 손에 이끌려 유리카가 앉아 있던 자리로 다가갔다.

"어......"

물론 아무것도 보일 리 없었다. 유리카도 다시 보일 거라고 기대한 것 같지는 않았다.

"봐. 내가 여기 앉아 있었잖아. 그런데 저기, 바로 저기서 여자 얼굴이 천천히 떠올랐어. 긴 머리를 한 여자였는데 몸은 물 밑에 있는 것 같더라고."

나는 정신을 차리기 위해 신성한 법칙이라도 말하듯 입을 열었다.

"사람이 물속에서 살 순 없잖아."

"그럼 인어였나?"

"그런......"

나는 '말도 안 되는' 이라는 말을 꿀꺽 삼켜버리고는 다시 물속을 들여다보았다. 주의 깊게 봤지만 여느 물과 달라 보이는 점이라고는 없었다. 뒤도 돌아보았다. 혹시 얼굴로 착각할 그림자가 비칠 만한 것이 있는지. 그런 것 역시 없었다.

결국 나는 마지막으로 할 수 있는 말을 꺼냈다.

"잘못 본 것 아냐?"

유리카는 화내지도 않고 고개를 흔들었다.

"아니야. 분명히 여자 얼굴이었어. 몸 아래쪽은 안보여서 사람이었는지 물고기였는지 모르겠지만. 게다가 살아있었는걸?"

"살아있다니?"

"나를 보고 뭐라고 말하는 것처럼 입을 움직였단 말이야."

"……."

한층 오싹해졌다. 정령일까? 혹시 타락한 영적 존재들인가? 물이나 바위 같은 데 붙어 있다가 사람들을 홀려 죽음으로 몰아넣는다는?

"야, 넌 근데 물속에서 웬 여자 얼굴이 떠오르는데 놀라지도 않고 그렇게 멀쩡하게 들여다보고 있냐?"

불을 피우려던 곳으로 돌아왔다. 부싯돌을 쳐서 불을 붙이는 동안, 유리카는 옛날이야기라도 생각하는 것처럼 중얼거렸다.

"아라스탄 호수, 미라티사 정령, 저녁 때, 여자 얼굴, 긴 머리, 여자 얼굴……."

"야, 그만해. 듣고 있으니까 점점 무서워지잖아."

부싯깃이 호르르 타오르더니 미리 쌓아 놓은 가는 나뭇가지로 불이 곧 옮겨갔다. 살살 바람을 불어 보내며 불이 커지도록 기다렸다. 그러는 사이 사위는 완전히 어두워졌다.

"한밤중까지 기다려야 되겠지?"

"그럴 거야."

먹을 게 별로 없었다. 재료야 마지막 마을에서 사올 수도 있었지만 취사도구가 없으니 요리를 할 수도 없는 노릇이고, 결국 비스킷과 말린 고기, 과일 몇 개, 점심 도시락에서 남긴 식은 팬케이크 두 개가 전부였다. 우리는 마주 앉아 저 불에 팬케이크를 데워 먹을 길이 없을까 궁리했지만, 프라이팬도 석쇠도 없는 상황에 결국 굴복하고는 하나씩 나눠 들고 천천히 베물어 씹었다.

"엘다렌하고 다닐 땐 좋았는데."

노숙을 하자니 엘다렌의 커다란 솥이 생각나는 것은 어쩔 수 없었다. 유리카가 픽 웃었다.

"그래. 그 솥에다가 뜨거운 스튜나 수프를 끓여 먹을 수 있던 때가 좋았지."

문득 고개를 들어보니 별이 가득한 하늘이 끝없이 검기만 한 호수와 대조적이었다. 호수 위로 막 뜨고 있는 에를라니가 보였다. 약과 의사를 수호하는 별 에를라니. 오늘 우리에겐 저 별의 수호가 간절히 필요한데.

"잘들 있을까?"

대꾸하지 않았다. 너무 많은 소원을 바랐다가 '법칙의 장로'의 비위를 거스를까 싶어, 나는 감히 그들의 안전을 간절히 빌지도 못한 나쁜 친구다. 그래도 내게 남은 행운이 있다면 그들이 무사하기를. 엘다렌, 나르디, 주아니, 그들과 웃는 얼굴로 재회하기를.

구원 기사단은 수도로 진격했겠지. 아버지와 휘하 기사들은 모두 잘 있을까. 츠칠헨, 키반, 드모나, 카크다나, 루시아니, 딘, 시그머……

"……"

아버지 생각을 하니 함께 따라오는 하르얀의 기억을 지우려고 나는 고개를 급히 흔들었다. 하르얀은 내가 안전을 빌 수조차 없는 놈이지만……. 동료들을 위험에 빠뜨리고 유리카를 이 꼴로 만들어버린 놈인데도, 절대로 용서할 수 없을 놈인데도, 하르얀을 생각하는 감정에는 다른 묘한 것들이 섞여 있다. 딱 집어 말할 수 없는 이 감정이 떠오를 때마다 나를 아프게 찔러서 나는 여기까지 오면서 줄곧 하르얀 생각을 하기를 두려워했다.

그래, 내가 바랄 수 있는 거라면, 죽지 말고 다시 얼굴을 보자. 얼굴을 보고…… 할 수만 있다면 네 녀석의 뿌리 깊은 오해를 풀어 주고 싶다. 너를 용서하고 안 하고는 그 다음에 생각할 테다. 비록 내 손으로 너를 죽이는 날이 오더라도, 그런 날이 올 때까지는 반드시 살아있어라.

"식욕이 별로 없어."

"나도 그러네."

날씨가 더우니 불가에 오래 앉아 있는 것도 못할 짓이었다. 말린 고기를 새로 구워 보겠다느니 사과를 고기로 싸서 굽겠다느니 온갖 실현 불가능한 요리들에 대해 말로만 지껄이며 식사를 마친 뒤, 우리는 호숫가로 다시 갔다. 물을 마시는 동안 호수가 시커먼 늪처럼 보여 으스스했다. 정말 뭐라도 나올 것 같네.

"지금 같은 때 아까 네가 말한 그 여자가 나온다면 난 그냥 기절해버릴 거 같다."

"그럼 내가 파비안을 업고 돌아가야겠네?"

"응, 버리고 가지 말고 꼭 부탁해."

이런 대화를 나눌 때면 유리카의 생명이 얼마 안 남았다는 것이 거짓말 같다.

"잠깐 잘래?"

그런다고 더 오래 살 수 있는지 모르지만, 나는 그간 유리카가 무리하지 않도록 세심하게 돌봐왔다. 아주 약간의 체력이 부족해서 독을 치료하려는 순간 발작해 죽는 건 아닐까 하는 상상이 수없이 나를 짓눌렀기 때문일 것이다.

"그런다고 오래 사는 것도 아닌걸."

유리카는 나 같은 관점을 갖고 있진 않았다. 이럴 때면 마치 자기 일이 아닌 양 무표정하기까지 하다. 보통 여자애 같았으면 시한부라는 말에 울고불고 난리를 쳤을 테지만, 유리카는 죽음의 무녀니까……

"그래도."

나는 고집을 부려 자리를 펴고 유리카를 눕게 했다. 죽음의 무녀라해도, 그게 죽음을 피하는 데 조금이라도 도움을 주는 것은 아니지.

"좀 있다가 깨워줄게."

잠시 후 유리카가 잠들자 나는 잠을 쫓으려고 주위를 거닐었다. 그러면서도 주위를 살피며 경계를 늦추지 않았다. 정말로 뭐 이상한 게나타날 수도 있으니 말이다.

"휴……"

졸리진 않았다. 그러나 상쾌한 밤공기를 마시면서도 줄곧 가슴이 답답했다. 여기까지 오느라 거의 한 달이 흘렀던 것이다. 오늘이 파비안느 아룬드 4일이고 달크로즈를 떠난 날이 약초 아룬드 9일이었다. 유리카가 중독된 날은 약초 아룬드 8일이다. 나우케 시의가 말한 시한이 이제 코앞이었다.

유리카가 잘 자는지 확인하고 싶은데 왠지 용기가 나지 않았다. 그녀가 자는 것이 아닐까봐 두렵다. 밤이 되니 미신적인 두려움이 되살아나는 것 같다. 내가 확인하지 않으면 살아있고, 확인하러 가면 죽어버린다든가 하는 말도 안 되는 생각 말이다.

숲에서 밤새 한 마리가 하룻밤 새워 울 모양이다.

잠든 유리카는 고요해 보였다. 발작이 있을 거라고 했으니까 저러다가 갑자기 어떻게 되는 건 아니겠지. 오는 도중 딱 한 번 보았던 그런 발작이 일어난 다음에야…….

"……."

그때 유리카가 죽는 줄 알고 얼마나 놀랐는지 모른다. 마지막 순간까지는 참으려 했는데, 결국 깨어난 유리카를 부둥켜안고 한참이나 어린애처럼 울어버렸다. 나우케 시의의 말을 따르자면, 발작은 적어도 한 번은 더 올 것이다. 그때를 기다리자니 마음이 타들어가는 듯했다.

난 결국 유리카를 들여다보는 대신 호숫가로 갔다.

우리가 기다리는 것은, 누군가 들으면 어이없어 하겠지만 배였다. 우리를 싣고 갈 배 말이다. 배가 어디서 오느냐고? 호수 가운데에서 온다. 대체 무슨 말도 안 되는 얘기냐고?

쳇, 솔직히 나한테도 그렇게 신빙성 있는 이야기로 들리지는 않아서 말이지.

호숫가에 서서 수면 너머를 쏘아봤다. 물론 아무것도 보이지 않았다. 하긴 정말로 배가 오고 있다 해도 보일 리 없었다. 혹시 불을 켜고 오나? 설마. 그렇다면 지금까지 사람들이 그 존재를 몰랐으려고?

심장을 조이는 답답함을 더 참을 수 없어서 나는 호수를 향해 고함을 질렀다.

"아아아아아!"

다시 한 번.

"아아아아아아!"

뭐든 올 테면 빨리 와라. 이렇게 실망할지도 모르는, 아니 틀림없이 실망할 것 같은 결과를 기다리는 건 진짜 못 참겠단 말이다.

호수가 너무 넓어서 아무 배나 타고 들어가 특정한 섬을 발견한다는 것은 망망대해에서 암초 하나 찾듯 아득한 노릇이었다. 그러니 그 배가 와줄 때까지 기다리는 수밖에 없다고 했다. 그럼 그 사람은 처음에 어떻게 들어갔을까? 나올 순 있는 건가? 평생 안 나와도 괜찮은 거야?

밤이 얼마나 깊었을까.

하늘을 올려다보니 달은 이미 졌고, 에를라니와 미오사니가 어느새 하늘 꼭대기에 박혀 있었다. 붉은 노란색이 나는 미오사니는 다음 아룬드인 '환영주(幻影酒)'의 별이다. 그때도 지금처럼 담담하게 저 별을 바라볼 수 있을까?

바로 그때였다. 내 귀에 삐그덕, 하는 소리가 들린 것은.

소리가 들린 쪽으로 급히 다가갔다. 수면이 어디쯤인지 몰라 더듬더듬 발로 건드려보다가 안되겠다 싶어 모닥불로 되돌아가 불붙은 나뭇가지를 하나 집어왔다. 그 즈음 다시 한 번 삐그덕, 하는 소리가 났다. 노걸이에서 노가 움직이는 것 같은 소린데?

해변 구석구석을 비추며 돌아다녔다. 하지만 기대에 어긋나게도 배 같은 것은 그림자도 없었다. 나는 불타는 나뭇가지만 망연히 든 채 잠시 생각했다. 아무것도 없어? 그럼 그 소린 뭐였지?

"파비안."

순간 흠칫 놀랐지만, 곧 유리카의 목소리라는 것을 알아들었다. 어둠 속에 선 유리카는 어찌 보면 진짜 유령 같기도 했다.

"깼어?"

"뭔가 있어?"

나는 실망스럽게 고개를 저었다. 유리카는 고개를 떨어뜨렸지만, 잠시 후 아무렇지 않은 것처럼 밝게 말했다.

"아직 시간이 덜 됐나봐. 조금만 더 기다려보자."

고개를 끄덕였지만, 아무도 타지 않은 배가 저절로 호숫가에 와 닿는다는 황당한 이야기에 대한 희망은 점차 엷어져 갔다.

"파비안, 옷 타겠다."

"아······."

타고 있는 나뭇가지를 들었다는 걸 잠시 잊고 있었다. 부러지기 직전인 나뭇가지를 호수 속으로 던져버렸다. 그런데······.

"파비안, 저걸 봐!"

내 눈에도 보였다. 나뭇가지가 물에 빠지기 직전에 비추고 사라진 물체가. 작고 길쭉하게 생긴 그것은…… 배였다!

유리카와 나는 흥분해서 서로를 마주봤다. 모닥불로 돌아가 타고 있는 나뭇가지를 몇 개나 더 집어왔다. 한 개 던지자 노가 달리고 두 명이 간신히 탈 듯한 배가 언뜻 나타났다가 사라졌다. 하나 더 던졌다. 뱃머리가 이쪽을 향한 것이 보였다. 하나 더 던지자 거리도 대충 가늠할 수 있었다.

"기다려."

호수가 얼마나 깊은지 모르겠다. 배가 물가까지 오는 게 아니라 저렇게 애매한 데 떠 있을 줄 알았으면 낮에 깊이를 좀 알아두는 건데. 하지만 지금은 할 수 없지. 아니지, 물 깊이 따위가 다 뭔데? 낮에는 분명히 없던 저 배, 믿지도 않았던 배가 나타났잖아!

기쁨이 차올라 사소한 문제쯤은 아무래도 좋았다. 웃옷을 벗어 던지고 검을 풀어 내려놓았다. 물에 뛰어들기 위해 가볍게 몸도 풀었다. 그런 나를 지켜보던 유리카가 물었다.

"기분 좋아?"

"그걸 말이라고 하냐?"

유리카는 불안한 것처럼 고개를 갸웃거렸다.

"왜? 뭐 이상한 점이라도?"

"그런 건 아닌데, 아까 봤던 여자 얼굴이 생각나서……."

"야, 이런 상황에 그런 얘기는 안 꺼내는 편이 도와주는 거란 거 모르냐?"

물론 그런 이야기를 듣는다고 물에 안 들어갈 내가 아니다. 아침이면 배는 없어져 버릴 테고, 혹시 다음 날은 나타나지 않을 수도 있잖아? 모레도, 그 다음 날도 안 올 수 있잖아? 금일휴업이라든가, 휴가 갔다거나, 뭐 그런 것도 있는 법이지. 난 다 알고 있어!

지금 배가 있는 저 순간을 놓치면 죽도록 후회할 거라고!

"기다리고 있어."

유리카를 안심시키려고 손을 한 번 꼭 잡아 주고는 호수 속으로 들어갔다. 물이 금세 무릎까지 찼다. 물이 허리까지 오자 모닥불 쪽을 확인한 다음 방향을 가늠해서 헤엄을 치기 시작했다. 여름이었지만 밤은 밤이라 물이 서늘하게 느껴졌다. 머릿속으로 셌다. 하나, 둘, 셋, 넷, 다섯, 여섯, 이 정도면…… 여기쯤이었지?

쿵!

갑자기 머리에 뭔가 부딪쳐서 허겁지겁 자세를 바로하고 눈앞에 있는 것을 움켜잡았다. 단단한 나무로 된 뱃전이다. 드디어 잡았어!

반 바퀴 돌아 배의 반대쪽으로 간 다음 호숫가 쪽으로 밀면서 헤엄을 치기 시작했다. 슬슬 밀려가는 느낌이 났다. 저만치 유리카가 램프를 꺼내 켜 들고 물가에 서 있는 것이 보였다. 웬만치 왔다 싶어 이 정도면 발이 닿을 때가 되었는데, 하고 생각하던 나는 문득 배가 더 이상 움직이지 않는 것을 깨달았다.

왜 이러지?

뱃전을 잡고 고개를 드니 유리카가 들고 있는 램프가 아주 가까웠다.

"왜 그래?"

"이거, 배가 더 움직이지 않는데?"

일단 배를 내버려두고 물가로 헤엄쳐 나왔다. 어라, 두 번 만에 나오네?

"배가 저기쯤에 부, 붙었나봐."

물에서 나오자 오한이 일어나 목소리가 떨렸다. 유리카가 신발을 벗고 다가와 램프를 건네줬다. 램프를 들고 허리가 잠기는 곳까지 가서 비추니 배는 멀쩡히 거기에 있었다.

이것 참, 기슭에 닿긴 싫다는 건가? 아, 저래서 지금까지 사람들이 저 배를 발견하지 못했구나?

"아무래도 저기까지 가야 배를 탈 수 있겠어."

램프 빛에 비친 유리카는 생각에 잠긴 표정을 하고 있었다. 나는 모닥불 가로 돌아가 짐을 챙기고 불도 껐다. 그런 다음 호숫가로 돌아오니 그동안 유리카는 생각하던 것에 해답을 얻은 모양이었다.

"음…… 저기까지 가야 배를 탈 수 있겠구나."

뭐야, 실컷 생각했다는 게 내가 아까 낸 결론이랑 똑같냐?

짐부터 갖다 놓을 요량으로 배낭을 높이 메고 다시 물속으로 들어갔다. 뒤에서 유리카가 중얼거리는 소리가 들렸다.

"그 양반, 아직도 마법을 쓰는 건가?"

램프를 가져가느라 머리까지 물에 잠기는 고생을 하긴 했지만 안전하게 짐을 옮기고 돌아왔다. 이번에는 유리카를 쳐다보면서 어떻게 하면 젖지 않고 갈 수 있을까 생각에 잠겼다. 내가 너무 열심히 쳐다보고 있으니까 유리카가 어둠 속에서 피식 웃는 소리가 들렸다.

업는다 해도 헤엄쳐야 되는 데선 결국 다 젖을 테고, 목마를 태워? 램프처럼 번쩍 들어 올릴 수도 없고, 손에 있는 도구라고는 멋쟁이 검뿐인데…… 이걸로 나무라도 베어 볼까? 뗏목을 만들어? 얼씨구, 하룻밤 새겠네.

결국 유리카가 말했다.

"나 좀 젖는다고 무슨 일 안나."

"안 돼. 지금은 밤이라 공기가 차기 때문에 감기에 걸릴 거야…… 에취!"

말끝에 재채기가 따라 나오는 바람에 아주 신빙성 있는 말이 됐다. 유리카가 키득키득 웃는 동안 나는 검을 바닥에 짚으려다가 이상한 점을 발견했다. 검 끝에서 발그레한 빛이 떠오르다가 사라졌는데, 다시 검을 움직이니 또 빛이 난다. 끄트머리에서만.

유리카도 곧 눈치를 챘다.

"이거 뭔가 수상하지?"

"물 때문인 것 같은데?"

"이 검이 물에 닿은 게 하루 이틀이야? 비도 수없이 맞았고, 바다에서 폭풍우도 만났던 거 기억 안 나나?"

"글쎄. 그때랑 꼭 같지 않을 수도 있어. 저기 저 배가 무슨 힘으로 여기까지 왔다고 생각하니?"

마법?

나는 고개를 갸웃거렸지만 유리카는 뭔가 알 것 같은 표정으로 내게 손짓했다.

"저기, 더 깊은 데 가서 검을 넣어봐."

시킨 대로 했지만 처음에는 아무 일도 일어나지 않았다. 시커먼 물속으로 쑥 들어갔던 검이 나오는 순간, 다시 그 빛이 나타났다. 이번엔 물에 잠겼던 부분 전체가 화덕에서 꺼낸 부젓가락처럼 발갛게 달아올라 있었다.

"이게 어떻게 된 거야?"

깊이 들어갈수록 광채가 강해졌다. 좀 더, 좀 더, 그리고 그 다음에는…….

"유리카! 이, 이리 와봐!"

검에서 나는 휘황찬란한 빛 때문에 유리카가 다가오는 모습까지 잘 보였다. 나란히 섰을 즈음에는 한층 더한 일이 벌어졌다. 광채를 더해가던 검이 표면에 닿는 물을 밀어내기 시작한 것이다!

"흐음, 이거 갖고 잘하면 저 배까지 갈 수도 있겠는데?"

이상한 소리만 중얼대던 유리카가 드디어 실용적인 생각을 해냈다. 상상도 못했던 신기능 발견이긴 하지만, 일단 이용하고 봐야겠다. 나는 허리를 굽히며 내 어깨를 가리켰다.

"타."

"목마를?"

유리카는 좀, 아니 많이 주저하는 기색이었다. 내 생각엔 전혀 무거울 것 같지 않은데. 아니지, 어색한 게 더 문젠가? 하지만 다른 방법이 없잖아? 물에 흠뻑 젖는 것만은 절대 안 될 말이라고.

결국 내 고집이 이겼다. 유리카가 다가와 내 어깨에 몸을 싣자 손을 잡아주며 몸을 일으켰다. 조금 흔들렸지만 곧 괜찮아졌다.

"옷자락 젖겠다. 좀 걷어봐."

"응."

물속으로 천천히 걸어 들어갔다. 유리카의 발이 물에 닿을 때쯤 멋쟁이 검을 수면에 갖다 댔다. 우와, 물이 케이크처럼 한 층 잘라지고 있어.

드디어 유리카를 배에 올리는 데 성공했다. 뒤이어 내가 오르자 배가 워낙 작아 한바탕 뒤흔들렸다. 겨우 중심을 잡고서 가슴을 쓸어내렸다.

"이거 가다가 뒤집어지는 거 아닌지 몰라."

노를 잡았다. 얼마 만에 사람의 손이 닿은 건지 물에 잠긴 부분에 녹색 이끼가 빈틈없이 자라 있었다. 뱃전 아래도 마찬가지였다. 배 안쪽에도 이끼가 낀 곳이 있어 곳곳이 미끈거렸다.

"고대 유물 위에 올라앉은 것 같지 않아?"

"정말."

그럼에도 불구하고 배는 새는 곳도 없이 멀쩡했다. 유리카가 램프를 들어 배가 움직이는 쪽을 비췄다.

"일단 호수 안쪽으로 저어가자. 기슭에서 우리를 볼 수 없을 즈음이면 날이 샐 거야."

그거 어쩐지 끔찍하게 들리는데.

한동안 노가 물을 가르는 소리, 배가 나이를 호소하며 삐걱대는 소리, 보이지 않는 숲을 흔드는 바람 소리만이 되풀이되었다. 수면에 얇게 내렸던 물안개가 점차 사방을 가득 채웠다. 램프 하나로 호수 위를 떠가자니 내가 알던 세상이 어디론가 사라져버린 기분이었다.

잠시 후 바람이 안개를 일부 날려 보냈다. 그새 옷과 머리가 축축하게 젖었다. 유리카가 손을 들어 가리켰다.

"저기 이스나니가 뜨고 있어."

밤하늘에서 가장 찬란하다는 연금술의 별, 황금빛 이스나니가 동쪽 하늘에 박혀 있었다. 연금술을 고안해 냈다는 이스나에–드라니아라스들 때문에 '이스나에의 별'이라는 이름을 갖게 된 이스나니. 가을 끝자락을 장식하는 저 별이 떴다는 것은 지금 시각이 한밤중에 이르렀다는 뜻이 된다. 각 아룬드의 별들은 하룻밤 하루 낮 동안 한 해의 주기를 보여주며 한 바퀴씩 돌기 때문에 여름밤을 새우면 가을을 넘어 겨울 별들까지 볼 수 있는 것이다.

"황금 아룬드에 우린 뭘 하고 있을까?"

이스나니가 지배하는 황금 아룬드는 가을의 마지막 아룬드였다. 그 다음 아룬드는 노현자다. 그때쯤 유리카도 다 낫고 다른 사람들도 무사하게 만나 다함께 겨울을 준비할 수 있다면 좋을 텐데.

그런 생각에 잠겨 있을 때 유리카가 불쑥 말했다.

"파비안, 그때 나 꿈을 꿨어."

"꿈? 언제?"

"푸른 굴조개호에서 정신을 잃고, 바르제 자매네 집에서 눈을 뜨기 전까지."

"그걸 기억해?"

"응."

바닥에 놓은 램프 빛으로 얼굴 아래쪽만 환한 유리카의 얼굴은 옛일을 생각하는 표정이었다. 예전에도 그랬던 것처럼, 오랜만에 그 눈동자가 내가 닿을 수 없는 먼 곳을 헤맸다.

"몸이 잠든 건 알고 있었거든. 그런데 의식이 빠져나와서…… 저 아래에 누워 있는 내가 보이는데 난 어딘지 모를 곳을 헤매고 있었어."

나는 놀라 유리카의 얼굴을 빤히 봤다.

"영혼이 몸에서 빠져나왔단 말이야?"

"글쎄……."

유리카는 고개를 갸웃거리며 호수에 손을 적시더니 머리를 쓸어 넘겼다. 물 한 방울이 램프에 떨어져 갓에 맺혔다가 잠깐 만에 증발하여 날아갔다. 어쩌면 저렇게 짧은 인생일까.

"그러니까, 에제키엘의 봉인으로 잠들어 있던 때하고 비슷했다고 할 수 있을 거야."

"봉인되어 있던 동안도 기억이 있어?"

"응. 긴 세월에 비하면 조금이지만……."

2백 년의 기억이 모두 있다면 그거야말로 불합리할지도 모른다. 한 사람에게 그렇게 많은 기억을 강요할 순 없어. 사람은 어떻게든 살아가게 되어 있지. 괴로운 기억은 잊고, 넘치는 기억은 지우고…… 그렇게 해서 살아갈 만하게 맞추어지는 거야.

"참 이상하지?"

"뭐가?"

"넌 늘 이렇게 가까이 있는데…… 꿈속에서는 손이 닿지 않는 먼 곳에 있었거든."

"내가?"

"수없이 불렀는데 대답하지 않더라고. 아니, 실은 가까운 곳이었는지도 몰라. 손을 내밀기만 하면 닿을 것 같았는데…… 유리벽 같은 것에 가로막혀서 손이 닿지 않았어. 그래서 우린 서로 바라보고만 있었어."

한 가닥씩 가위질해 날려 보낸 듯한 바람이 불어왔다. 유리카의 머리에 물방울이 맺혀 구슬 장식처럼 반짝거렸다.

"얼마 후에 나는 그게 내가 갇혀 있는 유리벽이라는 걸 알았어. 사방이 막혀서 어디로도 빠져나갈 수 없는 유리로 된 방."

"갇혀 있었다고?"

"응."

"그래서 빠져나왔어?"

"아니……."

문득 지금도 우리 사이에 유리로 된 벽이 가로놓인 느낌이 들었다. 눈앞에 있는데 닿을 수 없다면 얼마나 고통스러운 느낌일까.

"오래 갇혀 있어야 할 것 같았어. 하나 다행스러운 건, 너를 계속 바라볼 수는 있다는 거였어. 너는 내가 거기에 있다는 것을 알고 있었나봐. 유리벽을 쓰다듬으면서 내 얼굴을 빤히 보고 있었거든. 떠나지도 않고."

"그래서 어떻게 되었는데?"

"그 뒤는 잘 기억이 안 나."

"아까 빠져나오지 못했다고 했잖아?"

"그건 그냥 느낌일 뿐이야. 어쩌면 내가 그 뒷일은 잊어버린 건지도 모르고. 꿈이잖아."

나는 한참 가만히 있다가 다시 물었다.

"그럼 깰 때는 어땠는데?"

"긴 시간이 흐른 듯했는데…… 아아, 잘 기억나지 않아. 시간일지 세월일지 모를 것이 흐르고…… 어느 순간, 나는 눈을 뜨고 낯선 기분으로 주위를 보고 있었어. 다 사라졌어야 할 것들이 그대로 남아 있는 기분이었어. 당연해야 할 것들은 사라져버리고…… 봉인에서 깨어나던 순간과 비슷했을까?"

유리카의 목소리가 그치자 사방이 적막해졌다. 어둠이 너무 크고 짙어서 아무리 소리치고 몸부림치더라도 무엇 하나 달라지지 않을 것 같은 생각이 든다. 나는 무력하다. 모든 일은 내가 손쓸 수 없는 곳으로 흘러갈 것만 같다.

"파비안, 손을 잡아 줄래?"

나는 노를 놓고 두 손을 내밀었다. 우리는 서로의 손을 맞잡았다.

내 입에서 무슨 말인가 흘러나왔다. 처음엔 온갖 단어들이 제멋대로 흘러나왔다. 알아들을 수 있는 말이 되기까지 한참이 걸렸다.

"따라갈 거야. 어디든, 네가 간다면…… 따라가…… 따라가서 되찾을 때까지…… 가지 말라고 할 수 없다면…… 그렇지만 꼭 가야 되는 거야?"

"가지 않아."

유리카가 내 눈을 보았다.

"유리벽 속에 갇혀 있더라도, 난 네 곁에 있어. 꼭 그렇게. 아무 데도 가지 않아. 한마디 말도, 손끝조차 닿지 않는다 해도, 나는 네가 있는 그 곳에 반드시 있어."

내 손을 잡은 유리카의 손에 힘이 들어갔다. 그녀는 약속한다. 나는 약속을 믿는다. 우린 왜 이렇게 많은 약속을 해야 할까. 그런 약속으로 잡아매어야 할 만큼, 왜 모든 것이 불안한 것일까.

나는 마지막 말을 되풀이했다.

"……반드시 있어."

잠시 후 내가 손을 놓자 유리카가 오랜만에 예전처럼 웃었다.

"나중 일을 걱정하는 건 쓸데없어. 준비만이 있을 뿐이지."

나는 다시 노를 저으려 했다. 그런데 두 번 젓기도 전에 턱, 하고 소리가 나더니 뭔가에 걸린 것처럼 노가 움직이지 않았다.

"뭐야?"

힘을 주어 다시 움직이려 했지만 노는 까딱도 하지 않았다. 배 안으로 당기려 해도 마찬가지였다. 한쪽 노만이라도 힘껏 당겨보려 했지만 덜컥, 하는 소리가 한 번 더 났을 뿐이었다.

"이거 뭔가에 꽉 잡혀 있는 것 같아."

"그럴 리가."

유리카가 램프로 한쪽 뱃전을 비추었다. 이어 주머니에 손을 넣더니 언제 넣어 두었는지 돌멩이를 하나 꺼내어 물에 빠뜨렸다. 퐁당, 그것이 끝이었다. 돌이 바닥에 닿는 소리는 나지 않았다.

"바닥이 얕아진 건 아닌 것 같아."

"그렇지만…… 이렇게…… 집게에 잡히기라도 한 것처럼…… 꼼짝도 않는걸."

노를 잡아당기고, 밀고, 누르고 온갖 방법으로 힘을 써봤지만 소용없었다. 마지막 수단으로 나는 램프를 들고 몸을 일으켰다.

"조심해. 배가 뒤집히겠어."

"셔벗 강을 건너면서 떨던 내가 아냐. 이진즈 강도 가보고, 항해하다가 풍랑도 만나 보셨단 말씀이야."

일부러 농담조로 말하며 좌우를 잘 디디고 섰다. 그런데 서고 보니 이상한 점이 느껴졌다. 왜 배가 흔들리지 않지?

"유리카, 뱃전을 잡고 흔들어 봐."

"그러다 넘어져."

"그게 아냐. 배가 안 움직여."

그제야 유리카는 뱃전을 번갈아 누르고 몸을 앞뒤로 움직여도 봤다. 그러나 배는 얼어붙기라도 한 것처럼 호수 한가운데 멈춰 있었다.

"뭐, 뭐지?"

몸이 떨리기 시작했다. 나는 램프를 내밀어 주위를 비춰보았다. 어디에도 검은 물 뿐, 바위 한 개도 보이지 않았다. 우리는 얼굴을 마주보았다. 누구 얼굴이 더 질려 있을까?

내 쪽이었다.

"파비안, 마음 다잡아."

유리카가 벌떡 일어나더니 배 가운데에 섰다. 그러더니 내게 손짓해서 자기와 등을 맞대고 서라고 했다. 무슨 생각인지 모르지만 일단 시키는 대로 했다. 내 등에 닿은 유리카의 몸이 가쁜 숨으로 요동치는 것이 느껴졌다.

"괜찮아?"

"그보다 앞으로 괜찮아야지."

유리카는 허공에 손을 내밀었다. 뭔가 받으려는, 아니 주려는 것처럼. 나는 검을 세워서 꽉 잡았다. 팽팽한 긴장감이 돌았다. 길지 않은 여행 동안 나 역시 예지가 조금은 생겨난 모양이다. 위기를 감지한 것은 머리가 아닌 몸이었다.

"쉿……."

사방이 고요했다. 그러나 귀를 기울이자 어디선가 미세한 울림 같은 것이 들려왔다.

"파비안, 정신 똑바로 차려. 사람을 홀리는 악령인 것 같아."

"홀리면 어떻게 되는데?"

"한 가지로 말할 순 없지만, 음, 악령의 노예들 기억나? 죽었는데도 다시 태어나거나 이스나에가 되지 못하고 저런 악령에게 붙잡혔기 때문에 그들을 악령의 노예라고 불러. 생명의 수레바퀴를 뛰어나온 자들이지."

그 말을 들으니 전신에 한기가 돌았다. 악령의 노예들? 절벽 위에서 베어 던졌던 그놈들처럼 된단 말이야?

"그 말고 다른 것도 많지만……."

유리카가 말꼬리를 끌다가 뚝 그쳤다. 다음 순간 나도 그녀가 말을 멈춘 이유를 깨달았다. 들렸다. 소리가, 아니 노래가.

아아아아아…… 아아…… 아아아…… 오오…… 오오오오…….

노래 같기도 하고, 흐느끼는 것도 같은 기묘한 소리였다. 처음엔 멀리서 들려왔지만 점차 가까워지며 커졌다. 유리카가 바라보는 쪽으로 다가오고 있었다. 높고 가는 여자의 목소리였다.

갑자기 숨이 가빠졌다. 유리카가 왼손을 내려 내 오른손을 꽉 잡았다. 잡고 있는데도 손이 떨렸다. 겁이 나서 그런 게 아니었다. 참으려 해도 온몸에 이는 전율을 주체할 수가 없었다.

유리카의 손바닥 위에 환한 빛의 덩어리가 생겨났다. 푸른 굴조개호에서 언젠가 보여줬던 것과 흡사한 빛이었다. 유리카는 빛을 그때처럼 호수 위로 날려 보냈다. 스무 걸음쯤 똑바로 날아가던 빛은 갑자기 뭔가에 삼켜진 것처럼 사라져 버렸다.

"악령. 집착과 저주에서 벗어나지 못하는 자들."

"무슨 말이야?"

유리카는 낮은 한숨을 내쉬더니 다시 어둠을 응시했다.

"이 호수는 너무 넓어서 세상의 변화가 닿지 않았구나."

무엇인지 몰라도 위험한 것만은 분명했다. 그러는 동안에도 떨리는 노랫소리는 점차 커지고 있었다. 이제는 일종의 언어로 변했다.

라나이 이르 리마 하쉬나이 프라바예로 딜카…… 렐리시 렐키시, 루
아타체로 휘르홀네이…….

언어라고는 하지만 전혀 알아들을 수가 없었다. 상대가 자연물이 아
니라 정말 의지를 가진 뭔가로 느껴져 섬뜩할 뿐이었다.
"무슨 뜻이야?"
"'들리는 것을 믿지 말고 발자국 소리에 미혹되지 말라. 흩어진 장난
감을 되풀이해 쌓으니.' 고대 이스나미르 어인데 북쪽 방언인 것 같
아."
그러고 보니 어쩐지 노르마크 어와 비슷하게 들렸다. 발음은 점차
뚜렷해졌다.

데를론 다 렐키라 렐키라 브웨나틸 파스키티 리엘라이데 이데…….

"'쌓아도 쌓아도 무너지는 궁전에 여인의 마음은 찢어진다.'"

다님사 알르그로엘 에 히키 나린데 프라브로 엠넨 에름나이 아뉘세
스고 뎀덴 안데로그 휠…….

"'혼례의 의복은 바래고 베일은 짓밟히고 더럽혀지니 눈물이 호수를
이루도록 끝나지 않는 부르짖음이여'."
푸른 안개가 감도는 호수 위로 두 목소리가 번갈아 메아리를 뿌렸

다. 내용 자체도 <u>으스스</u>했다. 유리카가 나를 돌아보며 말했다.

"고대인은 아닌 것 같아. 저 발음은 진짜 고대 이스나미르 어가 아니라 후세에 변형된 거야. 발음하기 좋도록, 이를테면 프랑드, 세르네즈, 모나드, 니스로엘드처럼. 생전에 옛날 책을 좋아했던 모양이지. 아니면 잘난 체를 좋아했거나. 전승자에게 직접 배우지 않고 고대 이스나미르 어의 발음을 익히는 것은 불가능해."

하긴 헤렐이나 유리카가 하던 말과는 달리 얼추 알아들을 수 있는 발음이긴 했다. 하지만 생전에 잘난 체를 했든, 옛날 책을 좋아했든, 문제는 저 쪽이 사람이 아니라는 거다. 대체 무슨 짓을 하려는 거지?

잠시 노랫소리가 멈춘 듯했다. 그때 유리카가 갑자기 고함을 내질렀다.

"······ ·· ·· ···· ··, ···· ·· ·· ····! ····, ···· ·· ·· ········ ····?"

와, 이거야말로 진짜 고대 이스나미르 어였다!

"너 방금 뭐라고 한 거야?"

"'엔제라드리안 외르 프레 멜헬디 엘디, 게이르 누렘 가인 그리드! 타츠이르, 델로키츠 파이 주르다이에벨 토카이에.' 해석하자면 '호수 속에서 잊혀진 여인이여, 네가 원하는 것이 무엇인가. 어떤가, 내 말을 알아듣는다면 대답해 보겠는가.'"

"어······."

나만 침묵한 것이 아니었다. 악령도 대답하지 않았다. 알아듣지 못한 건가?

시간이 흐를수록 정말 그런 것 같다는 생각이 들었다. 한참 만에 대답이 들려왔다.

카미사 다비헤 아룬드 에름······.

"그렇겠지. 하지만 끝은 곧 시작이야."

유리카는 다시 우리말로 대꾸했다. 하긴 상대는 우리말을 알고 있을 수밖에 없다. 아니라면 생전에 무슨 말을 하고 살았겠어?

대답이 들리기를 기다리고 있는데 갑자기 호수 위에서 하얀 불길이 펄쩍 뛰어오르는 것처럼 일어났다. 놀라 뒷걸음질을 칠 뻔했지만 여기가 배 위라는 사실을 깨닫고 황급히 멈춰 섰다. 흰 불길은 마치 들판에 번진 불처럼 호수 위를 달려 우리를 한 바퀴 휘감아버렸다. 우리는 고리처럼 타오르는 불길 속에 갇혔다.

"뭐, 뭐지?"

유리카는 여전히 침착했다.

"영의 불꽃. 흔히 귀신불이라고들 부르는 그거야."

"저렇게 큰데?"

"큰 귀신인가 보지."

말이 되나?

귀신인지 악령인지 몰라도 어쨌든 대화에는 흥미를 잃은 모양이었다. 나도 통역이 필요한 상황이 달갑지는 않았으니 그 의견에 적극 찬성이다. 그렇지만 다음에 뭘 할 것인가 하는 점은 전혀 다른 문제였다. 그런데 말이야, 저 불길로 된 고리가 점점 우리 쪽으로 다가오는 것 같은데…… 착각인가?

"파비안, 나를 뒤에서 꽉 안아 줘. 흔들리지 않게."

허리를 붙들자 유리카가 호흡을 가다듬는 것이 느껴졌다. 없는 기운을 쥐어짜는 것 같아 불안하기 이를 데 없었다. 내가 도울 수 있는 거라곤 유리카가 넘어지지 않도록 꽉 껴안아주는 것밖에 없었다.

"응…… 됐어."

그리고 섰을 때 문득 기묘한 음이 귀를 파고들었다. 언제부터 저런 소리가 난 거지? 현을 퉁기는 가느다란 소리가 높아졌다 낮아졌다 했다. 그러다가 사라졌다. 잠시 후 다시 들려왔는데 이번엔 확연히 하프 소리였다.

"파비안, 귀 기울이지 마. 들으면 안 돼."

그렇지만 들렸다.

처음엔 한밤중의 하프 소리가 으스스하게 느껴졌는데 점차 몸이 노곤해지면서 긴장이 풀렸다. 길지 않은 멜로디였지만 한 바퀴 돌고 그치는가 싶으면 다시 처음부터 반복되었다. 음이 빙글빙글 돌고 있는 느낌이었다.

그걸 듣고 있자니 세상 모든 일은 그저 되풀이될 뿐, 무엇도 바꿀 수 없으니 아무것도 할 필요가 없다는 생각이 들었다. 또 한 번 끝났다. 또 시작되려나?

"파비안!"

유리카의 목소리가 먼 곳에서 들려오는 듯했다. 그러니까…… 여긴 호수 위였어. 우리는 배를 타고 있었지. 그런데 왜 이렇게 서 있지? 우리가 뭘 하고 있었더라?

뭔가가 내 팔을 잡아챘다.

"파비안, 듣지 말라고 했잖아!"

막 풀어지려던 팔을 유리카가 잡아당기는 바람에 언뜻 정신이 들었다. 아주 가까운 곳에 하얀 빛의 고리가 보였다. 언제 이렇게 다가왔더라?

"유리……."

유리카를 걱정시킬 때가 아닌데. 내가 지켜줘야 하는데…….

다시 하프 소리가 귀를 파고들었다. 이상한 일이지만 그 소리가 점차 뜻을 가진 것으로, 일종의 언어처럼 변해갔다. 낯선 이야기가 머릿속에서 솟아났다. 마치 작은 사람이 내 머릿속에 들어와 말하기라도 하는 것 같다.

보내지 않아, 보내지 않아, 보내지 않아, 어디로든.
나를 따라와, 나를 따라와, 설마 날 버리진 않겠지?
약속했잖아, 약속했어, 반지는 지금도 내 손에 있어.

처음엔 작았던 목소리가 내가 귀를 기울이자 점차 커지더니 청각을 완전히 장악해버렸다. 하프 현처럼 떨리는 목소리가 호소하듯 높아졌다 낮아졌다 했다.

우린 하나가 될 거야. 누구의 방해도 없이.
짧은 죽음에서 깨어나면 영원히 함께일 테지.
난 두렵지 않아. 네가 내 손을 잡아주니까.
폭우가 쏟아지는 검은 호수도 두렵지 않아.

날 따라올 거지? 곧 다시 만나는 거지?
난 믿어. 네가 한 말이라면 뭐든지 믿어.
이 찬란한 혼례복도 결국 널 위한 것.
고통은 짧게 끝나고 행복은 영원하리라.

환희에 찬 달콤한 목소리가 흘렀다. 듣는 사람마저 행복감에 도취되는 기분이었다. 있는 듯 없는 듯 희미한 가락조차 하늘에서 내려온 듯 들렸다. 이제야 느낀 거지만 목소리는 소녀의 것이었다.

잠시 후 목소리는 슬픈 빛을 띠기 시작했다. 무겁게 끄는 음이 심장을 찔렀다.

왜 오지 않아? 나 언제까지 기다려야 해?
입술은 새파래지고 손도 발도 얼어붙었어.
왜 늦는 거야? 눈물까지 이렇게 얼었는데.
나, 너무 추워. 아무리 웅크려도 소용이 없어.

온 세상이 새파랗구나. 아침빛조차 파랗게 빛나.

젖은 머리가 애처로워라. 미풍에 날리던 날 눈에 선한데.

희망 없는 밤에 갇혀서 난 아직도 아이처럼 울고 있어.

영원보다 깊은 호수 바닥에서 네 신부가 기다리고 있어.


목소리에 깃든 힘이 내 감정을 쥐고 멋대로 흔들어댔다. 안타깝고, 불쌍하고, 화가 났다. 누가 약속을 지키지 않은 걸까? 왜 저렇게 내버려둔 거지?

목소리가 점차 높아지더니 이윽고 절규로 치달아갔다. 날카롭게 날이 선 외침을 견디기 힘들어 귀라도 막고 싶었지만, 그것조차 하지 못한 채 나는 그 조롱과 한탄을 고스란히 들어야만 했다. 나름대로 있던 운율도 뒤죽박죽이 돼버렸다.

가장 견디기 힘든 것은 점차 솟아올라 목소리를 지배해버린 원한과 분노였다. 뜨거운 손가락들이 공기를 움켜쥐고 찢어발기는 듯했다.


호수에 떠오른 내 모습이 어땠지? 약속을 어긴 자의 기분은 어떤 거야?

반지를 내 손에 돌려주며 흘린 가증스러운 눈물……. 벌떡 일어나 네 눈알을 뽑아버리고 싶었어. 알아?

하지만 내 몸은 굳어져 그럴 수 없었지. 그걸 알았으니 내 앞에 뻔뻔스럽게 나타났겠지.

너희가 혼인한 날은 내 장례식 다음날이라지? 그 손가락에 다시 새

*반지를 끼었다지?*

*날마다 너희의 불행을 미칠 듯 바라는 것 말고는 조금도 쓸모없는 긴 시간이 내 심장을 타들어가게 만들어!*

*이 차디찬 호수 바닥에서 흠뻑 젖어 끝나지 않는 세상을 저주하는 세월을 알아? 네가 그걸 알아?*

*네 목을 끊고 피를 마실 거야! 마지막 한 방울까지 빨아먹고 목을 늪에 던져버릴 거야! 갈가마귀들이 살점 한 덩어리라도 남기지 않는지 지켜볼 거야!*


침도 삼켜 보고 이도 악물어 봤지만 도무지 진정이 되지 않았다. 악령의 감정이 내 몸에 전이된 것처럼 와들와들 떨렸다. 우리 눈앞까지 다가온 불꽃의 고리에서 한 부분이 커다랗게 부풀어 올랐다. 어떻게 하려는 걸까. 네 원한을 우리에게 갚으려고?

그 순간이었다.

"사령(死靈)의 어긋난 힘은 근원으로 돌아가라!"

외침과 함께 검은 안개인지 덩어리인지 모를 것이 솟아올라 앞으로 뻗어나갔다. 힘의 근원은 유리카였다. 껴안은 몸이 가쁘게 요동치는 것이 느껴졌다. 두 힘은 허공에서 맞부딪쳤다.

치지지직!

번개가 떨어질 때처럼 불꽃이 튀더니 이윽고 우리 주위에 어두운 반구가 형성되었다. 그 위로 흰 불꽃이 미친 듯 튀는 것이 보였다. 저게 그냥 닿았으면 어찌 됐을까 생각하니 식은땀이 흘렀다. 그러나 유리카는 자조적인 웃음을 흘렸다.

"겨우 방어 따위라니……."

자신만만한 태도와 달리 유리카는 상태가 좋지 않았다. 옷 밖까지 땀이 배어나와 있었다.

"유리카, 너 이러다간……."

"괜찮아. 여기서 둘 다 죽어버리면 날 살려낼 수도 없는걸."

유리카는 싱긋 웃더니 덧붙였다.

"게다가 이쯤이야 집중도 필요 없는데 뭐. 몸의 일부처럼 익혔던 것들이야. 고위 아스테리온이라면 이 정도는 해야지."

유리카가 다시 손을 들어 올리자 오른손에서 길쭉한 빛이 생겨났다. 순식간에 길게 자라나더니 이윽고 노랗게 번쩍거리는 창이 되었다. 지금껏 이런 모습은 상상도 못 했다. 문득 이상하다는 생각이 들었다. 2백 년 전 이래로 유리카도 마법을 잃었다고 했는데 어째서 이 호수로 들어오니 갑자기 쓸 수 있게 되었지?

"그간 쌓인 지독한 원한이 저 악령의 자양분이 됐어. 세상에, 이스나에만큼 강한 힘을 쓰는 사령이라니. 이 세계에도 아직 놀랄 만한 일이 많은데."

유리카는 감탄한 것 같기는 했지만 자신없어하거나 겁내는 것과는 거리가 멀었다. 그런 그녀를 보며 새삼 그녀가 죽음의 무녀라는 사실을 실감했다. 유리카는 악령 따위를 두려워하지 않는다. 그녀 자신이 쓰는 힘이 바로 그들과 같은 근원을 갖고 있는 것이다.

"네 원한은 상대를 잃어버렸어. 내가 할 일은 그걸 풀 자리를 만들어

주는 것이겠지."

유리카가 말을 맺는 것과 동시에 창이 소리 없이 손을 떠났다. 빛의
창은 반구를 통과해 솟아오른 고리 밑을 꿰뚫었다. 그리고 녹아들어가
버렸다. 내가 혹시라도 실패한 것이 아닐까 싶어 눈을 커다랗게 뜨고
있을 때 비명이 터져 나왔다.


아아아아악!


창이 녹아 들어간 부분이 균열을 일으키며 끊어져버렸다. 남은 고리
는 잠시 꿈틀거리고 있다가 둥글게 뭉쳐졌다. 그러더니 다른 모습으로
변해갔다. 점차 갖춘 것은 사람의 모양새였다.

세찬 바람이 몰아쳤다. 이윽고 완벽한 사람의 모습을 이룬 영의 불
꽃은 정교함만큼이나 섬뜩한 두려움을 자아냈다. 앳된 얼굴, 물이 뚝뚝
떨어지는 머리카락, 축 늘어진 화환, 젖은 혼례복.

매서운 시선이 우리를 쏘아보았다. 두 손을 들어 올리자 다시 흰 불
꽃이 타올랐다. 불꽃이 커져갈수록 우리를 둘러싼 막이 공명을 일으켰
다. 막을 뚫고 들어올 작정인 모양이었다.

유리카가 외쳤다.

"그만두는 편이 나을걸! 영혼을 다 태우고 나면 돌아갈 곳조차 없어
진다는 것을 잊었어?"

들었는지 못 들었는지 불꽃은 악령의 손을 삼켜버리고 계속해서 커
졌다. 빛이 물처럼 방울져 흘렀다. 처음에 사람이 나타났듯, 이번엔 불

꽃 속에서 새의 형상이 나타났다.

그걸 본 유리카가 급히 눈을 감고 두 손을 모았다. 처음으로 유리카의 입에서 일종의 시동어가 흘러나왔다.

".............."

호수가 거품을 내며 끓어오르더니 그 자리에서 소용돌이가 생겨났다. 빙글빙글 돌던 물은 이윽고 거대한 용오름이 되어 머리 위로 용솟음쳤다. 유리카가 불꽃으로 이뤄진 새를 가리키며 외쳤다.

"들어올 테면 들어와 봐!"

물기둥이 유리카가 가리킨 방향으로 고개를 돌리더니 새를 향해 달려들었다. 그 순간 물기둥의 머리는 일종의 손 모양으로 변했다.

삐유우우룩!

움켜잡힌 새가 날카로운 울음소리를 내며 퍼덕거렸다. 동시에 어디선가 처음의 목소리가 튀어나왔다.

아, 안 돼!

"안 돼? 그럼 물러갈 테냐?"

눈앞에 떠 있던 인간의 형태가 허물어졌다. 흩어지기 시작하자 순식간에 눈 녹듯 사라져버렸다. 그러나 물기둥은 아직 새를 놓아주지 않았다. 날갯짓 소리, 비명 소리가 울릴수록 손아귀는 더욱 새를 세게 잡아눌렀다.

놓아 줘…….

유리카는 잠시 생각하는 기색이더니 말했다.

"오리안느? 그게 네 이름인가?"

그 이름이 입 밖에 나오는 것과 동시에 주위를 내리누르던 공기의 압력이 갑자기 사라졌다. 효과는 바로 나타났다.

"유리, 앉아!"

배를 단단히 묶어놓았던 힘마저 사라져버렸던 것이다. 그러니 조금 전처럼 배 위에서 멋대로 서 있을 수는 없었다.

"너도 얼른 앉아!"

배는 거의 뒤집힐 뻔하다가 간신히 중심을 잡았다. 처음처럼 자리를 잡고 앉은 우리는 마주보고 안도의 한숨을 내쉬었다. 그런데 어찌 된 건지 유리카는 웃고 있었다.

"버릇이란 참 신기한 거야."

"무슨 소리야?"

"내 입장에서는 마법을 안 쓴 지 반년 정도밖에 안 됐는데, 지금 같은 상황이 닥쳤을 때 마법을 쓰면 된다는 게 떠오르질 않잖아. 부상(浮上) 마법이든 뭐든 쓸 수 있었을 텐데."

그 사이 물기둥은 새를 놓아주었다. 새는 한 바퀴 날더니 캄캄한 하늘에 녹아들어간 것처럼 사라져버렸다. 그러자 물기둥도 호수로 되돌아갔다.

유리카가 다시 허공을 향해 말했다.

"이름뿐이라. 하긴 긴 세월 탓에 성은 잊었겠지. 네가 모르는 것을 내가 알아낼 재주는 없으니 네 내력을 알아낼 길은 영영 없을지도 모르겠구나."

그러자 어린아이처럼 심술궂은 목소리가 불쑥 튀어나왔다.

너는 누구야?

"나는 아스테리온, 죽음을 다루는 자야."

아스테리온?

유리카가 인상을 찌푸렸다.

"그만 네 나이로 돌아와서 이야기하지 그래? 나이에 안 맞는 흉내를 내니까 역겨워 죽겠어."

그렇게 말하는 순간, 본래 아무것도 보이지 않았는데도 불구하고 우리를 지켜보던 눈이 하나 사라진 기분이 들었다. 갑자기 주위가 텅 빈 듯하면서 숨쉬기가 편해졌다. 유리카가 어깨를 으쓱했다.

"쳇, 도망쳐 버렸어."

안도감이 들면서도 유리카가 너무 많은 일을 한 것 같아 걱정스러웠다. 유리카는 팔을 늘어뜨리고 잠시 허공을 올려다보았다.

"힘들지?"

"아니. 그런 건 아닌데 너무 오랜만이라……."

달크로즈로 돌아가면 나르디를 붙들고 실컷 자랑해야겠다는 생각이 떠올랐다. 요즘 세상에 이런 구경을 한 사람은 내가 유일한 게 아닐까? 엘다렌한테도…… 참, 엘다렌도 2백 년 전에서 왔는데 내가 뭔 생각을 하는 거람. 어쨌든 나르디는 분명히 아쉬워할 거다. 물론 정말로 일이 잘 풀려 돌아가게 된다면 말이지만.

유리카가 말했다.

"배가 움직이는 것 같지 않니?"

"글쎄?"

정말이었다. 노를 젓지도 않았는데 배가 어디론가 움직이고 있었다. 손을 물에 넣어보니 확실히 알 수 있었다.

"도대체 어디로 가는 거야, 이거?"

유리카는 의외로 태평한 반응을 보였다.

"한번 그대로 둬 볼까?"

그런데 호수에도 해류 같은 게 있던가?

슬슬 속도도 느낄 수 있을 정도가 되었다. 나는 혹시라도 아까 같은 수상쩍은 것이 나타나지 않을까 싶어 주위를 두리번거렸다.

"조금 편하게 가볼까?"

유리카가 종이접기라도 하듯 손바닥을 접었다 폈다 하더니 동그란 불빛을 몇 개 만들어 허공에 띄웠다. 불빛들은 뱃전에 매달리기라도 한 것처럼 배가 움직이는 대로 따라왔다. 주위를 보기가 한결 쉬워졌다. 호수에 불빛 그림자가 어른거리는 것이 몽환적인 분위기를 자아냈다.

"여기서라도 마법이 되는 걸 알았으니까 구경이라도 해두라고."

유리카는 빛을 받아 한결 파리한 얼굴로 웃어보였다. 다행히 만들어 놓은 불빛을 유지하느라 힘을 써야 하는 건 아니라고 했다. 나도 슬슬 긴장을 풀고 흘러가는 대로 배를 맡겼다. 수면에 나뭇잎 몇 개가 떠가는 것이 눈에 띄었지만 한 개 집어보기도 전에 흘러가버렸다. 배가 생각보다 빠른 모양이었다. 그런데 나뭇잎이 돌아다니는 건 근처에 섬이라도 있다는 뜻이 아닐까?

"그런데 왜 여긴 마법이 남아 있는 걸까?"

"스노이 때문일 거야."

'스노이'라는 이름은 우리가 만나러 가는 사람에 대해 내가 유일하게 알고 있는 정보였다. 그 외에는 아무것도 듣지 못했다. 그는 세상에 알려지기를 싫어하니 내가 그에 대해 아무것도 모르는 편이 오히려 호의를 얻기 쉽다는 것이다. 그리고 만나지 못한다면 더더욱 그에 대한 건 몰라야 된다고 했다.

"스노이도 마법사야?"

"마법사이긴 하지만, 아니 마법사라기보다는…… 글쎄다."

유리카는 옛날 생각을 하는 듯 빙그레 웃었다. 무슨 생각이 저렇게 재미있나 모르겠다.

어쨌든 유리카나 엘다렌이 아는 사람이 지금까지 살아있는 거라면 뭔가 특별한 능력을 지닌 사람임에 틀림없었다. 어쩌면 우리가 만나러 가는 건 그 사람의 자손들일지도 모르겠다. 그렇다면 그들은 사라진 에디에르나의 약사 가문쯤 되는 걸까? 불사약이라도 만들어서 지금까지 살고 있는 건 아닐까? 만약 진짜 그런 약이 있다면 유리카의 독쯤은 아무엇도 아니겠지?

이렇듯 온갖 상상을 하는 동안, 우리가 탄 배는 꿈에나 나올 법한 풍경을 스쳐갔다. 정말 호수 하나가 넓긴 넓다. 웬만한 도시들보다, 심지어 한 카운티만큼이나 넓다는 아라스탄에 대해 주변 마을 사람들도 많은 건 알지 못했다. 건너본 사람도, 깊이 들어가 본 사람도 없었다.

'영혼의 눈동자' 라는 뜻을 가진 아리스탄 호수로는 위트비 산맥에서 발원한 아라스타니아 강이 흘러들지만 이만한 호수의 수원으로 보기에는 수량이 터무니없이 적었다. 따라서 지하에서 솟아난 모양이라고들 이야기했다. 아라스탄에서 흘러나가 아르나 강과 합쳐지는 강의 이름은 프레안데로, '호수의 눈물' 이라는 이름을 갖고 있었다.

호수 안에는 섬들이 많다고 했다. 하지만 대부분의 섬은 우리가 들어온 남쪽이 아니라 북쪽에 모여 있었다. 그래서 그 부근을 칼리엔 다 아이에, '섬들의 바다' 라고 부른다고 했다.

"그럴듯한 이름인데?"

"옛날에 한 번 본 적이 있는데, 푸른 호수에 흰 조약돌들을 뿌려 놓은 것 같은 풍경이야. 구경하러 오는 사람도 꽤 많대."

하지만 우리가 이 배를 타고 칼리엔 다 아이에가 있는 곳까지 갈 가능성은 별로 없어 보였다. 무엇보다 지금 배가 가는 방향도 모르겠고 말이다. 밤은 얼마나 깊은 걸까?

"내 생각엔 이 배가 스노이가 있는 섬까지 가줄 것 같아. 스노이의 집안사람들은 이런 식으로 숨어 있는 걸 좋아했거든. 스노이의 할아버지도 그랬어. 아니, 그땐 더 나빴어. 산 속에 숨어 있었다고 하거든. 그것도 엄청나게 험한 산이었대. 하긴 대륙에서 가장 넓은 호수에서 섬 하나 찾는 것도 만만치 않나?"

유리카가 반말을 좋아한다는 것은 전부터 잘 알고 있었지만, 자기 몸의 독을 없애 줄 대단한 현자를 놓고도 존경심은커녕 친구 얘기를 하듯 한다니까.

"어쨌든 호수 안에 얼마나 많은 섬이 있는지는 모른단 얘기지?"

"구석구석 탐험한 사람이 아무도 없다고 하니까. 쉽사리 지도가 나올 정도로 만만한 크기가 아냐. 이 호수에선 폭풍우도 일어난대."

폭풍우라니, 무슨 바다냐?

속으로 투덜대고 있는데 유리카는 점점 기분이 좋아지는지 내 팔을 살짝 치면서 말했다.

"노래라도 불러볼래?"

"노래?"

유리카가 정말로 듣겠다는 것처럼 빤히 쳐다보고 있어서 나는 당황했다. 내가 아는 노래가 뭐가 있더라?

아, 하나 생각났다.

"구원 기사단의 장례 노래를 내가 밤새 듣다 보니 외웠는데……."

"장난하지 마, 파비안."

유리카가 곱게 눈을 흘겼다. 그 모습이 예전과 너무나 같아서 마음한 구석이 아렸다. 유리카와 나, 그리고 주아니까지 셋이서만 여행하던 때 유리카는 활기가 넘쳤고 나보다도 빨리 말을 달렸지…….

내가 생각에 잠겨 있자 유리카가 재촉했다.

"뭐해? 장례식 노래는 안 돼. 난 아직 안 죽었단 말이야."

"당연히 부를 생각도 없었어!"

장난으로라도 그런 노래를 입 밖에 낼 내가 아니다. 하지만 한참이나 멋진 노래를 궁리해 봐도 마땅한 것이 없었다. 이런 분위기에 맞는 노래는 아주 조금뿐인 모양이었다.

"네가 안 하면 내가 할까?"

그러고 보면 유리카는 자기가 노래를 부르고 싶었던 건지도 모르겠다.

"나야 물론 네 노래 쪽이 훨씬 듣고 싶지."

"뭐, 네가 그렇게까지 말한다면야 할 수 없지."

유리카는 턱을 쳐들며 노래할 준비를 했다. 장난스럽게 허세를 부리는 모습도 사랑스럽다.


영혼의 눈동자여, 그대 호수여, 너무 아름답지 마오.
그대 아름다움에 취한 생명들을 쉬이 취하지 마오.
그대 손짓과 눈빛에 헛되이 다가드는 손을 붙들어
시간이 흐르지 않는 땅, 그대 품속으로 데려가지 마오.


아, 사랑하던 어린아이여, 아마빛 고수머리 갸웃거리니
무심하여라 천진한 발걸음, 어찌 그리 가벼이 옮기었나.
미소 띤 얼굴 갸웃이 기울여 물 깊은 곳을 들여다보니
어찌 알았으랴 한 걸음 너머, 돌아오지 못할 땅이었을 줄이야.

*호수여, 내 소년을 삼키고도 그대는 무심히 아름다우니*
*잔인한 공주여, 그대 호수여, 그득한 메마른 눈물이여*
*밤마다 꿈마다 푸른 안개 속 또 헤매어도 만나지 못해*
*마르지 않는 눈물 긴 곡조 노래가 되어 이리도 흐르오.*

청아한 목소리가 퍼져나갔다. 노래는 내용만큼이나 구슬픈 곡조였다. 내가 넋을 놓고 귀를 기울이는 동안에도 흰 마법의 등불로 장식된 낡은 배는 호수 위를 끝없이 흘러갔다. 노래 속 소년은 아들이었을까? 아니면 어린 시절의 연인이었을까?

아까 만났던 악령이 흐르지 않는 시간을 저주하던 목소리가 떠올랐다. 이토록 크고 깊고 알 수 없는 호수, 여기에 서린 원혼이 이리도 많구나.

"영혼의 눈동자여, 그대 호수여⋯⋯."

저도 모르게 따라 중얼거리고 있는데, 내가 앉은 뱃전 쪽에서 쿵, 하는 소리가 울렸다. 유리카가 노래를 그치고 나를 보았다.

"벌써 도착한 걸까?"

유리카가 손을 젓자, 마법 등불 하나가 소리가 난 쪽으로 날아왔다. 빛에 의지해 수면을 내려다보며 손을 넣고 휘저어 보았다. 뭔가 손에 걸려 만져보았다. 둥그스름하게 깎인 바위였다.

"정말 도착했나봐."

# 2. 미망의 나라

"이 섬도 꽤 큰가 본데?"

나는 머리 위를 뒤덮은 거대한 양치류 숲을 올려다보며 어깨를 움츠렸다. 커다란 잎사귀들이 잇대어져 지붕이라도 되는 것처럼 하늘을 다 가리고 있었다. 지붕 곳곳에 구멍이 나지 않았다면 정말 빛도 못 볼 뻔 했다.

날아올라 주위를 비추는 유리카의 마법 빛들은 큰 반딧불들이 비행하는 것처럼 보였다. 양치식물들도 내가 알던 고사리 같은 것보다 몇 배는 컸기 때문에 그런 식으로 반딧불과 숲이라고 보니 대강 비율이 맞아 들어갔다.

"그런데 어떻게 이 섬에 있을 거라고 믿는담?"

"아니면 다른 데로 가봐야지 뭐. 또 아니면 또 딴 데 가보고, 또 아니면……."

이것 봐, 유리카. 이건 네가 죽고 사는 문제란 말이야. 좀 진지해져 봐. 아무리 죽음의 무녀라도 이건 좀 심하잖아.

"제발 여기 있어야 되는데."

발에 휘감기는 덩굴을 걷어내고 군데군데 패인 물구덩이를 피하며 조심스럽게 걸었다. 얼마 전에 비가 내렸는지 섬의 공기는 후텁지근했다. 호수 안에 있는 섬인데, 마치 바다에서 발견한 무인도처럼 고립된 기분이었다. 하긴, 여기 아무도 안 산다면 호수였든 바다였든 무인도는 무인도지.

엷은 새벽빛이 양치류 지붕 틈으로 새어들어 오기 시작했다. 뺨을 비껴간 햇빛이 제법 따끔하다. 오늘은 꽤 더울 것 같다.

해가 뜨고 나서 잠깐 눈을 붙였다가 일어났다. 개울가를 발견해 세수를 하고 준비한 식량을 조금 먹었다. 유리카가 마법 등불을 언제 없앴는지 잘 기억이 안 난다. 어느새 우리는 양치류 숲 속 깊이 들어와 있었다.

유리카는 검은 겉옷을 벗고 팔 없는 셔츠와 바지 차림이 되었다. 겉옷은 요령껏 허리에 동여맸다. 땀으로 반들거리는 팔에서 은팔찌가 반짝거렸다.

"덥고 힘들지만 시간이 별로 없으니까."

"서두르자."

숲은 갈수록 빽빽해졌다. 켈라드리안에서 페어리 여왕을 만나러 가던 때가 떠오른다. 그때도 숲을 헤치고 숨차게 가느라 땀도 많이 흘렸는데. 하지만 지금하고는 근본적으로 다른 게, 그땐 겨울이었단 말이다!

파비안느 아룬드에 이러고 걷자니 땀으로 목욕을 할 지경이었다. 거대한 식물들 탓인지 바람도 거의 없었다.

"온천 가에 온 것 같네."

나는 온천이라는 것의 근처에도 가본 일이 없는 터라, 대꾸할 말이 없었다. 유리카는 갈수록 눈에 띄게 탈진해 갔다. 나는 결국 걸음을 멈췄다. 유리카가 나를 돌아봤다.

"왜 그래?"

"잠깐만 쉬자."

네가 여기서 탈진해서 쓰러져 버리면 병을 고칠 수 있는 현자고 뭐고 다 소용없다고.

나는 유리카가 대꾸하기도 전에 땅바닥에 털썩 주저앉았다. 마침 커다란 나무 아래라 볕 정도는 가려 주었다. 유리카는 물끄러미 나를 바라봤지만, 결국 내 쪽으로 와 앉더니 양치류 둥치에 맥없이 기댔다.

"물 좀 마셔."

나는 물주머니를 열어 유리카의 입술에 물을 부어 주었다.

"나 이래서 어떻게 계속 가지?"

유리카가 맥 빠진 표정으로 웃어 보였다. 해가 중천에 떠오르려면 아직 멀었다. 나는 뺨을 움직이며 약간 웃으려 했으나 결국 그것도 포기해버렸다. 사실 더위라면 추운 지방에서 자란 내가 더 타는 편이다.

주저앉아서 올려다보는 나뭇잎 사이의 하늘은 몹시도 파랬다.

"이 섬의 식물들은 굉장히 잎이 크네."

나는 어깨를 움츠렸다.

"지금이 겨울이었다면 좋았을 거야. 저 두꺼운 잎으로 둘둘 말고 자면 노숙도 문제없었을 텐데. 내가 겨울에 노숙하던 데는 하늘은 뻥 뚫렸고, 사방에 굴러다니는 가랑잎 하나도 안 보이는 허허벌판이었단 말씀이야. 도무지 세상은 균형이 안 맞는다니까."

"겨울엔 이 잎들도 다 떨어져 버릴지 모르지."

그러고서 한동안 말이 오가지 않았다. 쉬는 것만으로도 지쳐서 말할 기운도 나지 않았다.

내가 뭘 바라보고 있었는지도 모르겠다. 그저 멍하니 생각에 잠겨서 시선을 아무 데나 뒀을 뿐이었다. 머릿속에서는 쓸모없는 생각들만이 꼬리를 물며 빙글빙글 돌았다. 그래서일까, 저 너머에서 뭔가가 움직인다는 사실을 깨달은 건 한참 만이었다.

피곤한 와중에도 유리카가 나보다 먼저 수상한 낌새를 챘다. 그녀가 발끝을 조금만 움직여 내 발을 툭툭 쳤다.

"저길 봐봐. 뭐가 있어."

정말이었다. 숲에서 뭔가가 걸어 나오고 있었다.

사람이었다.

"어어……."

그 사람이 우리 앞에 와서 설 때까지 나는 어찌할 바를 몰랐다. 상대는 짧은 원피스를 입은 어린 소녀였다.

얼마 동안 소녀도, 또 우리도 서로를 멀뚱히 바라보았다. 이런 데서 뭘 하고 있느냐고 물어도 양쪽 다 대꾸할 말이 없을 것 같다. 소녀는 연갈색 머리를 곱게 빗어 내렸고, 이런 데서 마주친 소녀라고는 믿기 힘들 정도로 리본이 달린 귀여운 원피스에 하얀 앞치마까지 하고 있었다. 발은 맨발이었지만, 줄곧 그랬다면 분명히 생겼을 법한 상처나 굳은살도 없었다. 방금 양말에서 꺼낸 것처럼 하얀 발로 진흙투성이 웅덩이를 밟고 우리를 쳐다보고 있을 뿐이었다.

이윽고 소녀는 한쪽에 뻗어 나온 굵은 나무뿌리로 다가가 걸터앉았다. 옷을 더럽힐까봐 조심하는 기미도 없었다. 그런데도 소녀의 옷은 갓 세탁한 것처럼 깨끗했다.

하늘에서 떨어지기라도 한 거 아냐?

"저…… 누구시죠?"

너무 이상한 기분이 든 나머지 존댓말이 튀어나왔다. 소녀는 고개를 조금 움직였을 뿐 아무 대꾸도 하지 않았다.

"……."

그만 갈까 싶기도 했지만, 혹시 길을 잃은 애라면 이렇게 그냥 두고 갈 수는 없다는 생각이 들어 소녀 앞으로 다가갔다. 소녀는 경계하는 눈초리로 나를 바라보았다.

"길 잃어버렸니? 물 마실래?"

내가 내민 물주머니를 한참 쳐다보던 소녀는 이윽고 그걸 받아들고 마셔보려 했다. 그러나 이런 주머니에 든 물을 마셔본 적이 없었는지 서투르게 만지다가 그만 입 안에 몇 모금 넣어보기도 전에 반은 엎지르고 말았다.

"저런!"

내가 물주머니를 얼른 받아들자 소녀가 발딱 일어나 치마에 쏟아진 물을 탁탁 털었다. 물방울이 앞치마 위를 굴러 떨어졌다. 소녀는 다시 나무뿌리 위에 앉았는데 앞치마 위에 모은 작은 손에서 이상한 것이 눈에 띄었다. 반지였다. 어울리지 않게 굉장히 큰, 그것도 투박한 회색 돌로 만든 반지였다.

"⋯⋯."

그 다음엔 어떻게 해야 할지 몰라 나는 엉거주춤하고 서 있었다. 뭐라도 물어봐야 하나? 부모는 어디 있느냐고? 그보다 왜 이런 데 있느냐 하는 것부터?

소녀는 나를 더 이상 쳐다보지 않았다. 나는 곤란해져서 유리카를 돌아봤다. 그런데 유리카의 눈빛이 아까와 사뭇 달랐다. 무언가를 보고 있었는데, 그저 보는 것이 아니라 뭔가를 꿰뚫어보려는 눈빛이었다. 나는 흠칫해서 내 곁의 소녀를 봤다.

그리고 둘의 시선이 맞닿아 있다는 것을 알았다.

유리카가 천천히 손을 들어 올렸다. 그러자 소녀는 위협당한 짐승처럼 재빨리 몸을 웅크렸다. 나무뿌리 위로 무릎을 올리고 등을 동그랗게 말았다. 그러나 시선은 거두지 않았다. 오므린 양팔 사이로 자기를 보는 유리카를 놓치지 않고 보고 있었다.

유리카가 말했다.

"또 도망가려고 온 거야?"

소녀가 입을 벌렸다. 뭐라고 대꾸하려는 듯했다. 그런데 목소리가 나오는 순간 나는 그 자리에 주저앉을 만큼 놀랐다.

아니야.

사방에서 수많은 입이 한꺼번에 말하는 듯한 목소리다. 그리고 그런 목소리는 바로…….

허겁지겁 물러나려다가 나까지 물주머니를 엎지를 뻔했다. 간신히 네댓 걸음을 물러나 손을 검 자루에 댔다. 그러면서도 머릿속에서는 혼란이 멈추지 않았다. 악령인데, 틀림없는 그 목소리인데, 살아있는 사람과 똑같은 모습으로 저렇게 나타나다니?

유리카가 말했다.

"오리안느. 네가 여기 온 이유를 알겠다."

소녀는 여전히 웅크린 채 경계하는 눈초리로 유리카를 쏘아볼 뿐이었다. 치마 끝에 달린 리본이 바르르 떨렸다. 유리카가 천천히 일어섰다. 소녀는 움찔 물러나려 했지만, 실제로 물러나지는 않았다.

한 걸음, 또 한 걸음 다가오던 유리카가 멈춰 섰다. 둘의 거리는 이제 다섯 걸음 정도였다.

"그만 쉬고 싶지?"

대답은 없었다. 그러나 유리카는 대답을 듣기라도 한 것처럼 고개를 끄덕거렸다. 소녀도 도망치지 않았다. 그러고 보면 그때 도망치고도 도로 우릴 찾아온 것은 소녀 쪽이었다. 그녀가 우리에게 바라는 것이 뭘까?

"오리안느, 미움을 잊을 수 있어? 원망을 지울 수 있어?"

난 못해……. 나는 그를 너무 오래 미워했어…….

대낮의 태양 아래 듣는 그 목소리는 한밤중에 듣는 것보다 오히려 낯설었다. 고통스런 꿈에 갇혀 헤어나지 못하는 느낌과도 비슷했다. 나는 더웠던 것도 잊어버렸다. 무더운 양치류 숲의 공기가 서늘하고 무겁게 가라앉았다.

유리카가 다시 오리안느를 불렀다. 겁에 질린 어린아이를 달래는 것처럼 가만가만 물었다.

"지금 어디로 가려고 했어?"

엄마한테…… 아빠한테…….

"어디 계신데?"

저기…… 숲을 건너가면 우리 집이 있어. 아주 예쁜 집…… 꽃도 키우고 강아지도 있고, 엄마는 안느에게 줄 맛있는 케이크를 구워서…….

오리안느의 목소리를 듣는데 머릿속에서 마치 마술처럼 그 집의 풍경이 떠올랐다. 실체 없는 옛집의 기억이 목소리를 통해 고스란히 옮겨오기라도 한 것 같았다. 호기심 가득한 눈동자를 굴리며 돌아다니는 작은 오리안느의 모습도 그 안에 있었다.

아침이면 난 혼자 숲으로 산책하러 와. 초록 잎, 노란 꽃, 투명한 이슬…… 난 친구를 만나고……. 점심을 먹을 때가 되면 엄마가 나를 찾으러 와. 부드러운 목소리로 내 이름을 불러. 안느, 안느…….

그 순간 휘장을 찢어내는 듯한 유리카의 목소리가 울렸다.

"그렇지만 네 엄마 아빠는 옛날에 죽고 없잖아!"

그와 동시에 내 눈앞의 백일몽도 산산이 부서졌다. 주위의 소음과 더위가 돌아왔다. 오리안느는 말을 뚝 그쳤다. 큰 눈망울에 눈물이 글썽했다. 살아있는 어린아이처럼 마음이 상해 부풀어 오른 볼을 보자 나는 그녀가 유령이라는 것도 잊고 위로해주고 싶은 마음이 불쑥 들었다. 그러나 유리카는 다시 매정스럽게 소리 질렀다.

"아무것도 없잖아! 너는 죽었고, 애증을 끊지 못해 가련하게 부유하는 타락한 영에 불과하잖아!"

오리안느의 눈에서 눈물이 몇 방울 떨어졌다. 그러나 소리는 나지 않았다. 움직이지도 않았다. 다시 눈물 한 방울이 진흙 웅덩이에 떨어져 파문을 일으켰다. 눈에는 새 눈물이 맺혔다.

"유리카, 저 소녀는 도대체 어떻게 된……."

내가 말을 다 잇기도 전에 유리카가 말했다.

"기억에 사로잡힌 악령. 수많은 악령들 중 가장 돌려보내기 힘든 종류가 바로 저런 영이야."

"기억에 사로잡혔다고?"

"자기가 기억하고 싶은 순간에 스스로를 가둔 거야. 저런 영들은 주위에서 몇 번이고 일깨워 줘도 어느새 자기 세상으로 돌아가 버려. 사실 오리안느는 결혼을 앞둔 때, 처녀의 나이로 죽었어. 그렇지만 저렇게 자기가 기억하는 가장 행복한 시절, 어린 소녀의 모습으로 환영의 대낮을 돌아다니는 거야. 그러다가 밤이 되면 슬픔과 악의를 처음 느꼈던 순간으로 돌아가서 호수 위를 떠돌며 죄 없는 사람들을 죽였겠지.”

그 말이 맞았다. 유리카가 아스테리온이 아니었다면 어젯밤에 우리도 죽었을 것이다. 연인에 대한 저주 때문에 흐르지 않는 시간을 살아온 그녀는 자신이 어떤 존재가 되었는지 알고 있을까?

오리안느는 눈물을 그쳤다. 그러나 몸을 펴지도 않고 진흙 웅덩이에 고인 물을 가만히 내려다봤다. 흙탕물이긴 해도 흙이 가라앉도록 기다리고 있으면 파란 하늘이 한 조각쯤은 비쳤다. 주위에는 그런 물웅덩이들이 흩어져 있어 저마다 부서진 거울들처럼 하늘, 구름, 양치류들을 품고 흔들리고 있었다.

“그들은 죽었어.”

오리안느가 대답하지 않자 유리카가 되풀이했다.

“그들은 죽었어. 부모, 친구들, 네가 살았던 마을의 모든 사람들, 그리고 너를 배신한 애인도 죽었어.”

죽지 않았어!

갑자기 쇳소리에 가까운 외침이 쟁쟁하게 울렸다. 웅덩이에 내려앉았던 잠자리 한 마리가 황망히 날아갔다.

유리카는 냉정하게 대꾸했다.

"죽지 않았으면? 그럼 어디 있는데? 내게 보여줘 봐!"

그들이 죽었다면, 왜…… 나는…… 아직도…… 이토록…… 고통스럽지?

오리안느의 목소리가 드디어 소녀에서 벗어나 성숙한 여자의 것으로 변했다. 고개를 돌려 보니 오리안느는 나무뿌리에서 발을 내리고 앉은 스물 가량의 처녀로 변해 있었다. 호수에서 보았던 것처럼 긴 혼례복을 입고 젖은 화환을 쓴 모습으로.

변하지 않은 것은 돌로 된 반지뿐이었다. 반지는 여전히 어울리지 않는 투박한 모습으로 가느다란 손가락에 끼워져 있었다.

"네가 고통스러운 이유를 말해 줄까?"

유리카가 한 발 앞으로 나섰다. 오리안느는 나무뿌리에서 일어섰다. 벌레 소리가 아련히 들리는 기묘한 숲 속에서 두 사람이 마주 섰다. 그러나 오리안느의 머리와 옷은 호수에서 방금 솟아오른 것처럼 흠뻑 젖어 있었고, 파랗게 언 입술에서 쉴 새 없이 물방울이 흘러내렸다.

내가 왜 고통스럽지?

오리안느는 유리카보다 훌쩍 큰 키였다. 가까이에서 본 그녀는 치기와 상냥함이 뒤섞인, 그러나 여전히 앳된 얼굴이었다.

"그건 세상 사람 모두의 마음속에서 죽은 그 사람이 네 마음속에서만 뻔뻔스럽게 살아있기 때문이지! 죽은 사람은 묻히고, 잊혀지게 되어 있어. 왜 너만 그 사람을 애써 살려내지?"

오리안느의 목소리가 고통스럽게 갈라졌다.

난 살려내지 않았어! 난, 난…… 그가…… 죽기만을…… 밤낮으로 기도해 왔어! 흐르지 않는 시간 속에서…… 오직 그와 그를 앗아간 여자가 고통스럽게 죽기만을 기도해 왔었지!

"그럼 죽여!"

유리카가 다시 한 발 앞으로 나섰다. 혹시 생길지도 모르는 상황에 대비해 방어할 준비도 갖추었다. 그러나 오리안느는 그런 것은 안중에도 없어 보였다.

죽일 거야! 죽일 거야! 잔인하고 고통스럽게, 괴로워하는 얼굴을 보면서 서서히 죽일 거야! 거짓을 말한 혀를 뽑고, 나를 바라보던 눈알을 파내고, 내게 반지를 끼워준 손가락들을 잘라낼 거야! 손톱을 뽑아내고 피를 모조리 말려버릴 테다! 한 조각 살점까지 찢어내서 삼켜버리고 말 거야!

"그래, 죽이라니까!"

분노 탓일까, 저절로 주먹에 힘이 들어갔다. 물인지 눈물인지 모를 물을 흘리고 있는 오리안느의 핏발선 눈은 광기로 번들거렸다. 경계는 하고 있을 테지만 유리카는 너무 가까이 다가섰다. 팽팽한 긴장감이 흘렀다. 어디선가 풀벌레가 한가롭게 우는 소리가 들려왔다.

유리카의 이마에 땀이 송골송골 맺혔다.

"고통을 받아온 건 네 쪽이야! 너를 고통스럽게 서서히 죽이고 있는 것은 그 사람이라고! 죽여서 없애 버려! 피를 말리든, 눈알을 파내든, 죽여 버리고 다시 행복해지란 말이야! 그까짓 거짓말밖에 모르는 파렴치한 것들이 너와 무슨 상관이지? 그까짓 썩어 문드러진 것들이 너와 무슨 상관이지? 엄마, 아빠가 사랑하는 상냥한 안느를 불행하게 할 권리 따윈 없는 것들, 그것들을 모조리 쫓아내 버리란 말이야! 네 속에서 쫓아내! 잘라내고 죽여 버려!"

나, 나도 그러고 싶어! 그러고 싶어!

상처 입은 오리안느의 목소리가 텅 빈 숲을 뒤덮었다. 숲 한쪽에서 새들이 푸드덕대며 날아올랐다.

유리카는 더 말하지 않았다. 대신 손을 내밀었다.

"이리 줘."

떨고 있는 오리안느의 푸른 입술이 조금씩 달싹였다. 그러나 망설이고 있었다.

"이리 줘. 그게 없으면 너는 편안해질 수 있어. 겁이 나겠지만, 이제 평화로운 곳으로 가서 새 삶을 시작하는 거야. 그걸 내놓지 않으면 다음 생에서까지 너는 지금의 기억으로 고통받게 돼.”

오리안느는 두 손을 꼭 움켜쥐었다. 겁먹은 눈동자가 도움을 청하듯 허공을 훑었다.

정말…… 아무 일도 없었던 상태로 돌아갈 수 있는 거야? 정말 그런 거야?

갑자기 소녀로 돌아온 목소리에 나는 눈을 비비고 오리안느가 있던 곳을 보았다. 젖은 드레스의 처녀는 온데간데없었고, 노란 리본을 나풀나풀 날리는 소녀가 다시 나무뿌리 위에 앉아 있었다. 그러나 그 얼굴에도 눈물을 흘린 흔적은 완연했다.

“그렇고말고. 나는 아스테리온이야. 그걸 원하는 거라면 넌 상대를 잘 만난 거야.”

죽음의 무녀 아스테리온인가…….

소녀가 천천히 고개를 끄덕였다. 유리카가 손을 다시 내밀었다. 소녀의 손이 움찔, 떨리더니 가까이 왔다. 소녀가 소중하게 꼭 쥔 것은 돌로 된 반지였다.

약속하는 거지?

"그래. 이제 고통은 없어."

짧은 순간, 둘의 손이 닿았다. 반지가 건네어졌다. 회색으로 바랜 저 반지는 본래 저렇게 돌로 만들어진 물건이었던 걸까?

"잘 했어. 이제 다 끝날 거야."

죽음을 앞두었다는 두려움 때문에 오리안느의 얼굴이 그늘졌다. 한 번 죽었지만 그건 굉장히 오래된 일일 테고, 그러고도 생전의 기억을 갖고 있었으니 반은 죽지 않은 거나 마찬가지였다. 그러나 이제 영원한 망각의 세계로 가려는 그녀는 한 번 더 완전무결한 죽음을 앞두고 있었다.

오리안느의 입술이 달싹거렸다.


히르켈…….


배신의 기억과 고통스럽게 견뎌온 세월에도 불구하고, 죽음의 문턱에 서자 다시 연인을 떠올리는 것일까.

돌 반지를 쥔 유리카는 손가락을 세워 큰 동그라미를 그렸다. 손가락을 따라 빛으로 된 고리가 생겨났다. 완성된 고리 안으로 반지를 쥔 손을 내밀었다. 엄지와 검지로 쥐자 반지는 오리안느에게도 똑똑히 보였다.

"후회는 없어. 돌아간다."

이제 침착한 얼굴이 된 오리안느가 마지막으로 말했다.

방울 소리를 조심해.

"뭐라고?"

까닭 모르는 내가 되물었으나 오리안느는 더 이상 설명하지 않았다. 유리카는 아무래도 좋다는 듯 고개를 끄덕였다.

"알았어, 조심할게."

고민에 빠진 나는 아랑곳 않고 유리카는 눈을 감더니 입속으로 뭔가를 중얼거렸다.

". . . . . . . . . . . . . . . . . . . . . ."

고개를 숙이고 눈을 감은 작은 소녀를 보자 나를 죽일 뻔했던 상대인데도 측은한 마음이 솟아났다. 유리카는 주문을 그치고 눈을 뜨더니 긴 시간 속박되어 있던 오리안느를 향해 마지막으로 말했다.

"그럼, 안녕."

오리안느의 몸이 희미해지더니, 그녀를 이루던 색깔들이 물감처럼 뒤섞이다가 다시 투명한 빛으로 변해 빛의 고리 속으로 빨려들어 갔다. 안녕이라는 말을 할 틈도 없이, 고통받던 소녀는 한순간에 사라져 버렸다.

"다음번엔 생전의 인생을 더 아름답게 해봐."

유리카가 한숨처럼 중얼거린 말을 나도 들었다. 그녀의 손바닥 위엔 싸늘한 돌 반지 하나가 방금 겪은 일이 꿈이 아니라는 것을 증명하듯 놓여 있었다. 그러나 다시 잡는 순간 반지는 재로 만든 것처럼 바스러졌다. 유리카의 손가락 사이로 돌가루가 흘러내리고, 반지는 여름 속으로 사라져 버렸다.

"유리, 괜찮니?"

유리카는 창백해진 얼굴에 땀을 비 오듯 흘리고 있었다.

"응."

전혀 괜찮아 보이지 않았다. 나는 다가가 등을 내밀었다.

"업자."

"또?"

나는 검지를 세워 보였다.

"너, 고집 부리다가 죽은 다음에 나한테 혼나고 싶어?"

"……후훗, 아니. 아니야."

숲은 언제 끝날지 모르는 길을 수없이 엮어 보여주었다. 모퉁이를 돌면 또다시 고사리의 숲, 나무 뒤엔 나무, 같은 하늘과 같은 햇빛과…….

그러나 내 안에서는 뭔가가 달라졌다. 아까처럼 기진맥진하지도 않았다. 나눠 갖지 못한 사랑의 결과로 긴 세월 시간의 틈새에 갇혀 있던 사람을 보고나니, 사랑하는 사람을 위해 할 수 있는 일이 있을 때 후회 없이 해야 한다는 생각이 들었다. 지금이 그런 때였다. 지금껏 내가 불행하다고만 생각했는데, 나는 적어도 노력이라도 할 수 있는 축복을 누리고 있었다.

"이제 오리안느는 어떻게 되는 거야?"

"다시 태어나리란 것 말고는 나도 알 수 있는 것이 없어."

등에 업힌 유리카의 목소리가 착 가라앉아 있었다.

"처음에는 왜 저렇게 됐을까?"

"글쎄, 내가 약간 들여다본 바에 의하면……."

유리카는 저렇게 떠도는 영의 경우 어느 정도 상대의 기억을 들여다 볼 수 있다고 했다.

내게 보여줬던 대로 행복한 소녀 시절을 보낸 오리안느는 어려서 숲에서 만나 비밀 이야기를 속삭이던 친구와 커서도 서로 깊이 사랑한다고 믿고 있었다. 남자의 이름은 히르켈일 것이다. 둘 사이에 있었던 일을 다 알 수는 없지만 둘은 주위의 축복을 받지 못했던 모양이고, 맺어지는 것이 불가능하다는 생각이 들자 어려서 숲과 호수가 속삭여줬던 극단적인 방법을 택하기로 결심했다. 비밀스러운 결혼식, 숨겨진 마법의 의식. 그들은 사랑하는 연인이 의식을 행하고 이레 안에 둘 다 호수에 몸을 던지면 다시 이레 만에 처음처럼 되살아날 수 있다고 믿었다. 그걸 해낸다면 누구도 그들의 사랑을 방해할 수 없으리라고 생각한 둘은 약속을 했다.

"그래서 오리안느가 먼저 호수에 빠진 거야?"

"노래에서 들었잖아. 호수 밑바닥에서 기다리고 있는 신부. 왜 자신에게 오지 않느냐고, 너무 춥고 기다리기 힘들다고 했지."

그러니까 남자는 죽음이 두려워 배신을 했구나.

"하지만 너무 무모한 방법을 택한 것 아냐?"

"그게 문제가 아니지."

유리카의 어조는 옛날 이야기하는 사람의 그것을 닮아 있었다.

"문제는 남자가 동의를 했으면서 오리안느를 버리고 다른 여자와 결혼을 했다는 거야. 처음부터 불가능한 일이라고 생각했다면 동의하면 안 되잖아? 아니, 어쩌면 남자는 이미 다른 여자를 사랑하고 있었고, 속임수를 써서 걸림돌인 오리안느를 없애려 했던 것인지도 모르지. 사람들은 며칠이 지나 오리안느의 시체를 건졌어. 의식과 약속은 깨어졌고, 되살아날 길은 완전히 막혀버린 거야."

나는 씁쓸하게 입맛을 다셨다.

"그것 참, 뭐라고 해야 할지……."

"오리안느의 절망과 저주가 이해가 가. 무모했을지 몰라도, 상대를 믿고 약속한 일에서 버림을 받았어. 그것도 어려서부터 수없이 약속을 나눴던 연인으로부터."

"그래도 오리안느의 저주는 섬뜩하던걸. 원한이 지독했나봐."

"그래서 그 저주는 효과가 있었지."

"뭐, 정말?"

나는 깜짝 놀라 걸음을 멈추었다. 유리카가 조용히 웃었다.

"히르켈과 부인은 행복하지 못했던 듯해. 자세히는 몰라도 요절한 것만은 확실하게 느껴졌어. 그게 오리안느의 저주 때문이었는지는 알 수 없지만."

나는 고개를 흔들며 다시 걸음을 떼 놓았다.

"근데 이게 도대체 언제 얘기야?"

"글쎄……."

"마법이 있던 시대의 이야기야?"

등 뒤에서 유리카가 고개를 갸웃거렸다.

"그걸 잘 모르겠어. 처음에는 내 나이보다 적을 거라고 생각했는데,

다시 잘 들여다보니 많은 것도 같고, 하여간 확실하지 않아. 워낙 생명에서 멀리 벗어난 데다 기억도 뒤죽박죽이어서 손대기가 어려웠거든."

"그런 걸 어떻게 그렇게 쉽게 되돌려 보냈어?"

"오리안느가 원했으니까. 처음부터 그럴 생각으로 나를 찾아왔던 거야. 호수에서 만났을 때 내게 그런 능력이 있다는 것을 알아본 거지."

"그런 거였나……."

"오리안느는 너무 오래 고통받았어. 지나치게 길었지. 제대로 기억하는 거라곤 자기 이름하고 연인의 이름 정도밖에 없었을 거야. 뚜렷한 건 원한과 저주뿐이지. 어린 시절의 단편 약간이랑……. 부모의 이름도 모르는 듯했고, 여긴 그녀의 고향도 아니었어. 고향이 어딘지도 기억하지 못하더라고. 그래서 더더욱 어느 시대 사람인지 알아낼 수가 없었어. 아무리 들여다봐도 안이 다 삭아 텅 비어 있는걸."

이야기를 들으며 걷는 동안 물구덩이와 진흙투성이였던 바닥이 점차 단단해졌다. 숲을 빠져나온 것일까?

악령은 가장 행복했던 시절의 모습으로 영영 살아가려고 했다. 밤이 되면 호수를 떠돌며 희생자를 찾아다니고, 낮에는 소녀가 되어 숲을 걸으며 허망하게 흐른 시간을 되돌려보려 했겠지. 저렇게 걷다 보면 어느 순간 나무 사이로 집이 나타나고, 엄마 아빠가 손을 벌려 맞아주는 그런 시절로 갈 수 있다고 믿었을까? 사랑의 고통이 없던 그곳으로…….

나는 오리안느가 사라지는 것을 보고 슬픔을 느꼈지만, 실상 다른 죽음도 비슷한 게 아닐까? 그녀는 기억조차 거의 잃었지만, 사람이란 본래 어느 정도는 잊는 것이 있잖아? 만약 아주 오래 살면서 계속해서 잊고 또 잊고 하다보면 자신에 대한 것도 잊을지 모르지. 그러면 살아 있다는 것이 무슨 의미가 있담.

어쩌면 영영 죽지 않는다는 것은 생각보다 불편한 일인지도 모르겠 군…….

숲이 끝났다.

이미 저녁녘이었다. 나는 빠져나온 숲을 돌아보았다. 덥고 끈적끈적 하고 다시는 오고 싶지 않은, 마치 온천 같은―여길 빠져나오는 동안 온천이 어떤 곳인지 대충 설명을 들어 알았다. 뜨거운 호수라니 분명 생지옥이겠지?―양치류 숲. 그렇지만 배로 돌아가려면 저길 다시 뚫고 가야 할 텐데.

쳇, 배를 다른 데 대는 건데.

유리카는 아까 전부터 잠이 들었다. 오랜만에 권능을 쓴 탓에 누가 업어 가도 모를 정도로 곯아떨어졌다. 하긴 지금도 내가 업어가고 있지 만.

그런데 숲을 빠져나오자마자 나는 당황해서 멈춰 섰다. 눈앞에 다 부서진 문이 나타났던 것이다.

"문?"

대답할 유리카는 잠들어 있었다. 두 손은 그녀를 업고 있었기 때문 에 발로 가볍게 밀었다. 빗장도 떨어지고 나무도 썩어 문드러진 터라 문짝은 별 소리도 없이 떨어져 나갔다. 풀썩 올라온 나무 먼지가 가라앉기를 기다려 문지방을 넘었다.

그런 다음 나는 더욱 당황스러운 상황에 봉착했다.

문지방을 넘은 자세 그대로 한참 동안 입을 벌리고 있었다. 내가 꿈을 꾸는 건 아닌가 싶어 몇 번이고 머리를 흔들어 봤지만 소용없었다.

"마을이잖아?"

손이 없어서 눈을 비빌 수 없는 것이 유감이었다. 나는 뒤를 돌아보았다. 부서진 문 너머로 내가 지나온 양치류 숲 자락이 보였다. 들어와보고 안 거지만 굳이 문을 통할 필요는 없었다. 문 주위엔 담이나 벽 따위도 없었고, 문만 덩그러니 숲과 마을 사이에 서 있었다.

거참, 이런 곳에도 마을이 있다니.

놀라움이 가라앉고 나자 나쁜 일은 아니라는 생각이 들었다. 폐허에 가까워 보이는 마을이긴 하지만 몇 명이라도 살아가고 있다면 뭘 물어볼 수도 있겠지. 우리가 찾는 사람에 대해 뭔가 알고 있을지도 모르잖아.

해거름의 묽은 햇살이 물들인 마을은 드워프의 수도 파하잔을 연상시켰다. 거기도 저렇게 붉은 먼지로 휩싸여 있었는데. 하지만 그땐 나르디도, 엘다렌도, 주아니도 함께 있었지.

저만치 대로가 뻗어 있었고 길 양쪽으로 집들이 늘어선 것이 보였다. 그런데 내가 들어온 문 앞에는 이상하게도 아무것도 없었다. 좌우로 황무지와 지평선이 펼쳐져 있을 뿐, 마을은 문에서 몇십 걸음은 간 곳부터 갑자기 시작되고 있었다.

어쨌든 열심히 발을 놀려 마을로 갔다. 대낮에 귀신과 실랑이를 벌인 터라 살아있는 사람을 좀 만나두는 편이 내 정신 건강을 위해서라도 좋을 듯싶었다.

걷자니 바닥에서 누르스름한 먼지가 일어났다. 진흙이 엉겨 붙은 장화가 금세 마른 먼지로 뒤덮였다. 방금 통과한 숲과 마을 안의 토질은 대조적으로 달랐다. 저 양치류 숲을 개간해서 마을을 세운 거라면 처음에는 고생 좀 했겠는데.

대로는 마차 세 대가 나란히 지나갈 수 있을 정도로 넓었다. 좌우로 늘어선 집들을 살펴보며 걸었다. 다 떨어진 나무 문짝, 덜렁거리는 창틀, 먼지가 몇 층으로 쌓인 계단, 비비꼬여 말라죽은 나무와 금방이라도 쓰러질 것 같은 기둥…….

아무도 살지 않는 건가? 사람들이 버리고 떠난 마을일지도 모른다. 나는 목청을 높여 소리쳤다.

"누구 안 계세요!"

아무도 대답하지 않았다. 마른 바람 한 줄기가 발치를 스쳐갈 뿐이었다.

좀 더 걸었다. 서쪽 하늘에 걸린 해가 물속에서 보는 것처럼 흐물흐물해 보였다. 하늘에는 붉은 구름들이 점점이 흩어져 불길할 정도로 찬란한 빛을 뿜어냈다.

물속을 걷듯 다리가 점차 무거워졌다. 피곤해서 그런가? 누런 흙바닥에 내가 남긴 발자국들이 이어지고 흐려지고 지워졌다. 사방에 안개인지 먼지인지 모를 뭔가가 떠다니고 있어서 시야도 희미했고, 더 먼

곳은 공기 속으로 녹아버리기라도 한 것처럼 뿌옇게 보였다. 머리 위에서 하얀 마법의 달, 천공의 소녀 파비안느가 유일하게 선명한 백열광을 내뿜고 있었다.

어느 집의 모양도 한결같았다. 사람이 사는 흔적이라고는 없었다. 빨랫줄에 걸린 빨래는 새카맣게 변해 걸레로도 쓸 수 없을 것처럼 보였고, 방치된 손수레는 바퀴의 살이 다 부러져 한참 보고서야 무엇인지 알아봤다. 부서진 것, 썩어 들어간 것, 무엇인지 모를 것, 버려진 것……. 모든 것은 흙으로 변해 가고 있었다.

한 차례 바람이 불자 먼지가 날려 숨조차 쉴 수 없었다.

"에취! 에취!"

유령처럼 늘어선 집들을 곁눈으로 의식하며 계속 나아갔다. 가끔 외치는 것도 잊지 않았다.

"혹시 누구 없어요?"

"아무도 없어요?"

메아리조차 돌아오지 않았다. 이 마을은 비어 있다는 단순한 느낌 이상으로 고요했다. 아무리 소리를 지르고 별짓을 다 해봐도 곧 다시 묻혀버릴, 무겁고 오래된 침묵이 내리누르고 있었다.

오른쪽에서 나타난 어느 집 앞에 커다란 통들이 쌓여 있는 것이 보였다. 뭘 파는 가게였을까? 한때 간판이 달려 있었을 철 가로대에는 낡아빠진 쇠고리뿐이었다.

얼마 가지 않아 나는 계속 같은 곳을 헤매고 있다는 착각에 사로잡혔다. 똑바로 걷기만 했고 갈림길이나 모퉁이도 없었는데. 끝없이 일직선으로만 된 미로도 있을까? 그게 가능할까? 뒤를 돌아보아도 지금까지 걸어온 것과 똑같고, 앞으로 펼쳐진 길도 똑같다.

자꾸 혼미해지는 정신을 다잡으며 계속 걸어갔다. 죽은 것처럼 잠든 유리카를 업고, 잘 움직이지 않는 다리로 걷고 또 걸었다. 점차 내가 꿈을 꾸고 있는 것인지 현실 속을 걷고 있는 것인지 헷갈렸다. 발이 휘청거렸지만 유리카가 떨어질까 싶어 몸을 추슬렀다. 이 길이 언제 끝나지. 그만 이 마을을 나갔으면 좋겠는데.

이럴 때 주아니라도 있다면 얼마나 좋았을까.

"쉴 곳이 없을까?"

듣는 사람이라도 있는 것처럼 소리 내어 중얼거려 봤다. 다시 뒤를 돌아보니 내가 지나온 자취가 보였다. 발자국도 아니고, 마치 달팽이가 기어간 자국처럼 희미했다. 그것조차 사라지는 중이었다.

더 소리쳐 볼 이유를 잃은 나는 묵묵히 걸었다. 적당해 보이는 집이 나타나면 잠시 유리카를 눕히고 휴식을 취해 볼까 생각 중이었다. 하지만 괜찮은 집을 고를 수가 없었다. 어느 집이든 귀신이라도 나올 것 같은 현관과 뚫린 동공처럼 시커먼 창문들 때문에 발을 들여놓을 엄두가 안 났다. 그래도 한때 사람이 살도록 만들었던 건데 노숙보다는 낫지 않을까? 하지만 어느 집이건 여기 들어가야겠다, 하고 생각하며 자세히 보면 결국 주위의 모든 집들 중 가장 나쁜 것처럼 보인단 말이야.

이런 식으로는 마을을 벗어나 버리겠다.

아무 데서나 발길을 멈췄다. 가장 가까운 집을 살펴보고 있는데 귓전에 이상한 소리가 스쳤다.

딸랑. 딸랑.

움직임을 멈추고 귀를 기울였지만 다시 들리지는 않았다. 잘못 들었나 하고 두 걸음쯤 옮겨놓는데 또다시 들렸다. 딸그랑, 딸랑, 딸랑.

이게 무슨 소리지? 염소 목에 매다는 방울?

딸랑…….

아까보다 소리가 커졌다. 뭔가 다가오나?

다가가려던 집을 등지고 섰다. 무심코 한 걸음 물러서는데 뒤꿈치에 썩은 나무가 밟혀 부스러졌다. 얼마나 속까지 썩었는지 부서지면서 소리도 안 났다. 잘 구운 쿠키를 하나 밟았대도 저것보다는 실감나게 부서지겠다.

계단 위로 한 걸음 올라섰다. 불안감이 일어났다. 이유는 몰랐다. 다시 귀를 기울였다. 딸랑, 딸랑, 딸랑, 딸랑.

마차가 다가오고 있나? 아니면 고양이라도?

단편적인 상상을 하다가 갑자기 어떤 말이 번개처럼 머리를 치고 지나갔다. 방울 소리!

도망칠 틈이 없었다. 허겁지겁 뒷걸음으로 계단을 오르다가 현관에 부딪혔고, 썩은 문이 부서져 뒤로 넘어갔다. 목이 막힐 만큼 먼지가 올라왔지만 그런 것에 신경 쓸 틈이 없었다. 뭔가 다가오고 있어!

다각다각다각다각다각…….

말발굽 소리였다. 점차 빨라지더니 방울 소리를 지워버리고 사방을 덮쳐왔다. 한 마리였지만 거대한 말일 것이 틀림없었다. 발굽 소리가 둔중했다. 바로 앞까지 왔다.

다가닥, 다가닥, 다가닥, 다가닥!

썩은 문짝을 밟고 들어갔다. 풀썩 부서지는 느낌으로 보아 문짝 한 가운데 발 모양으로 자국이 생겼을 것만 같다. 집이 깨끗한지 아닌지 살필 겨를도 없었다. 어두운 구석에 유리카를 내려놓았다. 유리카는 전혀 깨어나는 기색이 없었다. 그 곁에 배낭을 내려놨다.

해가 거의 떨어져서 창으로 들어오는 빛은 유리카의 얼굴조차 제대로 비추지 못할 정도로 약했다. 나는 검을 꼬나 잡고 현관 앞으로 달려가 섰다.

따각! 따각! 따각! 따각!

날카로운 발굽 소리가 고요에 익숙해져 있던 내 귀를 깨진 종소리처럼 찔렀다. 귀를 막을 사이도 없었다. 폭풍처럼 상황이 휘몰아쳐 왔다. 기사다!

상대는 하나인데도, 앞에 나설 엄두가 안 났다. 이상한 일이었다. 발은 바닥에 못질된 것처럼 꼼짝도 안 했다. 그저 검 자루를 땀이 흥건할 정도로 꽉 움켜쥐었을 뿐이었다.

새카만 말과 검은 옷, 검은 망토, 검은 갑옷까지 갖춘 기사였다. 그는 다가왔던 것과 같이, 순식간에 대지를 쪼개놓고 사라지는 우레처럼 가 버렸다. 나는 눈을 번연히 뜬 채 그 광경을 보았다. 쇠 징처럼 울리던 말발굽 소리가 사라지자 마지막으로 남은 소리가 있었다. 딸랑…… 딸랑…… 딸랑…….

내가 본 게 뭐였지? 기사라고? 그것만이 아니었는데?

어떤 선명한 인상이 감각 속에 각인을 남겨놓았다. 검은 말, 검은 기사, 그 이상의 것이 있었는데? 그나저나 이 버려진 도시에 기사라고?

일단 다시 집안으로 들어갔다. 어둠이 오기 전에 쉴 곳을 찾아내어야 했다. 하지만 생각할수록 이상했다. 아까까지만 해도 누구 없냐고 소리치던 내가 왜 뛰어나가 내 존재를 알리지 않고 숨었지?

그 기사는 어쩌면 이 도시의 유일한 생존자인지도 모른다. 난 나가서 그를 불렀어야 했다. 그런 다음 처음 생각했던 것들을 물어봤어야 했다. 그가 나를 공격했을까? 그럴 이유는 없잖아?

"유리카……."

유리카는 조금 뒤척이는 듯했으나 여전히 깨어나지 않았다. 아까 숲에서 깊은 잠이 들지도 모른다고 하긴 했지만, 정말 이대로 내일까지 자는 걸까?

어쨌든 다시 유리카를 업고 서둘러 그 집을 나왔다. 다른 집이라고 더 나을 것이라는 보장은 없는데, 그 집에서만은 머물고 싶지 않았다. 오히려 도망치고 싶었다. 왜지?

그 기사가 나를 보았을지도 모르니까…….

"……."

나는 계단을 내려가다가 멈춰 섰다. 왜 나는 그 기사를 피하려고만 하지? 이성적으로 생각하면 그럴 필요가 없는데, 본능은 왜 그를 피하라고 외치는 거지?

이럴 땐 어느 쪽이든 강한 주장을 하는 쪽을 따라가는 것이 상책이었다. 나는 서둘러 대로를 걸었다. 어서 이 길을 빠져나가고 싶었다. 뛰다시피 걸었다. 대로 너머에 무언가 나타날 때까지.

그게 점차 확실한 형체를 드러냈을 즈음 나는 멈추어 섰다. 높이 솟은 그것을 올려다보았다. 저택인가? 아니면 성?

"유리, 어떻게 생각해? 우리 저기로 들어가 볼까?"

잠든 유리카가 대답할 리 없지만 말을 거는 편이 어쩐지 편했다. 눈앞의 것은 성이라고 하기엔 작고, 저택이라고 하기엔 모양이 성에 가까웠다. 기껏 탑과 회랑밖에 없다고 해도 말이다. 크기는 파하잔에서 본 엘다렌의 집보다 조금 클 정도였다.

문은 닫혀 있었다.

"흠, 크흠, 누구 계세요?"

아까처럼 큰 소리는 못 냈다. 대답은 없었다. 다른 집들과 마찬가지로 비어 있는 것이 틀림없었다. 문은 열려 있을까?

끼이이익…….

이 문은 지금까지 본 문들과는 달리 부서져 넘어지지 않았다. 나무 곯히는 소리만을 내며 내 키의 약 두 배, 그러니까 말을 타고 드나들 수 있는 크기의 대문이 양쪽으로 열렸다.

들어가면서 문에 달린 쇠고리를 만져봤지만 역시 떨어지거나 하지는 않았다. 이 마을에서 손을 대도 멀쩡한 것과 마주치니 신기한 생각까지 들었다. 문 안쪽에는 회랑이 까마득히 뻗어 있었다. 아니, 사실은 캄캄한 나머지 그 너머가 잘 보이지 않았다.

"어둡지?"

나는 혼잣말 대신 유리카에게 말을 걸면서 램프를 꺼냈다. 귀찮은 씨름 끝에 불을 붙이고 안으로 들어섰다.

"저길 봐. 응접실인가?"

가장 먼저 나타난 것은 돌로 지은 큰 방이었다. 먼지가 없다는 것이 특기할 만했다. 먼지가 될 만한 물건이 없어서 그런가? 돌로 된 둥근 천장과 기둥, 궁륭에는 차가운 기운이 서려 있었다. 하지만 낡지는 않았다. 무너질 기미도 없어 보였다.

벽에서 튀어나온 횃불대가 몇 개 있었고, 돌로 된 탁자 위에도 빛바랜 촛대가 놓여 있었다. 의자도 두 개 있었다. 그 위에 짐만 일단 내려놓고, 검을 꼬나 잡고는 조금 더 들어가 보기로 했다. 물론 유리카를 혼자 놓아두고 갈 생각은 전혀 없었다. 나는 짐을 내려놓고 조금 가벼워진 몸으로 그녀를 다시 업었다. 앞에는 아치형으로 뚫린 문이 세 개 있었다. 그중 오른쪽 통로를 택했다.

"이 여름에 추위라니……."

집안을 돌아다니다 보니 온몸에 한기가 돌았다. 돌로 지은 집은 본래 여름에도 시원한 편이지만, 이 집은 사람이 없어서인지 생각보다 정도가 심했다. 그러니 하룻밤 보내기에 좋은 장소라고는 할 수 없었다.

내가 택한 통로는 테라스로 이어졌다. 잠깐, 테라스?

테라스 끝까지 가서 아래를 내려다보았다. 예상한 대로 테라스 너머에는 바라볼 만한 풍경이 없었다. 아니, 그게 전부가 아니었다. 이 테라스는 위치가 지나치게 낮았다. 1층에 만든 테라스라니, 도대체 무슨 용도지?

달크로즈 성을 생각한다면, 이 집이 절벽 꼭대기에 있을 경우 1층에 테라스가 있는 것도 쓸모가 있겠다. 하지만 이 집의 테라스는 어린아이라 하더라도 훌쩍 난간을 뛰어넘어 마당으로 나갈 수 있을 정도여서 현관의 일종이나 다를 바 없었다.

나는 어깨를 으쓱하고 돌아섰다. 내가 집 짓는 사람도 아닌데 테라스쯤이야 어디 있든 무슨 상관이겠어. 다시 돌아와서 이번에는 두 번째 통로로 가 보았다.

"이쪽이 집 안쪽으로 들어가는 덴가 봐."

대답하지 않는 유리카에게 말하는 것이 어느새 버릇이 되었다. 이쪽 길은 넓기도 하고 좌우에 다른 통로도 보였다. 일단 끝까지 가보니 문이 하나 나타났다. 고리를 잡아 돌렸다. 침실인가?

장식 없는 휘장이 드리워진 나무 침대 위에 하얀 시트가 깔려 있었다. 그런데 마치 어제 깐 것처럼 깨끗해서 놀랐다. 그 외에는 작은 탁자와 창이 있고, 한쪽 구석에 초상화가 걸려 있었다.

"여기 살았던 사람이겠지?"

나는 램프를 들고 그림을 이리저리 비춰 보았다. 젊은 여인이었고, 별로 화려한 차림새는 아니었다. 귀족 가문의 여자들은 초상화를 그릴 때 있는 보석 없는 보석 총동원해서 몽땅 끼고 걸고 한다던데. 다시 말해 나중에 그림을 보게 될 방문자들에게 재력을 과시하는 용도로 쓰이기도 하는 것이 이 초상화라는 물건이었다.

그렇게 생각하면 이 집의 여주인은 부자는 못 되었던 모양이었다. 손가락에 반지 한 개, 목에도 간소한 목걸이 하나가 다였다. 그리고 보면 마을도 그리 커 보이지 않는데, 이 집의 주인은 마을의 영주쯤 되었던 건지도 모른다. 아니지, 이런 정도를 영주라고 부르긴 뭣하고 기껏

해야 기사령 정도?

그림 속의 부인이 청초하고 아름답긴 했지만 이것도 화가의 마술일지 몰랐다. 하다못해 예쁘게라도 그려달라고 돈을 좀 얹어줬던 건지도 몰라. 나는 상인 특유의 의심을 발휘하면서 방을 물러 나왔다. 부득이 하면 이 방을 유리카의 침실로 빌려야겠다는 생각을 하면서.

멋대로 응접실이라고 이름 붙인 방으로 되돌아온 나는 마지막 통로로 걸음을 옮겼다. 이번에 들어간 곳은 일종의 서재였다.

"책은 몇 권 안 되네."

벽을 둘러싼 책꽂이는 텅텅 비어 있었다. 나는 가운데 놓인 나무 탁자로 눈길을 돌렸다. 거기에 책이 한 권 펼쳐져 있었다.

"음……."

겉장을 들춰 보니 '히와칸 웅스트, 격언 Ⅷ'라고 적힌 붉은 글씨가 보였다. 가죽 장정은 바랬고 제본된 모서리도 낡아서 너덜너덜했다. 나는 펼쳐져 있던 페이지를 들여다보았다.


죽음. 그대는 의심하는가? 무엇을?

죽음은 되돌아오지 않는 것을 뜻한다. 그러나 되돌아오는 것들 중에는 죽은 자들도 섞여 있다.

죽음은 끝인가? 그렇지 않다. 죽은 자들 중에는 몇 번이고 되돌아오는 자들보다 더욱 오래 사는 자들이 있다. 비록 흔한 일은 아니지만, 어떤 자들의 기억은 죽음과 생명의 수레바퀴를 벗어나 세상의 영속성만큼이나 끈질기게 살아남기도 한다. 하나의 기억이 온 곳을 잃어버리고 갈 곳을 잊으며 세계와의 연결이 끊어진 뒤에도 홀로 빛을 발하는 경우, 그의 영혼은 비록 그가 간절히 죽음을 바란다 해도 쉬이 수레바퀴 속으로 되돌아오지는 못한다……

무슨 소린지 통 알 수가 없었다. 내가 보기엔 똑같은 단어를 쓸 때마다 다른 뜻으로 쓰는 게 문제였다. 저렇게 일부러 못 알아먹도록 쓰는 데는 무슨 이유라도 있는 모양이지?

나는 책을 포기하고 테이블에 놓인 다른 것으로 시선을 돌렸다. 강철로 만들어진 검은 투구였는데, 오랫동안 사람의 손이 닿지 않은 게 확실했다. 술이 듬성듬성하게 빠진 데다 끝도 닳았고, 면갑은 이음매가 뻑뻑하게 굳어 올라가지도 않았다.

투구를 보고 있자니 뻥 뚫린 눈동자가 나를 빤히 보는 느낌이 든다. 착각인 건 알지만 그리 유쾌한 기분은 아니었다. 투구를 다시 내려놓았다. 서재는 옛날에 사라졌을 주인 따위는 잊었다는 것처럼 무심하게 그 자리에 있을 뿐이었다. 오래 있고 싶은 방이 아니었다.

처음의 방으로 돌아온 나는 짐을 주섬주섬 챙겨 들었다. 그중 깨끗해 보이던 침실에 유리카를 눕히고 잠깐 눈이라도 붙여 볼 생각이었다.

침실로 와서는 문을 열어 놓을까 꽉 닫아버릴까 조금 고심했다. 열어 놓으려 해도 불안했고, 닫으려고 해도 안심이 되지 않았다. 결국은 닫는 쪽을 택했지만 아무래도 기분이 석연치 않아 문 사이에 나무토막을 하나 괴어 놓았다.

침대에 유리카를 눕힌 뒤 얼굴을 들여다보았다. 여전히 깨어나지 않았다. 내일 아침에는 눈을 뜨겠지. 녹색 눈을 보면 유리카가 아직 살아

있다는 것을, 그리고 내가 살아있다는 것도 실감할 수 있겠지.

대체 나는 얼마나 이상한 땅에 온 걸까?

"잘 자."

짐을 한쪽으로 밀어놓고 검을 내려놓은 뒤 석벽에 기대앉았다. 망토는 유리카에게 덮어줘 버렸다. 나야 뭐 건강하니까. 그렇긴 해도 좀 춥긴 하다. 지쳐서 식욕도 없고 해서 물주머니에서 물만 조금 내어 마셨다.

달크로즈 성을 떠난 게 아득한 옛 일 같다.

"……."

눈을 감자 오래된 기억이 떠올랐다. 따지고 보면 그렇게 오래된 것도 아니었다. 한때 내 세계의 전부였던 큰사슴 잡화, 항상 뭔가로 얼룩진 앞치마를 두르고 가게 안에 서 계시던 어머니, 친절하던 에렌트 형이나 짓궂은 악동이던 게퍼 쿠멘츠, 그런 기억들이 떠올라왔다. 험준한 산맥이었지만 내게는 포근해 보이던 하얀 산맥 봉우리들과 반짝이던 녹색 호수, 그릴라드 고개에서 내려다본 초콜릿 색깔 지붕들의 모습도 뒤이어 눈앞을 스쳐갔다.

지금 생각하면 사슴 잡화점 아들 게퍼를 왜 그렇게 미워했는지 모르겠다. 이유야 기억이 나는데 절실하지가 않다고 할까. 사실 지금 생각으로는 그냥 아무것도 아닌 것만 같다. 그런 것이 싸울 이유가 되나? 시시한 수작이었을 뿐인데.

반면 하르얀이 품고 있던 증오, 또는 호수의 오리안느가 변심한 애인을 향해 뇌까리던 저주를 떠올리면 지금도 싸늘한 오한이 일어났다.

그런 것이야말로 사람의 몸과 마음이 견뎌낼 수 없는 미움이었다. 인간 이라면 품지 말아야 하는데, 어느 순간 마음의 경계를 뚫고 뛰어나와 생명을 지니게 되는 마음의 괴물. 그렇게 나타난 괴물은 증오의 대상조 차 뛰어넘어 독자적인 생명으로 변하고, 그렇게 인간을 탈출한 증오들 이 세상에 두려운 것들을 많이 만들어 왔어.

이런 생각을 하다니, 나도 고향을 떠난 뒤로 많이 달라진 걸까?

"유리, 자?"

대답이 없을 것을 알고 있지만 그냥 불러보았다. 주위가 조용해지자 가느다란 숨소리가 생생하게 들렸다. 잠시 귀를 기울이고 있자니 마음 이 안정되는 듯했다. 나는 다시 생각해보았다. 여행을 시작한 뒤로 겪 은 온갖 이상한 일들이 내 기억창고를 가득 채워버려서, 그 전의 경험 이 상대적으로 사소하게 보이는 걸까? 그건 내가 성장했다는 의미일 까?

어떤 일을 겪었든, 누구를 만났든, 그런 것들이 내 마음속에 나도 모 를 흔적을 남기고 간 게 틀림없었다. 내가 만난 사람들이 하나씩만 알 려준 것이 있다 해도, 하비야나크에서 그대로 살아갔다면 쉽게 깨닫지 못했을 것들이 쌓였을 거야. 만약 내가 고향에서 살던 시절의 나와 만 날 수 있다면 어떤 기분이 들까?

점차 머리가 혼미해졌다. 오늘은 힘든 일이 많았다. 휴식이 필요했 다. 휴식이 끝나면 시작이 기다리고 있겠지. 죽음의 끝에는? 돌아옴인 가…….

이히히히히힝!

말이 우는 소리가 들리는 것 같은데 꿈인지 생시인지 모르겠다.

이히힝, 힝힝, 푸르륵, 이히히히힝!

무척 시끄럽다고 생각하다가 나는 갑자기 사태를 깨닫고 눈을 번쩍 떴다. 문밖에 뭔가 와 있어!

내려놓았던 검을 더듬어 움켜잡았다. 문을 닫아버리고 싶었지만 괴어 놓은 나무토막을 치워버리기 전에는 불가능했다. 나는 주의 깊게 입구 쪽으로 움직여갔다. 말이 다시 푸르릉대는 소리가 들렸다. 그런데 가만히 들어 보니 집 밖에서 들리는 소리가 아니었다. 콧김 소리가 손에 잡힐 듯 가까웠다.

집의 구조를 떠올려 보았다. 말은 집 안에, 그것도 세 갈래 통로 근처에 있는 것이 틀림없었다. 아마 안뜰이 있겠지. 내가 다 살펴보지 않은 통로 중 하나가 안뜰로 통한다 해도 이상한 일은 아니었다.

고른 숨소리를 내는 유리카를 살핀 다음, 나는 입구 옆벽에 붙어 앉았다. 밖을 내다보니 내가 열어놓았던 문에서 희미한 빛이 새어들어 왔다. 빛이라니, 어찌된 일이지? 아직 밤인데?

이히힝힝힝힝!

말이 우는 소리가 사나워졌다. 발굽도 마구 울려댔다. 왜 안뜰 같은 곳에 말을 묶어놨을까? 왜 저렇게 흥분해 있을까? 아까 내가 들어왔을 땐 어째서 조용히 있었지? 그땐 없었는데 지금 들어온 거라면…….

잠깐, 그럼 말에 기수가 타고 있는 건가?

나는 갑자기 내가 처한 사태를 마술처럼 알아차렸다. 우린 지금 아까 본 검은 갑옷 기사의 집에 들어와 있는 거였다!

"……."

온몸이 부들부들 떨리기 시작했다. 그 기사를 생각하는 것만으로도 왜 이렇게 두려운지 몰랐다. 아직 검 한 번 맞대보지 않은 상대인데, 나도 나를 이해할 수가 없었다.

내가 호랑이 소굴로 유리카를 데리고 들어온 건가? 저자가 노리는 게 나인가? 그러면 내가 저자를 밖으로 유인하는 게 좋을까? 그나저나 저 기사가 우리가 안에 있다는 걸 어떻게 알았지? 그리고 왜 나를 찾는 거지? 자기 집에 멋대로 들어와서 화가 났다면 왜 이리로 오지 않고 뜰에서 저런 행동을 하는 것일까? 그것도 한밤중에?

혹시 미친 사람인가? 이 텅 빈 마을에서 혼자 사는?

마음을 진정시키려고 애쓰면서 문틈을 다시 내다봤다. 무엇보다 저 빛이 어디서 오는 것인지 모르겠다. 그 순간 나는 무시무시한 고함소리를 들었다.

카아아아아아!

사람의 목소리라고 믿기 힘든 포효였다. 그런데 의미를 알 수 있을 것 같았다. 저자는 내가 따라 나오기를 원하고 있어!

다각, 다각, 다각…….

말발굽 소리가 멀어졌다. 따라오라는 뜻을 전하고, 밖으로 나가는 거다. 날 어디로 데려갈 작정이지? 나와 싸우고 싶다는 건가?

나는 몸을 일으켰다. 관절 마디마디가 쑤셨지만 나가지 않을 수는 없었다. 여기는 그의 집이고, 그는 나의 도전을 바라고 있었다. 나는 램프가 비춘 초상화를 다시 한 번 올려다봤다. 저 그림 속의 여자는 기사의 부인일까?

내가 나가서 대적한다면, 유리카는 안전할 것이다. 기사의 뜻을 알 것 같다. 자기 아내의 방에서 쉬고 있는 사람, 네가 사랑하는 사람을 지키고 싶다면 내게 도전하라고, 그렇게 말한 것이다.

선택의 여지는 없었다. 나는 그때까지 숨어 있던 문을 활짝 열어젖혔다. 그리고 유리카를 돌아봤다.

"갔다 올게."

대답하지 않지만, 대답을 들은 기분으로 방을 나왔다. 어느새 빛이 사라져 도로 캄캄해진 통로를 더듬어 나아갔다. 불길한 예감이 가슴을 짓눌렀지만, 이건 내가 해야 할 일이었다.

성에서 나와 길게 뻗은 대로를 눈앞에 두자 문득 막막한 심정이 들어 나는 멈칫거렸다. 몸 구석구석에서 휴식을 바라는 목소리가 끊이지 않았다. 그러나 지금은 쉴 때가 아니었다. 휴식은 승리하거나 패배한 후에야 온다.

기사는 어떤 상대일까? 그는 내 목숨을 바랄까? 지나가는 자들의 피를 취하는 것이 저자의 즐거움인가? 그 때문에 이 폐허에서 혼자 살아남아 있는 것일까?

진실이 무엇이든 질 순 없었다. 생명을 거는 것이 가장 비싼 도박이라면, 나는 그 두 배를 여기에 걸었다. 내가 살아야 유리카도 구할 수 있다. 언제나 도와주던 동료들도 없이, 나 혼자 이겨내야 하는 일생일대의 판이 눈앞이었다.

나는 검을 움켜잡고 텅 빈 거리로 걸어 나갔다.


고요하다.

중간쯤 걸어 내려온 나는 좌우의 집을 돌아봤다. 램프는 유리카를 위해 두고 나왔고, 밤안개가 붉게 끼어 뚜렷이 보이는 것은 아무것도 없었다. 나는 검을 내려다봤다. 나는 이 검을 다룰 실력을 갖고 있을까?

"하…… 후……."

심호흡을 했다. 그런 다음 어디서 다가올지 모르는 위협에 귀를 곤두세웠다. 상대는 기사였다. 그렇다면 정정당당히 나타나야 하는 게 아닌가?

딸랑…….

그래, 그렇게 나타나야지.

검을 세워 잡았다. 팽팽한 긴장이 차올랐다. 입가가 바짝 말랐다. 내 신경은 귓가를 자극한 소리에 집중되었다.

딸랑, 딸랑, 딸랑, 딸랑.

온다!

다각! 다각! 다각! 다각!

쇳소리 섞인 말발굽 소리가 방향을 가늠하게 해 주었다. 상대의 돌진은 일단 피해야 했다. 나는 몸을 도사렸다.

이히히히힝!

어둠을 찢고 튀어나온 말이 나를 덮치기 직전, 나는 오른쪽으로 몸을 날리려 했다. 기사가 쥔 창이 나보다 왼쪽에 있으리라는 계산이었다. 그러나 이곳은 너무 어두웠다.

"크으윽!"

나는 왼쪽 어깻죽지에서 불로 지지는 듯한 아픔을 느꼈다. 움직이려던 방향으로 허리를 꺾으며 먼지 속을 굴렀다.

딸랑…….

이상한 일이다. 기사는 나를 지나쳐 달려가 버렸다. 공격에 성공했는데, 왜 상처 입은 적을 두고 가버리지?

비척이며 몸을 일으켰다. 왼쪽 어깨를 싸쥐자 뜨뜻한 액체가 솟아나 소매를 적시며 흘렀다. 먹물 같은 어둠이 눈꺼풀을 채웠다.

이래선 안 된다. 견디지 않으면 안 돼. 내가 왜 이런 곳까지 와서 싸우고 있는지 잊어선 안 돼. 내가 원하는 건 하나뿐이다. 그걸 얻을 수만 있다면 어떤 것이든 기꺼이! 고난을 겪은 만큼 보답이 주어지기만 한다면 기꺼이!

몸을 돌렸다. 보이지 않는 어둠, 들리지 않는 적, 그를 향해 본능 하나만으로 돌아섰다. 기다린다. 달려드는 그를 벨 순간, 그 단 한 번을 기다려 나는 똑바로 선다.


새벽은 오는 건가.

알 수 없었다. 내 판단력은 한 가지 본능에 사로잡혀 지워진 뒤다. 얼마나 버틸 수 있을까. 물론 한계까지, 갈 수 있는 데까지 간 뒤다.

검은 기사의 공격에는 이상한 점이 있었다. 한 번 달려와 공격하고 나면 마치 싸움을 잊어버리기라도 한 것처럼 맞은편으로 달려가 사라져버렸다. 그런 뒤 꽤 오랫동안, 어림잡아도 2, 30여분은 돌아오지 않았다. 그 점을 깨닫지 못했을 때 나는 어둠 속에 홀로 서서 내내 들리지 않는 방울 소리를 들었다고 착각하며 긴장으로 떨어야만 했다.

그러나 몇 차례의 공격이 되풀이된 지금은 상황을 알고 있었다. 기사는 방금 지나갔다. 한동안은 돌아오지 않을 것이다.

그동안 왼쪽 어깨 말고도 왼쪽 옆구리, 오른쪽 뺨에 상처를 입었다. 그렇지 않아도 걸레 같은 옷이 한층 얼룩덜룩해졌다. 피와 함께 생명도 서서히 흘러나가는 기분 나쁜 상상이 들었다.

나라고 손 놓고 당하고만 있었던 것은 아니다. 방금 전에 나는 기사가 공격하는 방식을 파악하고 몸을 낮추고 기다리다가, 번개같이 돌며 옆구리에 검을 찔러 넣었다. 동시에 기사는 내 뺨에 깊은 상처를 냈고……

그랬는데, 기사는 아무 상처도 입지 않은 것처럼 다시 달려가 버렸다.

찌른 줄 알았던 건 착각이었을까? 하긴 찌르는 순간 살을 잘라내는 특유의 감각이 없었다. 전에는 견디기 힘들었던 감각이라 잘 알고 있었다.

그릴라드 고개에서 괴물이라고 생각했던 니할룬과 처음 마주했을 때, 엎드려서 '난 땅이야, 땅!' 하고 마음속으로 죽어라 외쳤었다. 미르보를 도와야 한다는 생각도 없었지. 제대로 검을 잡을 줄도 몰랐던 나로선 쓸데없이 죽어주기라도 하는 것 말고는 해줄 일이 없었으니까. 그때 생각을 하자 문득 쓴웃음이 터졌다.

그 시절의 내가 한심하게 느껴져서가 아니었다. 그때의 나도 나름대로 좋은 점을 많이 갖고 있었다. 지금이라고 엄청나게 달라진 것도 아니고 말이다. 난 여전히 한심할 만큼 실력이 없다. 즉, 죽여야 하는 상대를 살려 보내는 것을 지나치게 좋아하는 것이다. 엘다렌이 말했던 것처럼.

지금도 나는 저 기사와의 끝날지 안 끝날지 모를 싸움이 두려웠다. 유리카를 지키기 위해 피할 수 없는 승부라 해도 근원적인 두려움이란 어쩔 수가 없었다.

이겨내기로 결심했었다. 하지만 결심한다고 두렵지 않은 것은 아니다. 결심은 두려운데도 계속 나아가게 하는 힘이지, 두려움 자체를 없애주는 것은 아니다.

말을 탄 기사와 싸우는 것은 쉽지 않았다. 말에서 내려와 준다면 한결 편해질 텐데. 게다가 주위가 너무 어두워서 내가 불리한 느낌이었다. 기사는 어둠도 아랑곳 않고 나를 찾아내는데, 난 그럴 수가 없었다. 주위를 밝힐 방법이 없을까?

문득 유리카를 업고 오던 때 보았던, 통이 많이 쌓여 있던 집이 떠올랐다. 그게 혹시 기름을 담았던 통은 아닐까?

"불을 켤 수만 있다면……."

기사가 다시 오기까지는 20여 분이 남아 있었다. 나는 그 집으로 급히 돌아가다가 나중에는 숫제 뛰었다. 내 다리에 뛸 힘이 남은 것도 신기했지만, 무엇보다 기사가 달려간 쪽에서 한 걸음이라도 멀어지고 있다는 것이 기뻤다. 내가 도망쳤다고 생각하진 않겠지? 자기는 말을 타고 멋대로 왔다 갔다 하면서 나는 한 자리에 서서 기다려야 한다는 법이 어디 있겠어?

집을 찾아내자 망설이는 마음도 없이 뛰어올라가 문을 박찼다. 문은 예상한 대로 썩은 나무토막처럼 넘어졌다. 어둠에 익은 눈으로도 내부는 어두웠다. 입구를 가리고 섰기 때문인지도 모른다. 카운터 같은 것이 놓인 입구를 지나자 널찍한 방이 나타났다. 창밖에서 마침 달빛이 나타났다. 벽을 더듬거려보니 벽 한 면을 메우며 쌓인 것이 그 통들이었다. 주먹으로 두드려 보니 속이 꽉 찬 소리가 났다.

이 마을이 멀쩡하던 시절부터 이렇게 있었던 거라면 아주 오래된 기름이겠다. 뭐, 기름이 상한다는 이야긴 아직 들어 본 일이 없으니까 상관없지.

맨 위의 통부터 꺼내려고 받침대로 쓸 탁자를 끌어당기는데 뭔가가 떨어져 구르는 소리가 났다. 바닥을 더듬어 보니 부싯돌이었다. 다시 바닥을 기어서 돌아다니며 부시쌈지도 찾아냈다.

탁자를 당겨 붙이고 올라서서 천장 틈새로 손을 밀어 넣고 맨 위의 통을 잡아당겼다. 기름통 무게도 무게거니와 무엇보다 통이 낡아서 걱정이었다. 꺼내다가 부서져버리면 어쩐다?

한 아름은 되는 통을 한쪽 어깨에 올리고 서서히 몸을 낮추는데 갑자기 웃옷 귀퉁이가 젖기 시작했다. 결국 새는 모양이었다. 그런데 냄새가 좀 이상했다. 이건 기름 냄새가 아닌데? 코를 찌르는 독한 냄새로 봐서 이건…… 술인데?

갑자기 더 잘됐다는 생각이 들었다. 독한 술이라면 내 계획에 딱 맞는 것을 찾아낸 셈이다. 나는 같은 방식으로 통 여러 개를 내려 바닥에 죽 늘어놨다. 그러는 동안 온몸에서 풍기는 술 냄새로 사흘 밤낮쯤은 마셔댄 주정뱅이 꼴이 됐다.

머리가 빙빙 도는데도 다시 힘을 짜내어 통들을 집 밖으로 옮겼다. 허리가 쑤시고, 상처 자리가 따갑고, 몸에서 뚝뚝 떨어지는 건 술인지 피인지 모르겠고…… 10여 개의 술통을 무슨 힘으로 다 옮겨놨는지 모르겠다. 어쩌면 그건 오기, 또는 분노의 힘이었다. 나는 턱까지 차오른 숨을 고르며 내가 처한 부당한 상황을 깨뜨려서 그 상황에 항의하고야 말겠다는 의지를 다졌다.

본래 밖에 놓여있던 통들을 건드려보니 예상대로 텅 비어 있었다. 이제 기사가 돌아올 때가 됐던가?

딸랑…….

이젠 아무리 멀리서 들려와도 바로 알아듣겠다. 방울 소리라면 노이로제가 걸릴 지경이니까. 방울은 대체 놈의 어디에 달려 있는 거지? 어째서 말발굽 소리보다 먼저 들리는 건데?

쓸데없는 질문은 제쳐놓고 나는 거리로 달려 나갔다. 내가 도망치지 않았다는 것을 보여주어야 했다.

다가닥, 다가닥, 다가닥, 다가닥!

검을 꼬나 잡고, 이번에야말로 제대로 찌르고야 말겠다는 결심으로 도사렸다. 내가 아무리 기사도, 병사도, 용병도 아닌 점원, 아니 여행자에 불과하지만 적한테 타격 한 번 입히지 못했다면 치욕이 말씀이 아니지.

따각! 따각! 따각! 따각!

그런데…… 기사가 달려오는 방향이 아까와 약간 다른데?

따각! 따각! 따가닥…….

멈칫거리는 것 같더니…… 그, 그냥 지나가 버리잖아!

나는 바보가 된 기분으로 멍하니 서 있었다. 그러다가 내가 도망쳤다고 생각하는 건 아닌가 싶어 급히 소리를 질렀다. 말을 탄 사람을 따라갈 수도 없고, 할 수 있는 거라야 소리 지르는 것 말고는 없었다.

"난 여기에 있다!"

……내가 생각해도 좀 바보 같은 외침이군.

딸랑…….

들었는지 어쨌는지, 방울 소리를 남기며 기사는 다시 가버렸다. 나는 긴장이 탁 풀려 그 자리에 주저앉고 말았다. 어떻게 된 거야? 나를 공격할 생각이 없었던 건가? 그럴 리가 없다. 그렇다면 왜 소리를 질러 나를 불러냈고, 몇 번이고 거리를 오가면서 나를 공격했겠어?

그렇다면 방금 일은 어떻게 된 거지? 혹시 나를 발견하지 못했나? 하지만 지금껏 나보다 어둠 속을 잘 본다고 생각했는데?

나는 주위를 돌아보았다. 아까하고 상황이 달라진 거라면, 내가 술가게 앞으로 온 것밖에 없었다. 그렇지만 고작 그거 움직였다고 해서…….

알았다!

나는 벌떡 일어나 대로의 너비를 가늠해 보았다. 그리고 내가 대로 중앙이 아니라 술가게에 가깝게 서 있다는 것을 알았다. 저 기사는 오가던 길만을 똑같이 오가는 거야!

잠깐, 그렇다면 싸우지 않아도 상관없는 거야?

나는 순간적으로 혼란에 빠져 그 자리에 우뚝 섰다.

아니, 아니야……. 그가 들었던 창을 기억하고 있어. 나를 똑바로 겨냥하고 있었다고. 처음 마을에 들어와서 낡은 집에 숨어 내다봤을 때 기사는 창 같은 건 갖고 있지 않았어. 그러니 분명 공격할 작정으로 무기를 꺼내 든 거야.

어쩌면 기사는 그렇게 똑바로 오가는 것 말고는 다른 방법을 취할 수가 없는 것이 아닐까? 그렇지만 어떤 이유로?

이유 따위 짐작도 안 갔지만, 길게 생각할 시간이 없었다. 그가 일직선으로만 다니든 아니든 나를 공격할 작정이기만 하다면 30분 뒤에는 반드시 온다. 나는 그 시간을 활용해서 준비를 해야 했다.

다시 술가게로 달려가 통을 굴렸다. 나무통 한 개의 높이가 내 허리에 좀 못 미칠 정도라 옮기는 것도 간단치 않았다. 기사가 정말로 일직선으로만 다닌다면, 그건 좋다. 내게 유리하다. 만일 그렇지 않다면? 그러면 그렇게 하도록 만들어 주면 될 것 아냐!

나는 작업에 착수했다. 저 기사와 맞닥뜨린 뒤 처음으로 계획다운 계획이 섰다. 성공할 자신도 있었다. 역시 나는 검을 휘두르는 것보다 이런 쪽에 더 소질이 있는 모양이다.

통에 난 구멍을 이용해서 거리에 술을 뿌렸다. 기사가 다가올 방향을 기준으로 마치 깔때기처럼 첫머리는 넓고, 나아갈수록 좁아지는 쐐기 모양을 그려 놓았다. 쐐기의 꼭짓점은 기사가 오가는 바로 그 길에 걸쳐지도록 했다.

그런 다음 쐐기 모양을 따라 빈 집에서 집어온 목재 따위를 깔고 술통 몇 개를 드문드문 놓았다. 꼭짓점에는 통을 여러 개 쌓았다. 말이 한껏 도약해야 뛰어넘을 수 있을 높이로. 이러는 동안 술과 피에 땀까지 더해져 온몸이 미끈거렸다.

준비를 끝내고 나자 목이 몹시 탔다.

"휴우……."

술가게 안으로 들어가 보았지만 어디든 술이 담긴 통뿐, 물은 전혀 없었다. 그렇다고 저 독한 술을 마셨다간 제정신을 유지하고 기사와 싸울 수 있을 것 같지 않았다. 유리카 옆에 두고 온 물주머니가 아쉬웠지만 너무 멀리 왔기 때문에 가지러 갈 시간이 부족했다. 참고 안마시면 되지 뭘…. 이렇게 생각하면서도 나는 혹시나 싶어 옆집에 들어가 보았다.

그런데 뭔가가 이상했다.

"어……."

이 집을 이루고 있는 것은 현관과 네 벽뿐, 안에는 아무것도 없는 게 아닌가. 탁자도, 의자도, 심지어 먼지나 망가진 물건조차 없었다.

나는 얼떨떨해져서 집안을 두리번거렸다. 겉은 사람 사는 집처럼 생겼는데, 방조차 나누어져 있지 않다니. 짓다가 만 집인가?

그렇지만 밖에 나와 보니 입구에는 간판이 걸려 있었다. 글씨는 지워져 알아볼 수 없었지만, 어쨌든 여긴 제대로 된 가게였다는 거잖아? 그럼 이 집, 아니 가게의 주인은 떠나면서 벽이나 문짝, 심지어 벽난로까지 뜯어 갔단 말인가?

한 번 이런 것을 보고 나자 또 다른 집으로 들어가 보고 싶은 충동을 참을 수가 없었다. 그러나 다음 집 안에서 나는 더욱 터무니없는 광경을 보았다. 이 집은 숫제 벽조차 없고, 문을 통과하니 바로 뒤뜰이었던 것이다!

뒤뜰에는 우물이 하나 있었다. 나는 내가 들어온 입구를 돌아보았다. 이건 집이 아니었다. 정면으로 보았을 때 집 비슷하게 꾸며 놓은 벽 하나가 우뚝 서 있을 뿐이었다.

대체 문 하나만 달랑 달린 벽은 왜 만들어 놓은 거지? 남을 속일 작정으로? 장난삼아 이렇게까지 정교한 벽을 만드는 사람이 있을까? 혹시 짓다 말았다 해도, 일단 네 벽을 세워야 다른 부분을 짓든 말든 하는 것 아닌가? 저렇게 벽 하나만 사람의 눈을 속일 정도로 만들고, 심지어 지붕의 물매까지 달아 놓고 나머지 세 벽은 없다니?

퍼뜩 떠오르는 생각이 있어 나는 위를 올려다보았다. 그리고 이 벽이 이렇게 서 있는 것 자체가 기적이라는 사실을 깨달았다. 벽 위에는 밖에서 보는 사람만 고려한 것처럼 지붕 일부분이 뻗어가다가 끊겨 있었다. 즉, 균형을 완전히 무시한 형태였다. 나머지 부분을 부쉈대도 저런 상태로 남아있을 수는 없었다. 결단코 없었다.

나는 이 마을이 전보다 몇 배로 두려워지기 시작했다.

우물로 다가가 들여다보니 캄캄했다. 두레박이 달려 있어서 움직여 보았다. 마음속에선 빨리 이 집, 아니 이 벽 뒤뜰에서 나가야 한다고 외쳤지만, 갈증을 해소하고 싶다는 욕구도 그만큼이나 강했다.

삐걱…….

두레박이 떠올린 것은 색깔을 알아볼 수 없는 물이었다. 나는 또다시 마음속에서 싸웠다. 이걸 마셔? 아냐, 마시면 무슨 일이 생길지도 몰라. 죽을 수도 있고…… 아직 죽을 수는 없잖아? 유리카의 독을 치료하지도 못했는데…….

결국 나는 두레박을 내던지고, 떨어지지 않는 발을 애써 돌려 대로로 나왔다. 목이 말라붙어 목소리도 잘 나오지 않을 지경이었다.

이제 불을 붙여야 할 때다.

나는 쐐기의 두 가지 사이에 앉아 술가게에서 발견했던 부싯돌과 부싯깃을 써서 불을 피웠다. 술 덕택에 불은 쉽사리 붙었다. 덜 썩은 나무토막을 두 개 주워 술에 푹 적셔두는 것도 잊지 않았다. 이제 내가 할 일은 귀를 기울이는 것뿐.

딸랑…….

다가닥, 다가닥, 다가닥, 다가닥!

나는 나무토막을 움켜잡고 벌떡 일어났다. 하나씩 불을 붙이는 즉시 쐐기의 양쪽 가지 끄트머리에 놓아두었던 뚜껑을 뽑아낸 술통을 향해 내던졌다. 그리고 피웠던 불을 발로 비벼 껐다. 두 통에서 불이 오르는 것을 보는 즉시 돌아서서 쐐기의 꼭짓점으로 달려갔다.

저 기사는 오다가 멈칫거리며 되돌아가지는 않는 놈이다. 내가 무슨 준비를 해 놓았더라도 일단은 달려든다. 그건 확실하다. 또 하나, 기사는 키가 별로 크지 않다. 나는 통 뒤에서 대강 위치를 잡았다.

나를 도와주려는 건지 바람이 내 쪽으로 불기 시작했다.

내가 붙인 불은 어느새 술통 두 개를 휩싸고 타올랐다. 그러다가 바닥에 뿌려 놓은 술과 목재로 옮겨 붙었다. 그 정도면 시간이 딱 맞았다. 말발굽 소리가 내 귀를 때렸다.

따가닥! 따가닥! 따가닥! 따가닥!

불은 내가 선 쪽으로 시시각각 달려들었고, 기사 역시 마찬가지였다. 기사가 대로 중앙에서 벗어나고 싶다 해도 주위가 불로 둘러싸이면 끝까지 오는 수밖에 없겠지. 불의 띠는 점차 좁아지며 쐐기 꼭짓점으로 모일 것이다. 그리고 그곳에는…….

따각! 따각! 따각! 따각! 따각!

이히힝힝힝! 히히힝, 힝!

말이 울부짖었다. 검을 들고 도사린 내 머리 위였다. 뛰어넘어!

술통 더미 뒤에서 검을 꺾어 잡고 기다리는 내 위로 도약한 말이 막 지나가려 했다. 나는 온 힘을 다해 검을 휘둘러 말의 배를 찢어버렸다. 검에서 불꽃이 일어난다!

동시에 손목과 부상당한 어깨로 지독한 통증이 밀려왔다. 머리 위로 엄청난 피가 쏟아져 내렸다. 그 피를 뒤집어쓰면서 말의 뒷다리를 피하기 위해 세워 놓은 통들을 밀쳐 무너뜨리며 앞으로 뛰었다.

쿠당당탕탕탕!

칼레시아드가 일어나는 바람에 뼈째 잘라진 말의 몸이 쓰러져 나뒹굴었다. 통이 무너지고 주위는 불바다가 되었다. 돌아선 내 눈에 보인 것은…….

"하아, 후, 하아, 하……."

술통이 쌓인 쐐기의 꼭짓점에 닿은 불꽃은 폭음을 내며 불기둥으로 변해 솟구쳤다. 내가 베어버린 말과 기사가 어떻게 되었는지 알아볼 겨를도 없이 나는 반대쪽으로 달려 도망쳤다.

크르르르르…….

불은 타면서 이상한 소리를 냈다. 거리가 벌어지자 겨우 돌아볼 여유가 생겼다. 거리가 불타고 있었다. 이러다가 마을을 다 태우겠다. 술통을 너무 많이 꺼냈나? 통 조각이 하늘로 튕겨 오르고, 검은 연기가 무럭무럭 났다. 숨을 쉬기가 힘들 정도였다.

저 정도면 살아나기 힘들겠지? 말안장까지 베었고, 이번엔 잘라지는 느낌도 났어. 피도 쏟아졌고. 죽었을까?

그 순간이었다.

딸랑…….

온몸의 털이 곤두섰다.

검을 다시 움켜쥐는 손이 부들부들 떨렸다. 저 불구덩이 속에서 설마 아무렇지도 않은 것은 아니겠지?

내 간절한 예상을 엎고, 불 속에서 검은 막대기가 불쑥 솟아났다. 창이었다. 창이 옆으로 내던져지자 재와 불티가 흩날렸다. 검은 기사는 불 속에서 걸어 나왔다.

할 말을 잃은 채 나는 검을 잡았다. 이제 남은 것은 혈투뿐이었다. 창을 내던진 기사는 검을 뽑아들었다. 그런데…….

"으아아악!"

내가 지른 비명 따위는 들리지도 않았다. 온몸을 둔기로 강타당한 것처럼 지독한 공포감이 나를 압도했다. 저 기사, 저 기사는…… 어떻게 이, 이런…… 믿을 수 없는 일이…….

기사는 머리가 없었다.

"흐, 흐으, 흐흐, 하흐, 으흐흐흑……."

기사를 처음 보자마자 느꼈던 두려움의 원인을 이제야 알았다. 그때 나는 기사의 모습을 제대로 보지 못했지만, 내 본능은 꿰뚫어보았던 것이다. 기사가 키가 작아 보였던 이유도 알 수 있었다. 아니, 사실 나는 그가 키가 작다기보다 몸의 균형이 이상하다고 느꼈었다.

검은 갑옷 위로 잘리고 남은 목이 반쯤 솟아 있었다. 그리고 그게 전부였다. 머리가 없으니, 그는 죽은 자였다. 불 속에서 살아나온 이유도, 아까 내 검에 찔리지 않았던 이유도 확실해졌다. 죽은 자는 더 이상 죽지 않는다…….

맹렬하게 타던 불은 술을 다 태우고 나자 이상할 만큼 빨리 사그라졌다. 다시 눅눅한 붉은 안개가 돌아왔다. 저것 때문에 불이 오래 가지 못하는지도 모른다. 목 없는 기사는 내 앞으로 다가와 우뚝 섰다.

"……."

난생 처음으로 턱이 저절로 움직여 딱딱 부딪쳤다. 목이 없는 자가 나를 바라보는 느낌은 직접 겪어보지 않고 알 만한 것이 아니었다. 마치 저승의 문 앞에서 그 안을 들여다보는 기분이었다.

문득 이상한 생각이 들었다.

저자는 어디로 소리를 듣고 사물을 보지? 그러고 보니 성에 있었을 때 문 밖에서 소리를 질렀잖아? 입이 없는데 어떻게 소리를 질렀던 거야?

그러나 기사는 이제 소리 지르는 방법 따윈 잊어버린 듯, 기합 한 번 내지르지 않고 검을 높이 치켜들었다. 싸움이 시작되었다.

"헉, 흐윽, 헉……."

아까와 마찬가지였다. 베어도 베어지지 않고, 찔러도 허공뿐이었다. 어떻게 공격해도 결과는 같았다. 내 검이 몸에 들어가면 조금 휘청거릴 뿐, 기사는 줄어들지도 않는 힘으로 무지막지하게 공격해 왔다. 그 힘과 반비례하여 내 팔에선 점차 힘이 빠져 갔다.

군데군데 남은 불씨들이 짐승 떼의 눈동자처럼 깜빡이며 탔다. 별들은 붉은 안개 너머로 흐릿했다. 눈꺼풀을 내리누르고 팔다리를 처지게 하는 새벽녘의 극심한 피로와, 고개를 들 때마다 목을 꽉 메이게 하는 목 위의 텅 빈 허공에 나는 어지럽고 토할 것 같은 기분이었다.

챙! 창! 챙!

두 금속이 내는 파열음이 절망적으로 사방을 울렸다. 부딪쳐 오는 검을 쳐내고, 다시 쳐내고, 또 쳐냈다. 할 수 있는 일은 그것뿐이었다. 기회를 보아 찔러도, 힘껏 베기를 시도해도, 내게 남는 것은 결국 상처뿐이었다.

유리카…….

너는 그곳에 잠들어 있겠지. 아직 끝나지 않은 꿈을 꾸며, 네 남은 생명을 헤아리고 있을 테지…….

푸욱!

목 없는 기사의 검이 내 가슴 아래를 비껴 찔렀다. 나는 상처를 감싸

쥘 여유도 없이 비틀거렸다. 갑옷이 막아 주기는 했지만 목구멍으로 피가 솟았다. 비척거리며 몇 걸음 물러나 다시 검을 세우고 앞을 막았다. 이 기사의 검술이 그리 뛰어나지 않은 것이 내가 아직껏 살아남은 유일한 이유다. 그가 츠칠헨만큼만 실력이 있었어도, 아니 하다못해 하르얀만큼만 있었어도 나는 이미 이 세상 사람이 아니었다.

트컥!

기사의 검이 내 어깨를 노렸고, 간신히 피했지만 다시 팔을 드는 순간 오른쪽 어깨뼈가 심하게 결려서 검을 떨어뜨릴 뻔했다. 목 없는 기사는 그 순간을 노려 내 손을 치려 들었다. 눈앞으로 다가온 검 끝을 보는데 피하는 것보다 다른 생각이 먼저 떠올랐다. 이렇게는…… 이런 것은 아닌데…….

내겐 할 일이 있잖아.

대체 이런 곳에서 뭘 하고 있는 거지?

크그그그극!

내 검의 날밑과 마주쳐 긁히면서 기사의 검에서 긴 마찰음이 울렸다. 귀에 거슬리는 굉음에 정신이 조금 났다. 어쩌면 이건 실제가 아니고, 난 환각 속에서 당하고 있는지도 몰라.

츠캉!

목 없는 기사는 여전히 말이 없었다. 집에 들어가야만 말을 할 수 있나? 집 안에 머리를 두고 다니기라도 하는 건가?

잠깐, 집 안에 두고 다니는 머리라고?

트드드득!

나는 기사의 가슴을 찔렀지만 갑옷을 긁는 소리가 울렸을 뿐이다. 그래, 긁히는 걸 보면 갑옷은 실재하는 물건이야. 비록 갑옷 안에 몸은 없지만, 의지가 남아 갑옷과 무기, 그리고 말을 움직이는 것이겠지. 물론 평범한 물건은 아닐 것이다. 유령이 말을 갈아타거나 갑옷을 갈아입는다는 이야기는 들어본 적이 없으니, 저 물건들도 비현실적인 나이를 갖고 있는데 환각으로 나를 속이고 있는지도 몰라.

칼레시아드의 힘이 아니었으면 말을 벨 수도 없었을 것이고, 저 갑옷과 조금이나마 마찰되는 것도 이게 멋쟁이 검이기 때문일 것이다. 그렇다면 이 죽은 기사와 그의 갑옷, 말을 움직인 것은 일종의 마법, 그러니까 악령의 힘인가?

그렇다면 그의 머리는?

"하아아압!"

물리적 충격은 전달된다는 것을 알기 때문에 나는 갑자기 소리를 지르며 달려들어 그 기사에게 힘껏 부딪쳤다. 목 없는 기사는 몇 걸음 물러나며 휘청거렸고, 그 사이 몸을 빼낸 나는 자세를 추스르지 못한 기사의 옆을 지나쳐 유리카를 재워 놓은 성으로 달리기 시작했다.

나는 빨리 달리지 못했다. 온몸에 입은 상처에서 피가 흐르고 있었다. 게다가 피로가 몸을 짓눌렀다. 고작 걷는 것보다 조금 빨리 갈 수 있을 뿐이었다.

그리고 기사는…… 나를 따라오고 있었다.

"후우, 후, 하아, 하……."

마지막 가능성마저 시험해보지 못한다면 해가 뜨는 것을 보지도 못한 채 이 미망의 땅에 쓰러지는 수밖에 없다. 한 발짝이라도 더 나아가, 움직일 수 있는 한 계속 가서, 마지막 가능성에 모든 것을 걸어볼 거야.

위험하겠지. 유리카가 거기 있으니까. 어쩌면 함께 모든 것을 끝내는 거야. 적어도 나만 남겨 놓지는 않을 거야. 온갖 가능성들, 그중에서도 둘 다 사는 것에 거는 가능성 최저의 마지막 도박!

철컥, 철커덕, 츠륵, 척.

기사는 뛰어오지 않았다. 다치지도 않았을 텐데 내 운명을 이미 안다는 것처럼, 내가 하려는 일이 소용없다는 것처럼, 저벅저벅 걸어올 뿐이다. 그가 무엇을 원하며 무엇을 기다렸는지 궁금했다. 영영 알 날은 오지 않겠지만.

나는 비척거리다가 넘어졌다. 다시 일어났다. 무릎을 움켜잡고, 검을 지팡이처럼 짚고, 다리가 의족이라도 되는 것처럼 움직였다. 너무 느려서 우스꽝스럽기까지 한 쫓고 쫓김이 계속됐다. 쫓기는 공포보다는 간절함이 더 나를 사로잡았다. 이 세상에 없는, 일직선으로만 된 미로를 빠져나가 드디어 성을 보았다.

관절 없는 막대기로 변한 다리를 끌고 문 앞에 도착해 기대섰다. 고개를 들자 문 위에 붙은 문장이 보였다. 처음 왔을 땐 보지 못했는데. 내 머리통만 한 사자의 얼굴 조각이었다.

내 몸의 무게로 문이 열렸고, 나는 안으로 들어갔다. 시야가 갑자기 캄캄했다. 그러나 문간에 불빛이 비쳤다. 유리카의 방에 두고 온 램프일까? 응접실로 가는 동안 돌 복도를 걷는 발소리가 유난히 요란하게 울렸다.

여명검에서 희미한 빛이 나기 시작했다. 달군 쇠처럼 발그레해졌다. 뭘까? 가끔 보면 이 검은 내 마음을 반영하는 것 같기도 하다. 내 의지가 굳은가 무른가에 따라, 희망인가 절망인가에 따라, 검은 자신의 힘과 가능성을 보여주었다. 나보다도 더 나를 잘 안다는 것처럼.

응접실 탁자를 밀어 유리카가 있는 방으로 통하는 통로를 막았다. 그런 다음 서재 쪽으로 걸음을 옮겼다. 입구가 눈앞에 보였을 때 시야가 기울어지는가 싶더니 나는 넘어졌다. 비척이며 몸을 일으켰으나 왼쪽 무릎이 말을 듣지 않았다. 다리를 바닥에 세울 수가 없었다.

벽을 짚고 한쪽 다리로 버티며 일어섰다. 돌로 된 벽은 무뎌진 내 신경이 흠칫 놀랄 만큼 차갑게 식어 있었다. 뭔가가 팔꿈치에 걸렸다. 램프를 얹어 놓는 받침대였다. 그것을 부여잡고 걸음을 옮겨놓았다. 저기까지만 가면 된다. 그러나 나는 방문에 닿기 전에 또 넘어졌다.

나 자신이 한심하고 안타까워 미칠 듯했다. 검을 내밀어 문을 밀쳐 열었다. 캄캄한 서재가 기다리고 있는데, 두 걸음 밖 복도에 쓰러진 내 몸은 나무토막처럼 굳어져 움직일 줄을 몰랐다. 아무리 애를 써도 완전히 맥이 풀린 팔다리는 말을 듣지 않았다. 끈이 끊어진 꼭두각시 인형 같았다.

"흐윽, 큭······."

억지로 팔꿈치로 벽을 밀치며 한 발짝 나아가는 동안 튀어나온 모서리에 걸려 허벅지 쪽이 찢어졌다. 고통도 제대로 느껴지지 않았다. 다시······. 그때 나무문이 한 차례 삐걱거리는 소리가 내 귀를 뚫고 들어왔다.

왔어!

나는 온몸을 버르적거렸다. 몸을 속박하는 사슬을 끊어내려는 것처럼 정신없이 몸을 뒤틀었다. 공포가 엄습해왔다. 동시에 분해서 눈물이 흘렀다. 발자국 소리가 다가온다. 이렇게…… 이렇게는 아닌데.

내겐 지켜야 할 약속들이 있잖아. 유리카를 데리고 돌아가겠다고 한 약속, 엘다렌에게 아룬드나얀의 이름을 걸고 한 맹세, 언젠가 돌아가 아버지를 돕기로 한 것, 어머니에게 무덤을 돌보러 오겠다고 한 말…… 어느 하나 지키지 못하고 이런 곳에서 쓰러질 수 있어?

내가 있는 곳까지 발소리가 왔다. 저벅…… 철컥.

그때 흐릿해진 내 눈에 멋쟁이 검에서 솟아난, 마치 폭발 같은 불꽃이 보였다. 저건…… 저게 내 안에 있는 것? 내 마음의 발현이란 말이야?

다음 순간, 나는 나 자신도 믿을 수 없을 정도로 쉽사리 벌떡 일어나 서재 안으로 뛰어들었다. 몸속에서 뭔가가 터져버리는 느낌으로 앞으로 내달았다. 탁자에 부딪히고, 손으로 더듬고, 원하는 물건을 찾아내고, 그리고…….

"너 역시 네 기억에서 놓여나지 못하는 것 아닌가!"

나는 타오르는 검을 쳐들고 검은 투구의 이마를 내리쳤다.

쩡!

그 순간, 투구는 온 집이 울리도록 괴기스러운 비명을 올렸다.


크아아아아!

귀를 감싸 쥘 틈도 없었다. 저주와 고통과 기억의 무게에 눌린 영혼이 내지른 단말마가 정체됐던 공기를 찢어발겼다. 그 목소리가 서재를 채우고, 내 머릿속을 채우고, 마지막으로 버티던 정신을 앗아갔다.

나는 바닥에 쓰러졌다. 둔탁한 무기로 머리를 얻어맞은 느낌, 온몸이 뜯겨 나가는 느낌, 여기저기서 뭔가가 떨어지고 구르는 소리…… 그러나 더 이상 아무것도 느껴지지 않았다.

머릿속에 휘장이 내려진 듯했다. 새카만, 그리고 묵직한 휘장.


끼르륵, 끼룩.

어디선가 새가 울었다. 황금새 소리 같다. 새는 높은 곳에서 울다가 곧 어디론가 날아가 버렸다.

지금은 여름일까.

눈꺼풀이 노곤했다. 뭔가 따뜻한 것이 눈꺼풀을 덮고 있었다. 이러고 있자니 도로 잠들어버릴 것만 같아.

주위가 몹시 밝았다. 그런데 바닥은 너무 딱딱했다. 차갑고. 게다가 온몸이 쑤시는 것이 정상은 아닌 것 같은데.

으흠, 이건 무슨 냄새…….

눈도 못 뜨고 상체만 느리게 일으켰다. 팔꿈치로 바닥을 짚었더니 무지하게, 눈물 나게 아팠다. 아이쿠, 여기 무슨 상처라도 났나?

눈을 비비려고 손을 들자 뭔가가 몸에서 스르르 떨어져 내리는 느낌이 들었다. 흠칫하여 일단 잡고 보니…… 내 망토네?

"유리카?"

내 입에서 나온 한마디에 어이없게도 정신이 되돌아왔다.

눈을 뜨자 망토가 무릎께에 걸려 있는 것이 보였다. 햇살이 따가웠다. 그리고 저기 앉은 건……

"내 꿈이라도 꾸었어?"

나는 마법에라도 걸린 것처럼 얼떨떨하게 주위를 두리번거렸다. 파랗게 갠 하늘, 여름풀과 나무. 한쪽에 놓인 짐들, 그리고 손에 쥔 검.

믿을 수 없는 일이었지만 묻지 않을 수 없었다.

"네가 날 옮겨 놨어?"

"옮겨? 어디서?"

유리카는 조금 떨어진 풀 더미에 앉아 있었다. 안색은 창백했지만, 그럭저럭 문제는 없어 보였다.

"야, 그럼 내가 처음부터 여기에 있더란 말이야?"

"뭐 잘못되기라도 했어?"

유리카의 옷과 머리에는 마른풀들이 묻어 있었다. 내가 더 묻지도 못하고 하늘도 쳐다보고 땅도 내려다보고 하고 있으려니 유리카는 내 기색이 이상하다고 느낀 모양이었다. 몸을 일으켜 내 쪽으로 왔다.

"왜 그러는데? 어젯밤에 무슨 일 있었어?"

"네가 깼을 때도 우리가 여기 있었어?"

유리카는 내가 뭘 묻는지 모르겠다는 표정이었다.

"깨보니까 난 저기, 풀 더미에 누워 있었는데? 네가 눕힌 것 아니야? 망토도 덮어 줬고……. 내가 먼저 깨서 네가 맨바닥에 그냥 누워 자는 걸 보고 망토를 덮어준 거야."

나는 중얼거렸다.

"망토는 내가 덮어 준 것이 맞는데……."

날씨가 좋다보니 점차 무슨 일이 정말로 있었던 건지 의심스러워졌다. 내가 꿈을 꾼 건가?

"배고프다."

유리카가 배낭을 질질 끌고 와 내 곁에 앉았다. 내 배낭은 극도로 쇠약해진 그녀가 들어올리기에는 지나치게 무거웠다. 배낭에서 먹을 것 몇 가지를 끄집어냈다. 눅눅해지다 못해 흐물거리는 비스킷, 씹다가 이가 부러질 것 같은 말린 고기, 아직은 단맛도 있고 그럭저럭 괜찮은 말린 복숭아 같은 것들뿐이다. 식사다운 것을 좀 먹었으면 원이 없겠는데.

"물이라도 떠와야지."

나는 몸을 일으키려 했다. 그런데 온몸의 관절과 근육이 한꺼번에 끊어질 듯 비명을 올렸다. 내 입도 동지들과 함께 비명을 지르고 있었다.

"끄으으아악!"

"왜 그래, 파비안?"

그제야 나는 내게 일어났던 일이 환각이 아니었다는 것을 믿게 되었다. 목 없는 기사의 성, 무너져 가는 마을, 텅 빈 거리와 썩은 집들, 생명이라고는 생쥐 한 마리도 찾아볼 수 없던 그곳.

다 어디로 간 거지?

옷에 흘렀던 술은 한 방울도 남지 않았다. 냄새조차 없었다. 온몸이 쑤시고 걸리고 상처도 그대로 있는데, 마치 혼자 미쳐서 날뛰기라도 한 것처럼 나를 공격했던 것은 아무것도 남지 않았다. 바보가 된 기분이었다.

"물은 내가 떠올게."

유리카가 물주머니를 집어 들고 덤불 속으로 사라졌다. 가까운 곳에서 물소리가 들렸다. 나도 시원한 물에 몸과 상처를 좀 씻었으면 좋겠다. 그런데 이 몸으로 제대로 움직일 수 있을까?

내가 통증을 참고 일어나 보려고 악전고투를 벌이는 동안, 주위에서는 풀벌레들이 한가로운 날개 소리를 울렸다. 이럴수록 어제 내가 겪은 일과 현실 사이의 괴리감은 더해만 갔다. 억울한 생각까지 들었다. 죽어라 싸워서 간신히 이겼는데 남은 것은 아무것도 없고, 쓰러뜨렸던 적도 사라졌고, 알아주는 사람도 없고, 하다못해 혼자 비장하게 해를 등지고 텅 빈 마을을 돌아보는 개폼조차 잡아보지 못하다니!

하긴 이 몸으론 마을이 그냥 있대도 돌아볼 입장이 아니긴 하다…….

"크윽, 큼, 으흐으……."

유리카가 없는 동안 혼자 온갖 괴상한 소리를 내며, 상처들을 점검해 보았다. 당장 죽을 만한 상처는 다행히 없었다. 내가 잘 몰라서 그런지 몰라도 근육이 굳어져 몸이 잘 움직이지 않는 것 말고는, 그리고 지독하게 피곤하며 피를 많이 흘렸다는 것 외에는, 온몸이 타박상과 관절 이상투성이라는 것을 제하면, 그럭저럭 멀쩡한 듯했다.

……말해놓고 보니 역시 멀쩡한 게 아니었군.

나는 어제 일을 다시 차근차근 더듬어 봤다. 그러니까 남아 있는 것과 사라져 버린 것들을 하나씩 생각해 보았다. 나를 공격했던 기사, 그 불길 속에서 아무 탈 없이 걸어 나오고, 내가 휘두르는 검에도 상처 하나 입지 않던 목 없는 기사는…… 마지막으로 투구를 쪼개니까 사라져…… 아니, 정말 사라졌었나? 그러고 보니 사라진 장면을 본 기억은 없는데?

그러고 있는 내게 풀숲 사이로 이상한 것이 눈에 띄었다.

조금씩 말을 듣기 시작한 몸을 끌고 다가가 풀숲 사이를 들여다보았다. 시커먼 덩어리들 같았는데, 집어 들고 보니 낡은 쇳조각이었다. 녹이 슬다 못해 다 부식되어 엉성한 자취만 남아 있었다. 그런 것들이 몇 개나 흩어져 있었다. 본래 한 개의 물건이었나 보지?

"파비안, 물 좀 마셔."

유리카가 돌아와 내가 움직여 간 모양새를 보고는 픽 웃어버렸다. 너도 내 상황을 안다면 그렇게 웃지는 않겠지만. 나는 유리카가 가져다준 물을 단숨에 절반이나 들이켰다. 어젯밤 내내 느끼던 갈증이 해소되자 세상이 다시 맑아 보이는 느낌이었다.

"뭐니 그건?"

"나도 잘 모르겠는데."

너무 많이 부식된 쇠라서 조각들을 맞춰 본대도 본래 뭐였는지 알아낼 순 없을 것 같았다. 쇳조각을 내버려두고 유리카와 나는 물과 비스킷, 말린 음식만으로 간단하게 식사를 했다. 유리카는 딱딱한 음식을 씹느라 약간 고생하면서 물었다.

"어제 무슨 일이 있었는데 그래?"

있었지. 엄청난 일이 있었고말고. 다 설명한대도 그 느낌은 반도 전달할 수 없을 것 같다. 어쩌면 안 믿을지도 모르고. 지금까지 죽음에 가까이 간 일이 몇 번인가 있었지만 이번만큼 절망적이었던 적은 없었다. 네게 말해야 할까? 텅 빈 마을의 일직선 미로와 싸늘한 기사의 성. 대답하지 않는 네게 계속 말을 걸며 걸었고, 서재에서 읽었던 죽음에 관한 이상한 책과 침실에 걸린 귀부인의 초상화. 혼자 술과 땀으로 범벅이 되어 미친 듯이 술통들을 운반하고, 불사신에게 죽을힘을 다해 검을 휘두르던, 닥쳐오는 검을 볼 때마다 매번 이번에는 끝나버릴 것 같다고 생각했던, 그런 기분을.

"아아, 뭐 별로."

결국 이렇게 대꾸하고 말았다. 여전히 이상한 눈길로 나를 쳐다보는 유리카에게 바보스러운 미소나 지어 주면서 말이다.

시간이 지나자 그럭저럭 몸은 풀렸고, 땀과 피로 범벅된 지저분한 옷도 물에 한 차례 빨았다. 배낭을 다시 꾸렸다. 그런데 이걸 멜 수 있을까?

"으랏차…… 으윽!"

내가 휘청거리자 유리카가 깜짝 놀라 팔을 부축하려 들었지만 사실 그녀가 잡는다고 무슨 도움이 되는 것은 아니었다. 결국 내 힘으로 배낭을 어깨에 걸었다. 억지로 자세를 잡으니 모든 일이 한결 나아졌다. 가만히 누워 있으려 했다면 하루 종일이라도 모자랐을 텐데, 지금은 그러고 있을 때가 아니니까.

그런데 몇 걸음 옮기는 순간, 나는 또다시 이상한 것을 발견했다. 저만치 풀밭 위에 시커먼 옷 조각 같은 것들이 찢어 내던진 것처럼 널브러져 있는 것이 보였다.

"뭐지?"

다가가서 집어 들어 보니 옷이 아니라 철판 조각들이었다. 그런데 그 모양이…… 철판 갑옷의 가슴받이처럼 생겼다. 그 옆에 떨어진 건 정강이받이처럼 생겼네?

모두 심하게 삭아 있었다. 몇 년이 아니라 몇십 년, 아니 몇백 년 정도는 이대로 풀밭에 버려 놓았던 것 같은 느낌이었다. 그렇지만 정말로 그랬다면 흙으로 반쯤 덮여 있거나, 잡초가 얽혀 자라고 있다거나, 뭐 그래야 되잖아? 이건 누가 방금 소풍 끝내고 버려놓고 간 것처럼 잔디나 짓이기고 있을 뿐인데?

그러는 내 눈에 드디어 익숙한 물건이 하나 보였다. 유리카가 말했다.

"검이네?"

정말이었다. 닳아빠진 장검, 이가 몽땅 빠지고 누렇게 삭은 검이 하나 팽개쳐져 있었다. 나는 그걸 손에 들고 한참이나 입을 열지 못했다.

"이런 이상한 것들이 있는 곳에 일부러 자리를 잡은 거야?"

유리카는 내가 자기를 재운 곳이 저 풀 더미 위라고 철썩 같이 믿고 있는 모양이다. 간단히 해명하기도 어렵고, 나는 낡은 철검을 잡은 채 망연한 심정에 사로잡혔다. 아까 발견한 철 조각들의 정체도 이제 알 것 같다. 그건 내가 부쉈던 기사의 투구였다.

여기가 성이 서 있던 자리였다. 유리카가 누워 있던 풀 더미는 초상화가 있던 방의 침대, 철판 갑옷과 철검이 흩어진 이곳은 목 없는 기사가 쓰러졌던 자리, 투구 조각이 있던 풀숲은 이상한 책이 놓여있던 서재. 그리고 내가 누워 있던 자리……. 모두가 거리상으로 정확히 맞았다.

그럼 성과 마을은 환각이었나? 내 눈에만 보였다고?

"사라져 버렸어……."

내가 투구를 부수는 순간, 그것들은 사라져버렸다. 언제부터인가 실재하지 않았을 그것들은 마력이 사라지자 다시 현실 속의 숲으로 되돌아간 거야. 그러면 그게 다 목 없는 기사가 만들어 낸 건가? 난 그 기사의 기억 속에 들어갔던 건가? 그의 마법에 걸렸었나?

유리카가 물었다.

"뭐가 사라졌는데?"

기억 속에 멈춘 세계가.

겉모양은 그럴듯하게 생겼지만 안은 텅 비었던 집, 문짝이 달린 앞벽뿐이었던 집, 그런 집들은 기사의 기억이 닿지 못한 부분이었을 것이다. 목 없는 기사의 기억으로 만들어진 세상이었으니, 그가 기억하지 못한 부분은 무(無)의 상태로 남아 있을 수밖에 없었던 거야.

자기가 살던 성은 자세하게 기억했겠지만, 마을 안에는 가보지 못한 곳이 얼마든지 있을 수 있었다. 다른 것은 기억나지 않고 우물만 기억나는 집도 있을 수 있으니까. 그래…… 알 것 같다. 성에서 테라스가 왜 그렇게 이상한 곳에 있었는지. 이 마을이 실재했던 장소에서 그 기사의 성은 절벽 꼭대기에 있었던 건지도 몰라.

모든 것은 기사의 기억 속의 마을, 바로 미망의 나라였다. 나는 자신의 기억에 사로잡혀 새로운 형태의 삶을 얻었던 그를 만났고, 그의 마법에 홀려 헤어나지 못한 채 그와 대결을 벌였던 거다.

그 기사는 무엇을 그렇게 기억하고 싶었던 걸까?

"잠깐만 기다려봐."

나는 배낭을 내려놓고 풀밭을 돌아다니며 기사가 남긴 잔해들을 주워 모았다. 투구 조각들과 갑옷, 검, 정강이받이, 전투장갑으로 보이는 쇳조각들을 한 곳으로 모았다. 그러다 보니 기사가 창을 들고 있었던 것에 생각이 미쳤다. 위치를 정확히 가늠하기는 어려웠지만, 한참이나 돌아다닌 끝에 나는 철로 된 낡아빠진 마구(馬具)들을 발견했고 그 옆에서 녹슨 창, 아니 쇠막대를 찾아냈다. 창끝에 붙어 있어야 할 창날은 이미 사라지고 없었다.

내가 비지땀을 흘리며 옮겼던 술통들과 거대한 불꽃, 뒤집어썼던 말의 피까지 모두 환상이었다니 왠지 헛웃음이 나오려 했다. 모든 것이 그의 기억인데 내가 그에게 무슨 상처를 입힐 수 있었겠어. 오래 전에 죽어 육체조차 잃은 자에게. 나는 기껏해야 걸어 다니는 갑옷과 싸웠던 거야.

나는 창도 옮기려 했다. 그런데 나를 따라온 유리카가 허리를 굽혀 뭔가를 주웠다.

"뭐야?"

유리카가 햇살 가운데 쳐든 것은 번쩍거리는 황금 방울이었다. 그걸 보자마자 나는 대번에 알아보았다. 그 딸랑거리는 소리!

그런데 이 방울은 왜 낡지 않은 거지?

유리카가 미간을 찌푸리며 방울을 살펴보다가 말했다.

"이거, 예사 물건이 아닌 것 같은데."

"예사 물건이 아니라니?"

유리카의 손에서 방울이 흔들려 소리를 냈다. 딸랑, 딸랑…… 어젯밤에는 그렇게 끔찍하던 소리가 지금은 곱디곱기만 했다. 아, 세상은 역설로 이뤄져 있어.

이윽고 유리카가 고개를 끄덕이며 말했다.

"마법 걸린 물건이야."

"마법? 무슨 마법?"

유리카는 방울을, 나는 낡은 창을 든 채 본래의 자리로 돌아왔다.

나는 모아온 기사의 유품들을 비탈 쪽에 움푹 패여 흙이 드러난 곳으로 가져가 쌓았다. 그런 다음 주위의 흙과 자갈을 파내어 대강 덮었다. 그러는 내 모습을 보면서 유리카는 영문을 모르면서도 내가 하려는 일을 눈치챈 듯했다. 바로 그녀의 영역, 죽음에 관련된 일이니까. 유리카가 한 걸음 다가왔다.

"그 뒤는 내게 맡겨 줘."

유리카는 내 배낭에 함께 넣은 그녀의 가방을 뒤져 작은 보석 한 개를 끄집어냈다. 손톱 끄트머리만한 노란 보석인데 고향에서 류지아가 헤렐을 불러 점을 칠 때 사용했던 것과 비슷했다. 그녀는 그것을 어설프게 덮은 흙더미 위에 얹어 놓았다. 그리고 눈을 감고 손을 얹었다.

별다른 주문 같은 것은 없었다. 잠시 후 유리카의 손과 흙더미 속에서 희미한 빛이 비쳐 나왔다. 유리카가 입 속으로 뭔가 조그맣게 중얼거렸는데, 들렸다 해도 무슨 소린지 알아들을 수는 없었을 것이다. 그녀는 잠시 후에 눈을 떴고, 빛도 사라졌다.

유리카가 말했다.

"오래된 기억은 넘긴 페이지로."

아무리 기억하고 싶은 순간이라 해도 그것이 영혼을 속박하고 떠나지 못하게 한다면 깨끗이 지워지는 편이 오히려 나을 것이다. 이것으로 기사의 기억 속 세상은 사라졌을까? 영원히, 다른 누구도 만날 수 없도록?

"가자."

나는 배낭을 집어 들었고, 우리는 손을 맞잡고 그 자리를 떠났다.


"이 방울은 환각을 부르거나 강화시키는 힘이 있는 것 같아. 듣는 사람에게 최면을 걸기도 하고."

나는 입을 딱 벌렸다. 정확하잖아. 어제 내가 겪은 일이 바로 그거였어.

우린 환각도 유령도 없는 평온한 숲길을 나란히 걷고 있었다. 숲이 곧 끝나려는 듯 나무들이 점차 줄어들었다. 유리카는 어깨를 으쓱하더니 눈을 가늘게 뜨고 나를 보았다.

"그래, 그건 그렇고 이제 슬슬 무슨 일이 있었던 건지 말해 주지 않을래?"

어제 있었던 일이라…….

"아아, 별건 아니고…… 가면서 이야기해 줄게."

〈7권에서 계속〉

The Stone of Days

# 세월의 돌 6
미망의 나라

**초판 발행** 2008년 12월 23일
**3판 4쇄** 2020년 12월 11일

**저자** 전민희
**펴낸이** 서인석 | **펴낸곳** (주)제우미디어
**출판등록** 324-1 | **등록일자** 1992년 8월 17일
**Tel:** 02)3142-6845 | **Fax:** 02)3142-0075
www.jeumedia.com

**만든 사람들**
**출판사업부 총괄** 손대현
**편집장** 전태준 | **책임편집** 윤여은 | **기획** 홍지영, 김혜리, 신한길, 여인우
**영업** 김영욱, 박임혜 | **제작** 김금남 | **디자인** 디자인그룹올, 디자인수 | **커버일러스트** 쿤요(kunyo)
**도움주신 분** 김창원

파본은 본사나 구입하신 서점에서 교환해 드립니다.

ISBN 978-89-5952-413-6
ISBN(SET) 978-89-5952-416-7